Zum Buch:

Es waren nur Sekundenbruchteile, und doch sieht Garrett den Moment immer wieder vor sich, in dem sein Partner Hector zu Boden geht und ihn selbst eine Kugel ins Knie trifft. Diesen Augenblick, der sein Leben auf Pause gestellt hat. Garrett ist Polizist mit Leib und Seele. Er gehört auf die Straße, doch seit jenem Abend ist er freigestellt, und es ist nicht nur sein Bein, das langsamer heilt, als er gehofft hat. Nichts scheint ihn aus der Hölle seiner Erinnerungen holen zu können – bis er zufällig seiner Nachbarin Hayley begegnet und ein Kuss von ihr plötzlich alles auf den Kopf stellt.

Zur Autorin:

USA Today-Bestsellerautorin Katherine Garbera hat schon mehr als neunzig Romane geschrieben. Von Büchern bekommt sie einfach nicht genug: Ihre zweitliebste Tätigkeit nach dem Schreiben ist das Lesen. Katherine lebt mit ihrem Mann, ihren Kindern und ihrem verwöhnten Dackel in England.

Katherine Garbera

Winterglück am Central Park

Roman

Aus dem amerikanischen Englisch von
Corinna Wieja

mtb

Die Originalausgabe erschien 2015 unter dem Titel
Hot Cop Next Door bei Harper*Impulse*,
an Imprint of HarperCollins*Publishers*, London.

1. Auflage 2021

Deutsche Erstausgabe

Umschlaggestaltung von Bürosüd, München
Umschlagabbildung von www.buerosued.de
Gesetzt aus der Stempel Garamond
von GGP Media GmbH, Pößneck
Druck und Bindung von CPI Books, Leck
Printed in Germany
ISBN 978-3-7457-0173-9
www.harpercollins.de

Klimaneutral
Druckprodukt
ClimatePartner.com/15109-2009-1001

MIX
Papier
FSC FSC® C083411

Dieses Buch ist meinem Schatz Rob gewidmet,
der mir meinen Glauben an die wahre Liebe
und ein Happy End bestätigt hat.

1. Kapitel

»Halt, keine Bewegung!«, rief Garrett Mulligan.

Ihm gefiel der Anblick, der sich ihm bot. Lange Beine umhüllt von einer schwarzen Strumpfhose mit Naht an der Rückseite. Das linke Bein leicht gebeugt, versuchte die Frau, das Fenster im Erdgeschoss aufzuhebeln. Er hätte die ganze Nacht dort verweilen und ihr zusehen können. Sie hatte sich nach vorn gelehnt, wodurch der Saum ihres Rockes hochgerutscht war und ihm offenbarte, dass sie eine Strumpfhose trug, keine Strümpfe. Als Polizist konnte er jedoch nicht zulassen, dass sie in das Nachbarhaus einbrach.

Der Januartag war knackig kalt, der gefallene Schnee bereits wieder geschmolzen.

Statt sich vor ihm zu erschrecken, lachte die Frau schallend. Offenbar hatte die kleine Partymaus zu viel getrunken. Aber damit kam er schon klar. Trotz kaputtem Bein und Beurlaubung gehörte er immer noch zu den Spitzenleuten der New Yorker Polizei.

»NYPD, Miss. Halten Sie Ihre Hände so, dass ich sie sehen kann!«, forderte er sie auf.

Sie kicherte erneut.

»Einbruch ist nicht auf die leichte Schulter zu nehmen«, sagte er ruhig. Er machte einen Schritt nach vorn und legte ihr eine Hand auf den Rücken, um ihr deutlich zu machen, dass er es ernst meinte. Ihre Taille war so schmal, dass seine Hand fast ihren gesamten Rücken umspannte. »Miss?«

»Ich breche das Gesetz nicht. Ich wohne hier«, sagte sie lachend.

»Hayley?«

»Jawohl, Officer Schnittchen.«

»Komm ins Licht.« Er machte zwei Schritte zurück und sie ebenfalls. Den Kopf geneigt, lächelte sie ihn an, als sie im Lichtkegel der Straßenlampe stehen blieb.

Dann zog sie eine Grimasse und drehte eine kleine Pirouette. »Zufrieden?«

»Nicht einmal annähernd«, erwiderte er und ergriff ihre Hand. Sie sah völlig verändert aus, aber er erkannte sie an ihrem Lächeln. Und da sie jetzt endlich nicht mehr kicherte, klang sie auch wieder wie seine Nachbarin. »Ich sollte dir Handschellen anlegen und dich aufs Revier bringen.«

Sie klimperte mit den Wimpern. »Ist es wirklich das, was du tun willst?«

»Es ist das, was ich tun sollte«, antwortete er, aber in seinem Kopf entstanden ganz andere Bilder, heiß und verrucht. Nicht unbedingt das, woran ein suspendierter Cop denken sollte.

»Weil ich ein ungezogenes Mädchen bin?«, fragte sie mit rauer Stimme.

Diese verspielte, sexy Version seiner Nachbarin faszinierte ihn. Sie war Balsam für seine Seele, und den hatte er nach dem Abend mit seiner Familie und den erneuten Diskussionen wegen seiner Weigerung, das NYPD zu verlassen, dringend nötig.

So ungezogen wirkt sie nun wirklich nicht, dachte er. Äußerlich mochte sie sich verändert haben, aber ihr Lächeln war ihm eindeutig vertraut. Selbst früher, hinter dicken Brillengläsern versteckt, war es umwerfend gewesen, und auch jetzt schlug es ihn in den Bann.

»Warum willst du in deine Wohnung einbrechen?« Er verschränkte die Arme vor der Brust.

»Ich habe meinen Schlüssel verloren«, erklärte sie und deutete auf ihre Clutch. Der Inhalt war auf dem Boden verstreut, die Tasche selbst lag auf einem Gullygitter. Das bedeutete, ihr Schlüssel war wohl unwiderruflich im Kanal verschwunden.
»Warum hast du nicht einfach einen Freund angerufen?«

Sie kicherte schon wieder. Sie hatte eindeutig ein wenig gefeiert, aber selbst mit einem Schwips hätte sie sich ja wohl problemlos bücken und die Tasche aufheben können.

»Mein Rock«, entgegnete sie, als hätte sie seine Gedanken gelesen. Sie umschloss kurz den Saum und ballte die Hand zur Faust.

Es sah so aus, als wollte sie das Teil in die Länge ziehen. Es war wirklich ziemlich kurz. Er betrachtete ihre langen Beine und ließ den Blick langsam nach oben wandern. Als er schließlich bei ihrem Gesicht ankam, war ihr Mund leicht geöffnet, und sie musterte ihn forschend. »Ah, ich verstehe das Problem.«

»Außerdem, wen hätte ich denn um Mitternacht anrufen sollen?« Sie schob sich eine Haarsträhne hinters Ohr und schaute zum Nachthimmel.

»Mich«, antwortete er.

»Dich? Na klar. Jetzt bist du nett zu mir, aber als ich gestern auf der Suche nach meinem Hausschlüssel mit den Einkaufstüten jonglieren musste, hast du mir deine Hilfe nicht angeboten.«

Offen gestanden hatte er sie gestern nicht einmal bemerkt, aber er war auch in Gedanken mit der Nachricht beschäftigt gewesen, dass er noch mindestens sechs Wochen wegen seiner Schussverletzung vom Dienst freigestellt sein würde. »Ich biete sie dir jetzt an.«

»Heißt das, Officer Schnittchen, dass ich dir nur auffalle, wenn ich das Gesetz breche?«, fragte sie mit neckendem Ton.

»Mein Name ist Garrett, nicht Schnittchen«, erwiderte er und ignorierte ihre messerscharfe Beobachtung.

»Ich stelle fest, dass du meine Frage nicht beantwortet hast.« Sie machte eine Flunsch. »Egal. Wo du schon mal hier bist, tust du mir einen Gefallen?«

»Was denn?«, fragte er.

»Könntest du bitte mein Handy aufheben? Ich habe im Internet nachgeschaut, wie man in eine Wohnung einbricht. Ich glaube, ich weiß jetzt, wie es funktioniert.«

Er schüttelte den Kopf. Dann bückte er sich und klaubte ihre Tasche und ihr Handy auf. »Nein, ich werde dir nicht bei einem Einbruch helfen. Außerdem würdest du damit die Alarmanlage auslösen, und ich glaube nicht, dass du das willst.«

»Damit hast du recht. Also, was machen wir jetzt? Ich kann ja schlecht die ganze Nacht hier draußen herumsitzen.«

Sie stand vor ihm im Mondlicht in ihren Ungezogene-Mädchen-Klamotten, aber sie benahm sich wie das nette Mädchen von nebenan. Und er war immer noch Polizist, auch wenn er beurlaubt war. Er hatte einen Eid geschworen, zu schützen und zu dienen. Er wollte sie schützen und ihr dienen.

Verdammt. Er sollte gehen. Sie war nicht sein Problem.

Aber er wusste, dass er das nicht tun würde. Er hatte noch nie einer Frau in Nöten widerstehen können.

»Du kannst bei mir schlafen und morgen den Schlüsseldienst anrufen.«

»Kannst du nicht einfach für mich bei mir einbrechen?«, fragte sie in dem ihr eigenen Ton.

»Nicht mit meinem kaputten Bein«, gab er zurück. »Und seit wann brichst du das Gesetz?«

»Seit ich mich ändern will«, sagte sie.

»Okay, verschieb das Ändern auf morgen. Komm mit.« Der Himmel wusste, dass er inzwischen ein Meister darin war, Veränderungen aufzuschieben. Sein stundenlanges Hantelbanktraining war der beste Beweis dafür.

»Ich weiß nicht, ob ich bei dir übernachten sollte«, meinte sie, als er den Arm nach ihr ausstreckte.

»Warum nicht? Traust du mir nicht zu, dass ich meine Finger bei mir behalte?«, fragte er.

Sie schenkte ihm einen verführerischen Blick. Ihr kurzer Pixie Cut ließ ihr Gesicht beinahe wie das einer Elfe wirken. Sie war die personifizierte Versuchung, und ihre Miene besagte, dass sie das auch wusste.

»Doch, aber ich traue mir nicht.«

***

Beim Thema Ehrlichkeit ging Hayley keine Kompromisse ein, und das hatte sie schon früher in gefährliche Gewässer gebracht. An diesem Abend kam es ihr jedoch so vor, als könnte sie jede Situation meistern.

Den Kopf zum von Sternen gesprenkelten Nachthimmel gewandt, meinte sie: »Ich fühle mich so … frei.«

»Hinter Gittern würdest du anders darüber denken«, erwiderte Garrett.

Sie zog eine Schnute. Er war süß und hatte mit ihr geflirtet, aber nun riss er sich zusammen und kehrte wieder den Cop hervor.

»Du hast schon gesagt, dass du mich nicht ins Gefängnis steckst«, erinnerte sie ihn.

»Das stimmt. Komm jetzt, ungezogenes Mädchen. Holen wir dich von der Straße.« Er griff nach ihrem Ellbogen.

Er ist ein Anführer, dachte sie. Selbst mit geschientem Bein übernahm er das Kommando und stand sicherer auf beiden Füßen als sie in ihren High Heels. Genau genommen war das bestimmt eine Sache des Selbstbewusstseins, und sie verstand endlich, was Cici ihr hatte sagen wollen, als sie meinte, sie solle sich ihrem Outfit gemäß benehmen.

Garrett verhielt sich so, als gehörte ihm die Straße, als wäre er sich seines Platzes in der Welt sicher, auch wenn er körperlich eingeschränkt war.

»Du wirkst ziemlich standhaft, trotz deiner Verletzung. Was ist eigentlich passiert?«

»Ich wurde angeschossen«, antwortete er.

»Hattest du Angst?«, erkundigte sie sich. Dann wurde ihr klar, dass das eine ziemlich dumme Frage war. »Natürlich hattest du Angst, nicht wahr?«

»Nein, ich hatte keine Angst«, entgegnete er, und sie konnte nicht anders, als ihm in die elektrisierend grauen Augen zu schauen. »Ich war stinksauer. Man hat mich und meinen Partner Hector in einen Hinterhalt gelockt. Er lag blutend am

Boden, und ich war hinter dem Täter her, als der mir ins Bein geschossen hat.«

»Ins Wadenbein?«

»Ja, woher weißt du das? Das soll jetzt keine Beleidigung sein, aber du wirkst im Moment nicht gerade in Bestform.«

Sie lachte. »Stimmt. Mein Opa war Chirurg. Ich wusste schon immer den Namen eines jeden Knochen im menschlichen Körper. Und die Knochen in deinem Körper gefallen mir ausgesprochen gut.«

»Das liegt nur an den trendigen Cocktails, die du heute Abend wohl getrunken hast«, meinte er sanft.

»Mag sein. Aber du bist schon heiß.«

»Komm mit«, sagte er.

Warm spürte sie seine Hand auf ihrer Haut, als er ihren Arm umfasste. Er zog sie näher an sich, und trotz ihrer mörderisch hohen Absätze schwankte sie kein bisschen, als sie sich von ihm zu seinem Haus führen ließ, das direkt neben ihrem stand.

Was sie an etwas denken ließ, worüber sie sich seit seinem Einzug Gedanken machte. Für einen Polizisten lebte er in einer ziemlich teuren Wohngegend. Gut, er war Zivilfahnder, aber trotzdem verdiente man im Polizeidienst sicher nicht so viel, dass man sich ein Stadthaus in Manhattans Upper West Side leisten konnte.

»Bist du bestechlich?«, fragte sie, als er die Tür aufschloss und eintrat.

»Was?« Er schaute sie über die Schulter an, als wäre ihr gerade ein zweiter Kopf gewachsen.

Verflixt. Sie hatte ihre Gedanken mal wieder ungefiltert herausposaunt, so wie sie ihr in den Kopf kamen. Das passierte ihr oft, weil sie, im Gegensatz zu anderen, offenbar nicht das nötige Feingefühl besaß, das verhinderte, dass man solche Dinge unverblümt aussprach. »Tut mir leid. Es ist … ach egal.«

Der Flur in seinem Haus spiegelte den in ihrem, nur dass sich die Treppe rechts befand statt links. Alles wirkte sehr ordentlich und sauber, und der Duft nach Zimt und Äpfeln hing einladend in der Luft. Kurz überkam sie die lähmende Befürchtung, dass sie womöglich mit einem verheirateten Mann flirtete. Allerdings hatte sie nie gesehen, wie eine Frau das Haus verließ.

»Lebst du allein?«, fragte sie. Er ging ihr voraus zum Wohnzimmer und schaltete das Licht ein. Eine eindeutig maskuline Einrichtung kam zum Vorschein, ein riesiges braunes Ledersofa und ein drehbarer Sessel vor einem großen Flatscreen-Fernseher. Zeitschriften lagen auf einem schweren Eichentisch, und sie verrenkte sich den Hals, um die Titel zu lesen. Zu ihrem Erstaunen entdeckte sie ein Magazin vom Smithsonian Museum, sie hatte eher mit *Men's Health* gerechnet.

»Ja, aber um auf deine vorige Frage zurückzukommen: Wieso meinst du, ich könnte korrupt sein?« Er lehnte sich an die Tür und verschränkte die Arme. Sein schwarzes Shirt spannte sich dabei über seiner muskulösen Brust, und Hayley hätte fast laut aufgeseufzt.

Er gehörte definitiv nicht zu den Cops, die eine Vorliebe für Donuts hatten, und falls doch, trainierte er offenbar ausreichend, um das wieder wettzumachen.

»Die Häuser hier in der Gegend sind teuer«, erklärte sie. »Ich hab meines von meinem Dad gemietet, zu sehr großzügigen Konditionen.«

»Wenn du es unbedingt wissen musst, ich bin ein Treuhandfonds-Kind«, erwiderte er.

Sie kannte genug verwöhnte Kinder reicher Eltern, doch Garrett Mulligan hatte nicht deren arrogante Ausstrahlung. »Du wirkst nicht so.«

Er rieb sich übers Kinn. »Sehr zum Ärger meiner Eltern. Ich bin das schwarze Schaf der Familie und vom rechten Weg abgekommen. Mein älterer Bruder ist der perfekte Sohn.«

»Ich bin Einzelkind, daher gibt es keine Chance auf Perfektion in unserer Familie«, sagte sie. Selbst in ihren Ohren klang es verbittert. »Du bist also ein Rebell?«

»In gewisser Weise. Aber ich breche keine Gesetze wie du.« Sein schiefes Lächeln löste eine Hitzewelle in ihr aus.

»Dann tust du also nur so, als ob du ein Bad Boy wärst.«

Das brachte ihn zum Lachen, und ihr wurde klar, dass es ihr Spaß machte, sich zur Abwechslung einmal gehen und alle Hemmungen sausen zu lassen. Gewöhnlich hätte sie seine Bemerkung einfach ignoriert und sich in ihr Schneckenhaus zurückgezogen, aber an diesem Abend … da hatte die neue Hayley ihren Auftritt.

»Vorsicht! Womöglich lädst du dir mehr auf, als du bewältigen kannst«, warnte er und machte drei Schritte auf sie zu.

Sie ließ die Tasche fallen und stolzierte hüftschwingend auf ihn zu. »Ich glaube, mit dir werde ich schon fertig.«

»Du willst mit mir fertigwerden?«

»Ja«, sagte sie und kam sich kühn und mutig vor. An diesem Abend lag ihr die Welt zu Füßen, und sie hatte keine Angst, sich zu nehmen, was sie wollte. Sie legte ihm die Hände auf die Brust und ertastete seine straffen Muskeln.

Er fühlte sich warm an, so wie frischer Teig, der darauf wartete, durchgeknetet zu werden. Sie schüttelte den Kopf. So etwas Albernes hätte die alte Hayley gedacht. Die neue Hayley … Was machten ungezogene Mädchen in solchen Situationen?

Sie schaute zu ihm hoch, denn trotz ihrer Stilettoabsätze war er immer noch größer als sie. Er musterte sie mit diesem ruhigen, gelassenen Blick wie schon auf der Straße, doch nun funkelte auch Belustigung in seinen Augen.

Offenbar hielt er sie für frivol.

Einen Moment lang gewann das schüchterne Mädchen in ihr wieder die Oberhand und hätte sich am liebsten verkrochen, doch sie wollte sich nicht mehr verstecken. Sie stellte sich auf die Zehenspitzen, hielt sich mit einer Hand an seiner Schulter fest und schmiegte sich an ihn.

»Was ist so lustig, Officer?«, flüsterte sie ihm mit rauchiger Stimme ins Ohr.

Sie spürte, wie er erschauerte. Dann legte er ihr die Hände um die Taille, presste sie an sich und hob sie von den Füßen. Unvermittelt geriet er jedoch ins Schwanken, und sie stürzten.

Fluchend hielt er sie fest und sorgte dafür, dass sie auf ihm landete. Halb lag sie auf seiner Brust, halb auf dem Boden. Hayley lachte, weil ihr klar wurde, dass sie wohl nicht an einem Abend vom Mauerblümchen zum Vamp mutieren würde.

Sie betrachtete Garrett und stellte fest, dass er eine finstere Miene machte. »Hast du dich verletzt?«

»Nur mein Stolz ist angekratzt«, antwortete er und lachte leise.

»Stolz kommt vor dem Fall«, scherzte sie.

»Definitiv.« Er packte sie an den Hüften und zog sie auf sich, sodass ihre Beine zwischen seinen lagen.

Es war fast erotisch, wie sich seine Jeans an ihren Beinen rieb, und verursachte ein wohliges Kribbeln in ihrem Bauch. Sie stützte sich auf seiner Brust ab, um aufzustehen, doch er ließ seine Hand über ihren Rücken nach oben wandern, schob die Finger in ihre neue Frisur und drückte ihren Kopf zu sich.

»Was machst du denn da?«, fragte sie atemlos.

»Ich mache den Boden wieder gut, den ich gerade verloren habe«, antwortete er. Gleich darauf verschmolzen seine Lippen mit ihren.

Hayley schloss die Augen, als der Kuss intensiver wurde und er sanft ihren Mund erkundete. Die Wärme seines Atems streifte sie und sandte ihr kleine Schauer über den Rücken. Zärtlich tanzten ihre Zungen miteinander, und sie vergaß alles um sich herum.

Ihr stockte der Atem.

Jede Faser ihres Körpers war zum Leben erwacht, und sie spürte ihn mit allen Sinnen. Seinen Kuss, seine Beine an ihren. Das Streicheln seiner Finger an ihrem Hinterkopf, ihrem Nacken, sie schmolz förmlich dahin.

Der Kuss veränderte sie ebenso, wie das Kleid es getan hatte. Er weckte eine Leidenschaft in ihr, von der sie gedacht hatte, dass sie nur in Romanen und Filmen existierte, aber nicht im wahren Leben. Eine Sehnsucht erfüllte sie, die sie immer schon gespürt, aber nie zu stillen gehofft hatte. Und das war gefährlich, denn obwohl sie bereit war, sich zu verändern, war sie noch nicht so weit.

Sie beendete den Kuss und sah ihn an. Seine Augen waren

halb geschlossen, und eine leichte Röte überzog die Wangen unter seinem Dreitagebart. Seine Lippen waren feucht von dem Kuss. Sie hob eine Hand und strich mit einem Finger über die Bartstoppeln, genoss das raue Gefühl.

Er öffnete die Augen, von Nahem sahen sie noch schöner aus. Sie hätte seine Augenfarbe als Grau bezeichnet, doch nun erkannte sie, dass sich darin auch grüne und blaue Sprenkel befanden. Mit einem Finger zeichnete sie seine Augenbrauen nach. Am Haaransatz ertastete sie eine winzige Narbe.

»Oh, du ungezogenes Mädchen, du bringst mich noch um.« Seine Stimme klang tief und heiser. Die Worte durchdrangen ihre Sinne und wärmten sie wie die Flammen eines Kaminfeuers an einem kalten Abend. Und die Januarnacht war wirklich frostig.

Gleichzeitig hatte seine Bemerkung aber auch die Wirkung einer eiskalten Dusche. Er hielt sie für ein ungezogenes Mädchen. Böse Mädchen scherten sich jedoch nicht darum, warum ein Mann wohl eine Narbe hatte. Und sie schwärmten auch nicht für seine wunderschönen Augen, oder?

Sie wusste es nicht.

»Officer Schnittchen, du bist echt talentiert im Küssen«, sagte sie schließlich, denn das entsprach der Wahrheit. Sie war nie zuvor so sinnlich geküsst worden.

»Ich gebe mein Bestes«, entgegnete er trocken.

Doch er tat mehr als das. Ihr kam in den Sinn, dass sie endlich aufstehen sollte. Sie musste weg von ihm und erst mal herausfinden, wie sich ungezogene Mädchen verhielten. Entschlossen stützte sie sich auf seiner Brust ab und stemmte sich hoch. Dabei drückten sich ihre Hüften einen Moment an ihn, und sie spürte seine Erregung.

Er stöhnte auf und umfing sie, hielt sie fest und rieb sich an ihr. Tief in ihr loderte etwas auf, und sie tat es ihm nach.

»Du bringst mich wirklich noch um«, sagte er und zog sie erneut an sich.

Dieses Mal war der Kuss fordernd und wild – ihr blieb gar keine Zeit, ihn zu analysieren. Sie wusste nur, dass es sich gut anfühlte, und war entschlossen, Garrett nicht loszulassen. Noch nicht.

Das war der Kuss, auf den sie ein Leben lang gewartet hatte. Du bist Realistin, ermahnte sie sich. Aber das kleine verlorene Mädchen tief in ihr drinnen wusste, dass das Schicksal an diesem Abend seine Hand im Spiel hatte. Dass sie nur aus einem einzigen Grund aufeinandergetroffen waren.

Weil es ihnen vorherbestimmt war.

Nach vielen Geburtstagen, die sie nur vergessen wollte, erlebte sie nun vielleicht endlich einen, an den sie sich gern erinnern würde. Der sich richtig anfühlte.

Wie es schien, hatte sie sich mit Garrett Mulligan selbst ein Geburtstagsgeschenk gemacht, und zum ersten Mal hatte es sich als gute Entscheidung erwiesen, dass sie ihr wahres Ich zeigte. Zumindest mein neues Ich, dachte sie, doch dann legte Garrett ihr die Hände auf den Po und rollte sich mit ihr zur Seite, und all ihre Gedanken lösten sich in Luft auf.

2. Kapitel

Garrett hielt sich nicht für einen Casanova, obwohl er Single und kein Kind von Traurigkeit war. Gewöhnlich legte er jedoch Wert darauf, eine Frau besser kennenzulernen, bevor er sich zu einem leidenschaftlichen Kuss hinreißen ließ. Hayley zog ihn jedoch so sehr in ihren Bann, dass er seine Prinzipien vergaß.

Er konnte keinen klaren Gedanken mehr fassen, so gut fühlte sich ihr weicher Mund unter seinen Lippen und ihre schlanke Taille unter seinen Händen an. Er hob die Hüften noch einmal an und spürte, wie ihm ein federleichter Schauer über den Rücken rieselte. Besser, er ging auf Abstand, wenn er nicht wollte, dass aus einem Kuss schnell viel mehr wurde.

Er ließ sie los und richtete sich aus der Rückenlage auf.

»Du musst ja wie verrückt trainieren, wenn du so mühelos aus dem Liegen hochkommst«, stellte sie fest.

Sie betastete seinen Bauch, und er lachte. »Sit-ups und Oberkörpertraining sind alles, was ich mit einem verletzten Bein im Moment tun kann.«

»Ich dachte, man hat dir ins Knie geschossen.«

»Ja, und nach dem Schuss bin ich bei der Verfolgungsjagd umgeknickt«, erklärte er. Bilder von dem Moment, in dem Hector zu Boden ging, rasten ihm durch den Kopf, doch er schob sie zur Seite und ließ den Blick durchs Wohnzimmer wandern, um sich in der Gegenwart zu verankern.

»Egal, was für ein Training du machst, es funktioniert auf jeden Fall.« Sie lag immer noch auf dem Rücken neben ihm, den Kopf zu ihm gedreht und ein verträumtes Lächeln im Gesicht.

»Danke, ich tu, was ich kann«, erwiderte er sarkastisch.

»Bitte. Ich bin ein großer Fan von Komplimenten, wenn sie angebracht sind«, sagte sie. »Oft wird man ja eher niedergemacht.«

Er sah ihr an, dass sie das ernst meinte. Und es überraschte ihn auch nicht besonders, denn es entsprach dem bisherigen Bild, das er von seiner Nachbarin gewonnen hatte. Nicht ins Bild passte allerdings, dass sie sich wie ein Postergirl aus einem Automagazin auf seinem Teppich rekelte und dabei so ernst wirkte.

Er war stolz auf sich, dass er die Disziplin aufbrachte, aufzustehen, statt auf dem Boden liegen zu bleiben und sie zu verführen. »Komm schon, ungezogenes Mädchen, suchen wir dir etwas Bequemes zum Schlafen. Es ist schon spät.«

Sie schaute ihn an und kicherte, dann lachte sie schallend los.

»Was ist?«

»Tut mir leid. Ich musste nur gerade daran denken, dass ich mich nicht um Mitternacht in die alte Hayley zurückverwandelt habe.«

Kopfschüttelnd streckte er den Arm aus. »Hoch mit dir.«

Sie ergriff seine Hand, und er half ihr auf die Füße. Als sie sich an seiner Brust abstützte, um das Gleichgewicht nicht zu verlieren, musterte sie ihn erneut forschend. Ganz so, als ob sie nach etwas suchte, nach Substanz und Tiefsinnigkeit womöglich.

Wenn er nicht arbeitete und Straftäter aufspürte, empfand er jedoch immer eine seltsame Leere.

Seufzend wandte sie den Blick ab.

Immer noch leer.

Er wollte die aufsteigende Enttäuschung leugnen, doch den Stich, den sie ihm versetzte, spürte er trotzdem. Er ging Hayley voran hinauf zum Schlafzimmer. Auf dem Weg nach oben blieb sie stehen, um die Bilder an der Wand zu betrachten.

»Drucke?«, fragte sie.

»Nein. Eine Wertanlage zu meinem dreizehnten Geburtstag.«

»Van Gogh?«

Er zuckte mit den Schultern. »Ich hab mir einen Lichtenstein gewünscht, aber mein Dad war dagegen. Meine Mutter mag van Gogh.«

»Ach ja? Stehst du ihr nah?«, erkundigte sich Hayley.

Als er jünger gewesen war, hatten sie tatsächlich ein sehr enges Verhältnis gehabt. Sie hatte wie ein Puffer zwischen ihm und seinem Vater fungiert, wenn sie sich stritten. Und ihm gefiel ihre Leidenschaft für van Gogh. Vielleicht gründete diese nur auf einer romantischen Vorstellung von dem Maler, weil sie den Song »Vincent« von Don McLean so sehr mochte, aber in ihrer Stimme hatte Garrett immer eine gewisse Sehnsucht vernommen, wenn sie über ihn gesprochen hatte.

»So nah, wie man seinen Eltern eben stehen kann«, antwortete er schließlich.

»Ich nicht«, sagte sie nach einem Moment.

»Was meinst du?«

»Ich stehe meinen Eltern nicht nah. Wir sind wie Feuer und Wasser. Wir passen nicht zusammen.«

»Mein Dad und ich sind genauso.« Er schaltete das Licht im Schlafzimmer an. »Möchtest du meine Briefmarkensammlung sehen?«

Sie stöhnte. »Das ist ein schrecklicher Anmachspruch. Wenn du mich wirklich ins Bett bekommen willst, hättest du deine Handschellen erwähnen sollen.«

Er lachte und schüttelte dabei das melancholische Gefühl ab.

»Komm schon, ungezogenes Mädchen.« Er öffnete die zweite Schublade der Kommode und nahm ein ordentlich gefaltetes schwarzes T-Shirt und eine Sporthose heraus. Beides reichte er ihr. »Du kannst dich dort drüben umziehen.«

Die Kleidungsstücke in der Hand, ging sie ins angrenzende Bad.

Er setzte sich aufs Bett und rieb sich über die Wade. Hayley war eine angenehme Ablenkung, aber ihre Gegenwart änderte nichts an der Tatsache, dass seine Verletzung nicht so gut heilte, wie sie sollte, damit er möglichst schnell wieder in den Dienst zurückkehren konnte. Bald schon würde er eine wichtige Entscheidung treffen müssen, obwohl er eigentlich gehofft hatte, sie würde ihm erspart bleiben.

Die Tür öffnete sich, und er blickte zu Hayley. Sie stand dort in seinem T-Shirt. Die Sporthose hatte sie weggelassen. »Das ist nicht ganz so glamourös wie mein Outfit vorher. Also, wie sehe ich aus? Immer noch verführerisch?«

»Müde«, stellte er fest.

»Müde? Und jetzt?« Sie zog einen Schmollmund.

»Verrucht durch und durch.« Seit Langem hatte ihn keine

Frau mehr so in Versuchung geführt, aber sein Leben war auch ohne sie schon kompliziert genug. »Du kannst heute Nacht mein Bett haben.«

»Nein, ich will dir nicht noch mehr Umstände bereiten«, entgegnete sie. »Das Sofa reicht mir.«

Er hatte nicht vor, mit ihr darüber zu diskutieren. Er hatte es ihr angeboten, und sie hatte abgelehnt. Damit war die Sache für ihn erledigt. Wortlos verließ er das Schlafzimmer und war sich nur allzu bewusst, dass sie ihm folgte, denn der Duft ihres Parfüms hüllte ihn ein.

Sie legte ihre Klamotten und die Tasche auf den Sessel. Als ihr dabei der Saum seines Shirts über die Beine nach oben rutschte, wandte er sich ab, um eine Decke zu holen. Seine Mutter schneite immer wieder mit kleinen praktischen Geschenken herein. Daher war er gut ausgerüstet.

Er reichte ihr die Decke.

»Danke«, sagte sie. »Für alles. Du warst sehr viel netter, als du hättest sein müssen, Officer Schnittchen.«

»Ich lebe, um zu dienen und zu beschützen«, sagte er.

Sie drückte ihm die Hand. »Tja, ich kann sehen, warum du zu den besten Polizisten von New York gehörst. Du bist ein Gentleman.«

Doch die Richtung, die seine Gedanken einschlugen, war ganz und gar nicht gentlemanlike. Wenn er nicht sofort das Wohnzimmer verließ, bestand die große Gefahr, dass er sie erneut in seine Arme ziehen und nicht wieder loslassen würde, bis er tief in ihrem sexy »ungezogenen« Körper versunken war.

»Gute Nacht, Hayley.«

»Nacht, Garrett.«

Er drehte sich um und ging nach oben, um eine weitere schlaflose Nacht durchzustehen. Zumindest hielt ihn dieses Mal der angenehme Gedanke an Hayley vom Schlafen ab und nicht seine Angst vor der Zukunft.

***

Hayley wurde abrupt aus dem Schlaf gerissen, weil sie vom Sofa purzelte. Die frühe Morgensonne schien durch die Fenster, als sie sich aufrichtete und im Zimmer umschaute. Der vergangene Abend …

Nun, sie beließ es bei der Tatsache, dass der Abend anders geendet hatte als erwartet. Sie stand auf, und ihr Blick fiel auf ihren Rock und das Top. Auf keinen Fall wollte sie das gestrige Abend-Outfit im Moment noch mal anziehen.

Aber dann kam ihr der nagende Gedanke, dass ein echtes ungezogenes Mädchen beides ohne Scheu tragen würde. Dennoch konnte sie sich nicht dazu überwinden, noch einmal in die Klamotten zu schlüpfen.

Sie schnappte sich ihr Smartphone und telefonierte mit dem Schlüsseldienst. Man versicherte ihr, dass jemand in weniger als einer Stunde da sein würde. Das kam ihr jedoch ziemlich optimistisch vor, wenn man bedachte, dass der Mann aus Queens erst nach Manhattan reinfahren musste.

Sie fühlte sich wie eine Schnüfflerin, als sie durch Garretts Haus spazierte und schließlich auch die Küche entdeckte. Im Kühlschrank fand sie die typischen Junggesellen-Klischee-Vorräte: einen Sechserpack Bier, mehrere Reste Fast Food und eine offene Schachtel Natron, was das Gerücht bestätigte, dass das Mittel Gerüche neutralisierte. Es gab jedoch auch noch zwei Eier und etwas Milch. Beim Durchsuchen der Schränke stieß sie außerdem auf eine Tafel Schokolade und Mehl, und schon hatte sie die Zutaten für einen einfachen Muffinteig zusammen.

»Schon wieder erwischt. Ich glaube, ich muss dich doch noch verhaften«, sagte Garrett hinter ihr.

Sie schaute über die Schulter zu ihm und stöhnte auf. Er sah verflixt gut aus. Die Jeans saß ihm tief auf den Hüften, und da er kein Shirt trug, hatte sie einen ungehinderten Blick auf seinen Waschbrettbauch und seine breite Brust. Ehrlich, wer außer Ryan Gosling hatte denn in echt so einen durchtrainierten Körper?

»Weswegen?«, fragte sie und bemühte sich, locker zu klingen und sich ihm nicht an den Hals zu werfen.

»Weil du mir das Essen klaust. Darauf steht in manchen Gegenden der Welt die Todesstrafe.«

»Ah, Detective, ich glaube, du bist ein bisschen eingerostet. Ich habe nichts gestohlen. Ich verwandele lediglich deine mageren Lebensmittelvorräte in etwas Köstliches«, erwiderte sie.

»Was machst du da?« Er kam näher. »Das wird kein Omelett.«

»Vor dir kann man aber auch nichts verbergen«, sagte sie. »Muffins mit Zartbitterschokoladenstückchen. Hast du eine Muffinform? Sonst werden es eben Riegel.«

»Du hast meinen Schokoladen-Geheimvorrat entdeckt?«

»Vielleicht hättest du mir doch Handschellen anlegen sollen.« Sie zwinkerte ihm zu. »Im Übrigen war der nicht so schwer zu finden«, gab sie zu, als er so nah vor ihr stehen blieb, dass kaum eine Hand zwischen sie gepasst hätte.

Er beugte sich vor und strich ihr mit dem Daumen über die

Unterlippe. »Ich glaube, du hast ein Stück von meiner Schokolade gestohlen.«

»Ich … musste sie doch probieren«, sagte sie. Ihre Stimme war kaum lauter als ein Flüstern, als er den Daumen an seinen Mund führte und ableckte.

Er machte sie verrückt. Es gab keine andere Erklärung dafür, warum sie in seiner Gegenwart vergaß, dass sie eine vernünftige, normale Frau war, und das Verlangen verspürte, ihn mit sich auf den Boden zu ziehen und ihn zum Frühstück zu vernaschen.

»Ich auch«, sagte er. »Fühlst du dich heute Morgen immer noch verrucht?«

»Du hast ja keine Ahnung«, antwortete sie, aber bei hellem Tageslicht fühlte sie sich längst nicht so draufgängerisch wie am Abend zuvor.

Sie machte einen Schritt zurück, doch sie stieß an den Tresen, und als er nachrückte, hob sie den Teiglöffel. Er lächelte, griff sich den Löffel und schleckte den Teig ab.

»Ich verkneife mir jetzt lieber eine sexistische Bemerkung über barfüßige Frauen, die höllisch gut kochen können.« Er bückte sich und öffnete einen Schrank hinter ihr, wobei er mit der Hand ihr Bein streifte.

Hitze wallte in ihr auf, als sie daran dachte, mit welcher Selbstverständlichkeit er sie berührte. Er machte den Eindruck auf sie, als wüsste er genau, was er wollte, und hätte keine Scheu, sein Ziel zu verfolgen. Warum machte sie es nicht genauso?

Am gestrigen Abend war sie sich so stark vorgekommen, und ihr wurde klar, dass sie dieses Gefühl erneut spüren und voll auskosten wollte.

Als er sich aufrichtete, legte sie ihm die Hände auf die Brust und spreizte die Finger über den harten Muskeln.

Sanft streichelte sie ihn, der leichte Haarflaum auf seiner Brust kitzelte sie an den Fingerspitzen. Er senkte die Lider und öffnete den Mund zu einem leisen Atemzug, als sie sich auf die Zehenspitzen stellte und ihm einen Teigklecks von den Lippen leckte.

Der Teig war lecker, aber Garrett war himmlisch. Er öffnete den Mund, und sie glitt mit der Zunge kurz über seine Lippen, doch bevor er den Kuss vertiefen konnte, löste sie sich von ihm und zwinkerte ihm zu.

»Ich glaube, ich brauche noch etwas mehr Zucker für den Teig. Er ist noch nicht süß genug.«

»Jemand ist definitiv nicht süß genug heute Morgen«, sagte er. »Sondern ganz schön provozierend.«

»Provozierend?«

»Ja. Ich wollte sehen, ob das ungezogene Mädchen geblieben ist oder ob meine schüchterne Nachbarin wieder übernommen hat.«

Sie richtete sich auf und hob eine Augenbraue. »Ich bin nicht der Typ, der nur vorgibt, sich verändert zu haben.«

»Das freut mich zu hören.« Er beugte sich vor und stahl sich den Kuss, den sie ihm einen Moment zuvor verweigert hatte.

Heiß und leidenschaftlich verschmolzen ihre Lippen. Sie suchte Halt an seinen nackten Schultern, als er sie hochhob und sich gegen den Tresen lehnte. Die Beine um seine Hüften geschlungen, eroberte sie mit der Zunge seinen Mund, bis sie nichts anderes mehr schmeckte als ihn.

Er stöhnte auf, rieb sich an ihr, doch sie zwang sich, Abstand zwischen sie zu bringen, und stellte sich hin. »Hältst du mich immer noch für ein schüchternes Mauerblümchen?«

»Zum Teufel, nein!«, erwiderte er und verließ lächelnd die Küche.

Entschlossen verdrängte Hayley jeden Gedanken daran, dass sie nur ein Spiel mit ihm spielte.

Auch wenn es sich so echt anfühlte, dass es ihr Angst einjagte – es blieb nur ein Spiel.

***

Als Garrett nach dem Duschen in die Küche zurückkehrte, standen fünf Muffins auf dem Tresen. Davor lag ein Zettel. Offenbar hatte Hayley sich einen Muffin als Bezahlung für ihre Arbeit genommen.

Danke, dass du mich gestern gerettet hast, Officer Schnittchen. Bis irgendwann mal wieder.

Sein T-Shirt lag ordentlich gefaltet neben dem Zettel. Er drückte es sich ans Gesicht. Die leichte Vanillenote von Hayleys Parfüm stieg ihm in die Nase, und er stöhnte auf, als er bemerkte, was er tat. Er war völlig neben der Spur. Gelangweilt, weil er vom Dienst beurlaubt war und mit dem verletzten Bein nicht richtig trainieren konnte.

Er konnte nicht wie Shia LaBeouf in »Disturbia« vom Hoffenster aus ein Verbrechen lösen, aber als er zwei Muffins und die Milchpackung mit hinaus auf die Terrasse nahm, wurde ihm klar, dass er großes Interesse daran hegte, was nebenan geschah.

Ach, verdammt!

Er biss in den Muffin und seufzte genüsslich auf, weil er so köstlich war. Hayley konnte prima backen, das musste er ihr zugestehen, und auch sonst fand er sie ziemlich heiß.

Sein Handy klingelte. Nach einem Blick auf die Nummer beschloss er aber, den Anruf zu ignorieren. Leider blieb sein Bruder Pete jedoch hartnäckig, und Garrett legte keinen Wert auf einen persönlichen Besuch von ihm.

»Was ist los?«

»Auch dir einen guten Morgen«, sagte Pete. »Ich wollte dich nur vorwarnen, dass der Chef vom Sicherheitsdienst heute in den Ruhestand geht. Dad hat deinen Namen bereits auf die Bewerbungsliste gesetzt.«

Garrett fluchte leise. »Ich habe sein Angebot gestern bereits höflich abgelehnt.«

Pete lachte. »Unser alter Herr möchte, dass du in den Schoß der Familie zurückkehrst. Er und Mom sind seit Hectors Tod wirklich außer sich vor Sorge. Das hättest auch du sein können, Bruderherz.«

»War ich aber nicht. Und ich kann jetzt nicht einfach ändern, wer ich bin, denn das würde bedeuten, dass Hector umsonst gestorben wäre.« Garrett gestand endlich laut den Gedanken ein, der ihm seit Wochen durch den Kopf ging. Er konnte nicht zulassen, dass Hectors Tod sinnlos gewesen war.

»Ich weiß, dass du nicht aus deiner Haut kannst«, sagte Pete. »Da ich dir gestern Abend beim Dinner jedoch nicht beigestanden habe, fand ich, dass ich dir wenigstens eine Vorwarnung schulde.«

»Verdammt richtig. Du schuldest mir was. Warum hast du mich nicht schon gestern vorgewarnt?«, fragte Garrett.

»Du bist mein kleiner Bruder, und ich will nicht, dass dir was zustößt«, antwortete Pete.

»Oh, ich hab gar nicht gewusst, dass ich dir so sehr am Herzen liege.« Garrett versuchte zu scherzen, weil er keine Schwäche zeigen und seinem Bruder nicht sagen wollte, wie sehr er ihn liebte. Aber er und Pete hatten sich schon immer nahegestanden.

»Mom ist schuld daran«, erklärte Pete.

»Wie kommst du darauf?«

»Sie hat mir immer aufgetragen, auf dich aufzupassen. Das ist mir zur Gewohnheit geworden. Und ich kann dich nicht beschützen, wenn du dich auf den Straßen von New York herumtreibst, aber in der Firma …«

»Vergiss es. Selbst wenn ich meine Dienstmarke gegen einen Job im privaten Sicherheitsdienst eintauschen wollte, würde ich nicht für dich oder Dad arbeiten«, fiel Garrett ihm ins Wort. »Nimm es mir nicht übel.«

»Tu ich nicht. Wie geht's deinem Bein?«

»So wie gestern«, antwortete Garrett. »Morgen habe ich ein Gespräch mit dem Captain auf dem Revier, um zu besprechen, wann ich wieder arbeiten kann, warum?«

»Hast du Lust, heute auszugehen?«, fragte Pete.

Sein Ton verriet, dass er etwas im Schilde führte. »Vielleicht. Was hast du vor?«

»Crystal hat eine Freundin …«

»Nein, danke. Ich möchte nicht verkuppelt werden«, entgegnete Garrett.

»Du sitzt doch nur zu Hause rum und trainierst«, blieb Pete hartnäckig.

Er dachte an Hayley, und ihm wurde bewusst, dass sie sich nicht unbedingt zum schlechtesten Zeitpunkt begegnet waren.

»Das stimmt nicht. Ich bin heute mit den Jungs zum Pokern verabredet.«

»Dich mit deinen Freunden zu betrinken ist nicht dasselbe wie ein Date«, sagte Pete.

Manchmal nahm er seine Rolle als älterer Bruder wirklich ein wenig zu ernst.

»Ich habe eine Frau kennengelernt.«

»Gestern Abend?«

»Ja.«

»Eine Prostituierte?«, fragte Pete. »Du hast erst um elf das Restaurant verlassen.«

»Keine Hure«, erwiderte Garrett. Hayley spielte vielleicht das verruchte Mädchen, aber sie beide wussten, dass sie keines war. »Meine Nachbarin.«

»Wirklich?«

»Sie hat sich ausgesperrt, und ich habe ihr ausgeholfen.«

»Klingt aufregend«, meinte Pete.

Das war es, dachte Garrett. Er biss in den Muffin und spülte den Bissen mit einem Schluck Milch hinunter, bevor er aufstand. »Das ist sie. Ich muss los.«

»Okay, aber falls du deine Meinung doch noch ändern solltest, Crystal und ich nehmen nächsten Freitag um sieben an einem Pralinenkurs im Candied Apple Café teil.«

»Rechne nicht mit mir. Das ist nicht mein Ding.«

»Meins auch nicht, aber Crystal ist total begeistert ...«

»Und deshalb hast du dich breitschlagen lassen. Du stehst voll unterm Pantoffel«, sagte Garrett.

»Stimmt«, gab Pete freimütig zu. »Ich hoffe, du findest eines Tages eine Frau, die aus dir ebenfalls einen Pantoffelhelden macht.«

Er beendete das Gespräch, und Garrett steckte sein Handy ein. Er wusste, dass er es niemals zulassen würde, dass jemand so viel Einfluss auf sein Leben nahm. Er machte sein eigenes Ding und damit basta.

Er trat auf die Terrasse hinaus und sah Hayley über die Straße gehen. Sie trug hautenge Jeans und eine Thermoweste, die ihre Brust und ihre schmale Taille umschmiegte. Er sah ihr nach, den Blick auf ihre wiegenden Hüften gerichtet, und stellte fest, dass er das ungezogene Mädchen, das er am vergangenen Abend gerettet hatte, gern wiedertreffen würde. Allerdings wusste er zu wenig über Hayley. Als Detective kannte er natürlich Mittel und Wege, um mehr über sie herauszufinden. Andererseits erschien ihm die Idee, sich ausgerechnet mit seiner Nachbarin einzulassen, nicht besonders schlau.

Falls die Sache mit ihnen nicht funktionierte, müsste er sie trotzdem noch jeden Tag sehen, und das könnte unangenehm werden. Vielleicht fühlte er sich auch nur deshalb zu ihr hingezogen, weil er sich schon seit einer ganzen Weile nicht mehr mit einer Frau getroffen hatte. Kurz entschlossen rief er seinen Bruder noch mal an und sagte ihm, dass er ihn zu dem Pralinenkurs begleiten würde, um Crystals Freundin kennenzulernen.

3. Kapitel

Dass ihr der Mann vom Schlüsseldienst die Tür öffnen musste, war eine demütigende Erfahrung für Hayley. Er schenkte ihr einen mitfühlenden Blick, gab aber keinen Kommentar ab. Sie hatte ihren Ladenpartnerinnen, die zugleich ihre besten Freundinnen waren, eine Nachricht geschickt, dass sie sich zur Arbeit verspäten würde. Gewöhnlich fing sie um fünf Uhr an.

Cici schrieb ihr, dass sie sich den Tag freinehmen sollte. Und nach den Ereignissen vom Vortag war sie stark versucht, das auch zu tun. Sich einfach mal eine Auszeit gönnen. Was würde ihr Dad dazu sagen? Er hatte sich seit einer Ewigkeit keinen freien Tag mehr genommen.

Hayley bezahlte den Schlüsseldienst, schloss die massive Tür hinter sich und lehnte sich mit dem Rücken dagegen. Im Haus roch es nach Lavendel, was sie an die Woche erinnerte, die sie mit ihren Eltern in der Provence verbracht hatte. Ihr Blick schweifte zu dem Beistelltisch mit dem Bild ihrer Mom.

Sie wusste, dass sie es sich nur einbildete, aber es schien ihr, als läge ein Vorwurf in der Miene ihrer Mutter. Edie war drei Tage nach Hayleys achtzehntem Geburtstag gestorben, und an jedem Geburtstag fühlte sich Hayley wieder wie die Achtzehnjährige von damals. Eine Kindfrau, die sich nicht sicher war, wer sie sein wollte, und die nie ganz dem Bild entsprach, wie ihre Mutter sich ihre Tochter gewünscht hätte.

Auf dem Beistelltisch entdeckte sie einen Umschlag, einen Blumenstrauß und ein in fröhliches Papier eingepacktes Geschenk. Es war groß, aber sie hatte keine Ahnung, was ihr Vater für sie besorgt hatte. Sie sah ihn nur bei den Vorstandstreffen von Dunham Dinners, dem Familienunternehmen, und wenn sie sich mal zum Essen verabredeten, was höchstens drei Mal im Jahr passierte.

Ihr Vater, oder einer seiner Angestellten, war wohl irgendwann in der Zeit, nachdem sie das Haus am Vorabend mit ihren Freundinnen verlassen hatte, und diesem Morgen hier gewesen.

Sie wäre nie auf den Gedanken gekommen, ihren arbeitssüchtigen Vater anzurufen und ihn um Hilfe zu bitten, weil sie sich ausgeschlossen hatte. Sie war sich sogar sicher, dass er bei dem Telefongespräch am gestrigen Morgen erwähnt hatte, er sei an der Westküste.

»Was schenkst du mir dieses Jahr, Dad?«, fragte sie das leere Haus.

Als kleines Kind war sie an ihren Geburtstagen immer reich beschenkt worden, und nach dem Tod ihrer Mutter war ihr klar geworden, dass sie die treibende Kraft hinter all den Geschenken gewesen war. Dabei hatte sie immer angenommen, ihr Vater hätte sie so verwöhnt.

Sie ignorierte den Brief, der einer von vielen war, die ihre Mutter vor ihrem Tod an sie geschrieben hatte. Edie war an Krebs gestorben, und ihr war etwas Zeit geblieben, um über einige Ereignisse zu schreiben, die sie selbst nicht mehr erleben würde. Aus unerfindlichen Gründen hatte sie damals gedacht – wie sie alle übrigens –, dass die Briefe eine gute Idee wären.

Aber an diesem Morgen fühlte sich Hayley nicht in der richtigen Verfassung, um zu lesen, was ihre Mutter ihr zu ihrem dreißigsten Geburtstag zu sagen hatte. Sie war sich nicht sicher, wann sie je dafür in der Verfassung sein würde, aber jedenfalls nicht jetzt. Sie versuchte immer noch, aus dem Schatten zu treten, den der Tod ihrer Mutter vor all den Jahren auf sie geworfen hatte.

Sie trug das Geschenk von ihrem Vater in die Küche. Es war ziemlich schwer, und als sie es öffnete, kam ein Kaffeevollautomat zum Vorschein. Ganz sicher würde sie sich erst mal in die Anleitung vertiefen müssen, um überhaupt auch nur den leisesten Schimmer davon zu bekommen, wie man ihn benutzte. Sie stellte das Gerät auf den Tresen und aß den Muffin, den sie sich von Garrett mitgebracht hatte.

Sie schämte sich nicht wegen der vergangenen Nacht. Warum auch? Iona würde sich ausschütten vor Lachen, wenn sie hörte, dass Hayley ihr Zusammentreffen mit Garrett eine »stürmische Affäre« nannte, obwohl sie ihn nur geküsst hatte.

Aber es war definitiv ihre Vorstellung von einer »stürmischen Affäre«.

Ein Anflug von Bedauern stieg in ihr auf. Sie nahm die Schiefertafel von der Wand, die neben dem Kühlschrank hing, und wischte die gestrige Botschaft weg. Sie lautete: »Koste das Leben voll aus«

Einen Moment überlegte sie, dann schrieb sie lächelnd: »Iss mehr Muffins« Gleich darauf strich sie es jedoch wieder durch und schrieb darunter: »Küsse öfter Fremde«

Schließlich ging sie nach oben, um zu duschen, und beschloss, dass sie nicht zu Hause bleiben würde. Dazu ähnelte sie zu sehr ihrem Vater. Es war ein Arbeitstag. Sie war nicht krank. Also konnte sie sich auch umziehen und zur Arbeit gehen. Einen Moment lang wünschte sie sich, dass sie zu dem Typ Mensch gehörte, der ohne schlechtes Gewissen auch mal blaumachte, aber so war sie nun mal nicht. Noch nie gewesen.

Sie zog den kleinen Notizblock mit ihrer Löffelliste heraus, Dinge, die sie vor ihrem Tod unbedingt machen wollte, und fügte als letzten Punkt »die Arbeit schwänzen« hinzu.

Als sie auf den breiten Bürgersteig in der hübschen, von Bäumen gesäumten Straße trat, warf sie noch einen flüchtigen Blick zu Garretts Haus, ehe sie zu dem kleinen Lebensmittelladen an der Ecke ging.

»Sie sind heute aber spät dran, Hayley«, sagte Mrs. Kalatkis zur Begrüßung. Sie trug einen bunten Kittel über einer engen Jeans und einem langärmeligen violetten Thermo-T-Shirt. Ihr langes, tintenschwarzes Haar war von silbernen Strähnen durchzogen, um die Hayley sie beneidete. Sie hoffte insgeheim, dass ihre Haare, wenn sie ergrauten, auch einmal so edel aussehen würden.

»Ein wenig, Mrs. Kalatkis«, antwortete Hayley und schnappte sich einen Smoothie aus dem Kühlschrank und eine Zeitung. Die Familie Kalatkis führte den Laden schon seit den 1950er-Jahren. Ihr Vater kannte sie noch aus der Zeit, als er das Haus in den 1990ern gekauft hatte. Sie waren immer freundlich zu ihr gewesen.

»Wie war Ihr Geburtstag?«, fragte Mrs. Kalatkis. »Wir haben ein kleines Geschenk für Sie. Schauen Sie nach der Arbeit noch mal rein, ja?«

»Das mach ich, danke. Mein Geburtstag war schön. Ich hatte einen tollen Abend mit meinen Freunden.« Sie waren in einem neuen, trendigen Nachtclub gewesen, dem Olympus. Ionas Bruder Theo kannte die Eigentümer. Sie hatte mit mehreren Männern getanzt, aber keiner davon war ihr so interessant erschienen wie ihr heißer Nachbar.

»Das ist schön«, meinte Mrs. Kalatkis. »Junge Leute sollten das Leben genießen und nicht immer so schwer arbeiten wie du.«

»Sie haben in meinem Alter sicherlich auch schwer gearbeitet«, erwiderte Hayley. Sie schob sich eine verirrte Strähne hinters Ohr und war immer noch überrascht, wie kurz ihre Haare neuerdings waren. Sie fror sogar ein wenig an den Ohren. In Gedanken machte sie sich eine Notiz, sich eine Mütze zu kaufen.

»Ich wusste aber auch, wie man so tut, als ob man schwer zu erobern wäre«, sagte Mrs. Kalatkis und zwinkerte ihr zu. »So hab ich das Herz von Mr. Kalatkis gewonnen.«

Hayley schenkte Mrs. Kalatkis ein Lächeln, als sie bezahlte, und verabschiedete sich.

Um zehn waren auf den Straßen viel mehr Passanten unterwegs als um halb fünf, wenn sie sich gewöhnlich auf den Weg machte. Aber es machte ihr nichts aus. Sie wählte den Weg durch den Central Park zur Fifth Avenue, wo sich das Candied Apple Café befand. Die Mieten dort waren zwar hoch, aber die Lage war hervorragend, und der Kredit, den sie von Freunden ihres Vaters erhalten hatte, sorgte für die nötigen finanziellen Reserven.

Ihre Gedanken kreisten um neue Rezeptideen, die sie im Café unbedingt ausprobieren wollte. Auf der Fifth Avenue blieb sie stehen, um das neue Schild über dem Geschäft zu bewundern. Das Candied Apple Café war ihr Traum gewesen. Sie hatte Hilfe gebraucht, um ihn zu verwirklichen. Ihr Vater hatte sie zwar auch unterstützt, aber Cici und Iona hatten mit ihr gemeinsam hart daran gearbeitet, um das Café zum Leben zu erwecken. Sie hatten Hayleys Traum von einer eigenen Confiserie mit ihren Wünschen verbunden, die darin bestanden, einen stylishen Laden und ein trendiges Café zu eröffnen, in dem sich die Gäste gerne aufhielten.

Das Candied Apple Café war daher ein Mix aus einem modernen Coffeeshop, einer Chocolaterie und einem coolen Bistro. Nach fünf Uhr boten sie in den Sitzecken im Café- und Barbereich von Schokolade inspirierte Cocktails und exotische Speisen an. Tagsüber verkauften sie Süßwaren, Pralinen und Gebäck in den rot gestreiften Kisten mit dem grünen Apfel, der ihr Markenzeichen war.

Wenn sie an den Laden dachte, überkam sie dasselbe aufregende Prickeln wie beim Gedanken an Garrett. Sie erinnerte sich an das Gefühl, ihm nahe zu sein, an seine Küsse. Ein Stich des Bedauerns durchzuckte sie. Vielleicht hätte sie seine unausgesprochene Einladung an diesem Morgen annehmen sollen. Aber One-Night-Stands … davon hatte sie einige gehabt, als sie zwanzig gewesen war, und sie lagen ihr nicht.

Für sie war er immer noch ein Fremder, aber eine innere Stimme sagte ihr, dass er ihr wahres Ich womöglich besser kannte als alle anderen. Als sie ihn geküsst hatte, hatte sie sich zum ersten Mal seit Jahren fallen lassen.

Es war angsteinflößend, dass ein Mann ihre Schutzmauern durchbrochen hatte und sie dadurch so verletzlich geworden war, noch dazu ein Mann, den sie kaum kannte. Aber auch aufregend. Zum ersten Mal seit langer Zeit fühlte sie sich wirklich lebendig. Fast so, als ob sie dafür nicht erst ihre weiße Konditorinnenjacke anziehen und sich in der Küche verkriechen müsste.

***

Cici und Iona waren die besten Freundinnen, die Hayley je gehabt hatte. Und das lag nicht etwa daran, dass sie alle zur selben Schule gegangen oder in derselben Stadt aufgewachsen wären. Nein, Hayley war der Überzeugung, dass sie vor allem deshalb so gut befreundet waren, weil sie alle mit demselben Mann zusammen gewesen und dann von ihm abserviert worden waren: Damon O'Sullivan.

»Volltreffer!«, rief Iona Summerlin, als Hayley den Laden betrat. Sie war groß, energisch und temperamentvoll. Hayley dachte oft, dass es ihr eigentlich ein Hinweis hätte sein sollen, dass Damon nur mit ihr spielte, wenn er sich von einer so tollen Frau wie Iona getrennt hatte.

»Ist das eine Sportmetapher?«, fragte Cici, die neben Iona stand. Sie hatte dunkles, lockiges Haar und trug eine angesagte, dunkel gerahmte Brille. Cici war ein Finanzgenie, und ohne ihre Hilfe und ihren Rat wäre das Candied Apple Café wohl nie so erfolgreich geworden, dessen war sich Hayley sicher.

»Nein. Ich habe nur gerade die Bestätigung erhalten, dass wir noch mal einen Artikel im ›Alles über Manhattan‹-Blog bekommen. Das hat uns beim letzten Mal schon einen enormen Zulauf beschert«, antwortete Iona.

»Warum veröffentlichen sie noch mal einen Artikel über uns?«, fragte Hayley.

»Wegen deiner Pralinenkurse. Der Valentinstag steht kurz bevor, und Paare interessieren sich für außergewöhnliche Erlebnisideen«, erklärte Iona.

Hayley stöhnte auf. »Ich hatte gehofft, dass niemand auftauchen würde.«

Cici lächelte mitfühlend. »Diese Tage sind längst vorbei. Als ich heute Morgen ankam, stand schon eine lange Schlange vor dem Café.«

»Ja, die Leute brauchen Schokolade, wenn das Wetter grau ist.« Iona nickte zustimmend.

»Wohl wahr«, meinte Hayley. Sie war in Gedanken an Garrett vertieft gewesen und hatte sich überlegt, was sie an diesem Tag in der Küche zaubern wollte, deshalb war ihr der Betrieb im Laden gar nicht aufgefallen.

Sein Kuss kam ihr in den Sinn, so intensiv und leidenschaftlich. Unwillkürlich schoss ihr die Idee durch den Kopf, eine Praline zu kreieren, die dieses Gefühl widerspiegelte. In Gedanken vermengte sie bereits Zutaten und probierte verschiedene Gewürze aus, bis sie die perfekte …

»Hayley, was ist denn heute los mit dir? Du starrst auf den Tresen, als würdest du dort die Antworten auf alle Rätsel des Universums finden.«

»Nichts«, murmelte sie und drängte sich an Iona vorbei, um sich Cicis Notizblock zu schnappen. Rasch notierte sie Ideen für Zutaten, damit sie sie nicht wieder vergaß.

»Ah, die Muse hat zugeschlagen«, sagte Cici. »Das liest sich pikant. Wird das wirklich alles zusammenpassen und auch schmecken?«

»Gestern hat es geschmeckt«, erwiderte Hayley gedankenverloren. Sie dachte daran, wie Garretts Zunge mit ihrer gespielt hatte. Er war so beherrscht und doch voller Leidenschaft gewesen. Vielleicht würde ihr die Pralinenmischung doch ein wenig zu scharf geraten. Irgendetwas verheimlichte er vor ihr.

Warum?

Sie machte sich eine Notiz am Rand und war sich bewusst, dass ihre Freundinnen sie aufmerksam beobachteten.

»Gestern? Da warst du mit uns zusammen«, stellte Cici fest. »Ist was passiert, nachdem das Taxi dich abgesetzt hat? Der Fahrer hat dich doch nach Hause gebracht, oder?«

»Ja.« Sie antwortete absichtlich so ausweichend, weil sie Garrett für sich behalten wollte. Sie war noch nicht bereit, ihn mit ihren Freundinnen zu teilen.

»Ist das die Antwort auf die erste oder auf die zweite Frage?«, hakte Iona wie immer äußerst scharfsichtig nach. Man konnte kaum etwas vor ihr verbergen.

»Auf beide«, gab Hayley zu.

Ionas Handy klingelte, und sie biss sich auf die Unterlippe, als sie erst aufs Display und dann zu Hayley schaute. »Da muss ich ran. Sag nichts, bis ich wieder zurück bin.«

Hayley nickte. Sie wollte sowieso nicht über Garrett und den gestrigen Abend reden. Cici musterte sie forschend, aber sie war nicht so hartnäckig wie Iona. Als Hayley das Blatt abriss und auf die Küche zusteuerte, hielt Cici sie nicht auf.

»Irgendwann wirst du uns davon erzählen müssen!«, rief sie ihr hinterher.

Hayley drehte sich noch einmal um. »Ich bin noch nicht bereit dafür. Und jetzt will ich erst einmal das Rezept für die Praline ausprobieren.«

»Okay, mach nur. Ich habe sowieso in dreißig Minuten Training. Uh. Warum hab ich mir an Neujahr nur vorgenommen, mich in Form zu bringen?«, meinte Cici.

»Weil du in allem anderen schon so wundervoll bist.« Hayley zwinkerte ihrer Freundin zu.

»Ha.«

In der Küche ging Hayley zum gut ausgestatteten Gewürzschrank. Sie war vor Eröffnung des Candied Apple Cafés ein Jahr lang durch die Welt gereist. Das war der Vorteil gewesen, wenn man mit seinem Vater zusammenlebte und so jeden Cent sparen konnte, den man verdiente. Seit dem Tod ihrer Mutter vor zwölf Jahren war sie sich sicher gewesen, dass sie eines Tages ihre eigene Confiserie eröffnen würde.

Die Lebensmittelbranche lag ihrer Familie im Blut. Ihr Vater war der Chef von Amerikas größtem Tiefkühlprodukt-Imperium. Aber sie wollte ihr eigenes Ding machen und nicht in seine Fußstapfen treten.

Sie holte sich die Gewürze, die sie am stärksten an Garrett erinnerten. Ihm eine Praline zu widmen, war wirklich keine gute Idee. Er war ein Mann. Nur ein Mann. Aber da sie ihn geküsst hatte, obwohl sie einander kaum kannten, fühlte es sich richtig an, diese Erfahrung auf diese Weise zu verarbeiten.

Sie nahm eine Prise Orangenextrakt, weil sein Aftershave frisch nach Zitrusfrüchten gerochen hatte. Dazu eine gemahlene Chilischote aus Spanien und eine Messerspitze Cayennepfeffer.

An ihrem Arbeitstisch griff sie nach der dunklen Schokolade, die sie dort aufbewahrte. Ihre Lippen brannten, weil sie unwillkürlich an seinen Kuss denken musste. Angeblich hatte er sie nur geküsst, weil er die Schokolade probieren wollte. Mit dem Messer schnitt sie ein paar Stücke ab und machte daraus eine Ganache. Sie teilte die flüssige Schokolade auf und gab die Zutaten in verschiedener Menge hinzu, bis sie eine Mischung hatte, die … nun, jedenfalls in ihrem Kopf ganz wie Garrett schmeckte.

Sie kühlte die Füllung und schmolz verschiedene Schokoladenmischungen für die Pralinenhülle. Die Arbeit ging ihr zügig von der Hand, Musik erfüllte ihre Gedanken. Der mitreißende Rhythmus von klassischem Rock 'n' Roll. Das schien gut zu Garrett zu passen.

Verdammt!

Sie musste ihn wirklich vergessen. Und wenn sie diese Pralinen gegessen hatte, würde sie das auch. Er war ihr Geburtstagsgeheimnis. Allein für sie, jemand, der sie auf den neuen Weg vorbereitete, den sie in diesem Jahr einschlagen wollte.

Cici kam in die Küche und nahm sich eine der Pralinen. Sie biss ab und seufzte. »Oh, das ist himmlisch. Mhmm, richtig gut. Die müssen wir im Laden anbieten. Wie willst du sie nennen?«

»Mitternachtspassion«, sagte Hayley. Denn das beschrieb, was zwischen ihnen passiert war. Doch jetzt war es helllichter Tag, und sie tat gut daran, nicht ständig an einen Mann zu denken, den sie vermutlich nicht wiedersehen würde. Jedenfalls nicht so intim.

Nach einer Weile schlenderte Iona in die Küche, und auch sie probierte eine der neuen Pralinen. Wie Cici war sie der Meinung, dass sie die »Mitternachtspassion« in ihr Sortiment aufnehmen sollten.

Hayley lächelte beim Gedanken daran, dass die vergangene Nacht gut für ihr Ego und ihr Geschäft gewesen war. Kein schlechter Start in das neue Lebensjahrzehnt.

***

Garrett hatte nicht viel Verwendung für ein Esszimmer, daher hatte er es bei seinem Einzug zum Spielzimmer umgestaltet. Es gab eine Bar, in der Mitte des Raumes stand ein Billardtisch und in einer Ecke ein Pokertisch für sechs Personen. Normalerweise hätte er auch Pete zum Spieleabend eingeladen, aber er wollte nicht, dass sein Bruder bei dem Gespräch dabei war.

Wenn ein Cop seine Waffe abfeuerte und dabei einen Verdächtigen tötete, gab es immer eine Untersuchung, und der betreffende Cop wurde vom Dienst suspendiert, bis die interne Ermittlung abgeschlossen war. Da der Täter zuerst Garretts Partner Hector Gonzalez erschossen und Garrett in Notwehr gehandelt hatte, gingen die meisten seiner Kollegen davon aus, dass Garrett von allen Schuldvorwürfen entlastet werden würde und in den Dienst zurückkehren konnte, sobald seine Verletzung geheilt war.

Zum Teufel, auch Garrett ging davon aus.

Er hatte diesen Abend Tausende Male in seiner Erinnerung durchlebt und wusste, dass er keine andere Wahl gehabt hatte. Der Verdächtige hatte sich ihm mit gezogener Waffe genähert, während sein Partner zu seinen Füßen verblutete. In all seinen Dienstjahren war er nie zuvor in eine solch kritische Situation geraten.

Er war ruhig geblieben, so wie man es ihnen beigebracht hatte, aber er hatte auch gewusst, wenn er Paco nicht zuvorkam, würde er gleich mit dem Gesicht nach unten neben Gonzalez auf dem Boden liegen.

Es klingelte, Garrett verdrängte die Erinnerungen und zwang sich zu einem Lächeln, als er die Tür öffnete. Er humpelte ein wenig, das Bein war immer noch ziemlich angeschlagen.

Auf der Schwelle standen Ramirez und Maxwell.

»Die Zugfahrt von Queens hier raus war ein Albtraum. Ich brauche auf der Stelle Tequila«, sagte Ramirez. Er umarmte Garrett kumpelhaft, als er eintrat. Maxwell tat dasselbe, und beide gingen schnurstracks ins Spielzimmer. Sie trafen sich jeden Monat zum Pokern. Während ihrer Ausbildung hatten sie sich angefreundet. Sie waren damals alle Außenseiter gewesen. Heute blieb ein Stuhl leer. Garrett schob den Gedanken zur Seite, als er sah, dass Hoop die Straße raufkam.

Hoop war kein Cop mehr. Er hatte noch mal studiert und war zum Feind übergelaufen. Als Strafverteidiger. Trotzdem luden sie ihn immer noch ein, weil ... Nun ja, weil sie Freunde waren und sich von ihrer besten und schlechtesten Seite kannten.

»Junge, der Verkehr war höllisch«, sagte Hoop.

»Das hab ich schon gehört«, antwortete Garrett. »Der Tequila steht schon auf dem Tisch. Ich hoffe, du bist darauf vorbereitet, ausgenommen zu werden.«

Hoop trat ein, und Garrett schloss die Tür hinter ihm. Gemeinsam gingen sie ins Spielzimmer.

»Ich glaube, der Alkohol und die Schmerzmittel haben dir das Hirn vernebelt. Ich gewinne jedes Mal«, erwiderte Hoop.

»Alkohol und Schmerzmittel? Deine Vorstellung von Spaß unterscheidet sich grundlegend von meiner«, meinte Garrett.

Ramirez reichte ihm ein Glas Tequila, als sie sich setzten. Im Verlauf des Abends fühlte sich Garrett allmählich wieder wie er selbst. Genauer betrachtet lag dies jedoch wohl hauptsächlich daran, dass die Jungs scherzten und sich ausschließlich über Banalitäten unterhielten.

Allerdings war er nie jemand gewesen, der vor Problemen davonlief, schon gar nicht vor seiner dunkelsten Befürchtung, dass die interne Ermittlung etwas zum Vorschein brachte, das ihm schaden würde. Entschlossen kippte er seinen vierten Shot in einem Zug runter und stellte die Frage, die ihn schon die ganze Zeit umtrieb. »Habt ihr was über meinen Fall gehört?«

Das Gespräch verstummte, und Hoop legte seine Karten auf den Tisch. Ramirez schob seine zusammen, mischte sie erneut und fächerte sie wieder auf, um sie neu zu ordnen. Maxwell schaute ihn nur durchdringend an.

»Nein, nichts. Der Captain hält sich bedeckt. Die Leute vom Untersuchungsausschuss waren heute vierzig Minuten bei ihm im Büro, aber er hat nicht gesagt, warum«, erklärte Maxwell. »Ich weiß nicht, ob es was mit dir zu tun hatte oder nicht.«

»Verdammt.«

»Ich hab auch nichts gehört«, sagte Hoop. »Ich hab eine Freundin im Büro des Oberstaatsanwalts angerufen, aber sie weiß auch nichts.«

Das mussten gute Nachrichten sein.

»Verflucht, Mulligan, das ist so eine Scheiße. Du hast nur deinen Job gemacht«, sagte Ramirez.

Aber stimmte das auch? Genau das war der Knackpunkt. Bis er von jeglichem Verdacht freigesprochen war, würde er keinen Frieden finden. Für einen Moment hatte er alles vergessen. Gestern Abend, als er Hayley geküsst hatte. Aber auch das war nicht echt gewesen. Er war in der Hölle gefangen.

Männer, die in der Hölle gefangen waren, konnten jemanden abschleppen, aber keine echten Gefühle dabei entwickeln.

»Ich hatte gehofft, ihr könntet mir was sagen. Ich habe heute Nachmittag eine Mail bekommen, dass ich morgen auf dem Revier erscheinen soll.«

»Das ist doch gut, oder nicht?«, fragte Ramirez.

Garretts Bauchgefühl sagte ihm etwas anderes. Hätte der Captain gute Neuigkeiten, hätte er ihn angerufen und ihm nicht gemailt.

»Ich weiß es nicht. Deshalb frage ich euch Knallköpfe ja.«

»Knallköpfe? Ganz schön heftig«, beschwerte sich Maxwell. »Auf die beiden trifft das ja zu, aber auf mich? Ich bin definitiv geistig voll auf der Höhe.«

Garrett lachte und gab sich lässig, aber die eiserne Fessel um sein Herz, die ihn fest im Griff hatte, seit er die Waffe abgefeuert hatte, zog sich noch ein wenig fester zu. Seine Mutter hätte dazu gesagt, dass man ein Problem nicht schneller löste, wenn man sich Sorgen machte, aber er konnte nicht anders. Für ihn gab es nur Richtig oder Falsch. Dazwischen war nichts, er war nicht zu Kompromissen bereit, wenn es um seine Arbeit oder sein Leben ging. Und plötzlich, zum ersten Mal seit langer Zeit, hatte er Angst vor der Zukunft.

Sein Bein heilte nicht so schnell, wie der Arzt angenommen hatte. Der Captain rückte nicht mit der Sprache über die Untersuchung heraus, und wenn man dann noch seine sexy Nachbarin dazuzählte, war sein Leben mit einem Mal mehr als verwirrend und unberechenbar geworden.

Vor zwei Monaten hätte er mit ihr geschlafen, sich ein paar Wochen lang mit ihr amüsiert und dann die Beziehung wieder beendet, um sich auf die nächste Frau einzulassen. Das war seine Art. Er wollte sich wegen seines Jobs nicht fest binden. Wegen der Polizeimarke. Aber wenn er die nicht länger tragen konnte …

Dann würde sich alles ändern. Ganz ohne seine Zustimmung.

Seine ganze Welt stand kopf, gleich, was morgen passierte.

Er gewann zwei Runden und verlor vier. Um Mitternacht, als die Jungs sich verabschiedeten, errechnete er, dass er ohne Verluste aus dem Abend herausgegangen war. Aber das spielte keine Rolle. Im Spiel hatte er meist Glück, und auch um Geld machte er sich keine Sorgen. Was sein Leben betraf, fiel es ihm jedoch zunehmend schwerer, einzuschätzen, was die Zukunft für ihn bereithielt.

4. Kapitel

Das obere Stockwerk des Candied Apple Cafés hatte vor drei Monaten noch leer gestanden, aber auf Ionas Drängen hin hatte Hayley es für Pralinen-Workshops hergerichtet. Trotzdem freute sie sich nicht sonderlich darauf, Kurse zu geben, da sie nicht gern vor Publikum sprach. Aber sie würde sich eben dazu zwingen.

Sie durchquerte den Raum, in dem zehn Edelstahltische standen. Am Kopfende war der Tisch aufgebaut, an dem sie vorführen würde, was die Teilnehmer machen sollten. Sie trug ihre Konditorjacke nicht und fühlte sich unwohl. Die Jacke war wie eine Rüstung für sie, und sie war sich nicht sicher, ob sie sich einer Gruppe von Leuten ohne sie stellen sollte.

»Das sieht gut aus«, sagte Iona, als sie den Raum betrat.

Sie war ein PR-Guru und so attraktiv, dass sie eigentlich vor die Kamera gehörte, auf das Titelblatt einer Zeitschrift oder auf eine Filmleinwand, statt Marketingkampagnen zu organisieren. Die schwarz-roten Haare fielen ihr in einem schnurgeraden Schnitt bis hinunter auf den Rücken. Ihr Augen-Make-up war wie immer spektakulär. Iona behauptete stets, das mache sie nur wegen des Effekts. Hayley hegte jedoch den Verdacht, dass sie dahinter ihr wahres Ich verbergen wollte. Sie sah wirklich beeindruckend damit aus und ganz anders als ungeschminkt.

»Danke. Ich hatte schon befürchtet, dass nicht alles rechtzeitig kommt«, sagte Hayley.

»Ich hab dich gemeint, Dummkopf. Wie ist es heute gelaufen? Hast du dich schon an deinen neuen Look gewöhnt?« Iona zupfte an Hayleys Haaren herum.

»Nein, eigentlich nicht. Manchmal sehe ich eine Frau im Spiegel und merke erst mit Verzögerung, dass ich das bin.« Es war schon komisch, wie eine Frisur und ein bisschen Lipgloss das Leben einer Frau verändern konnten. »Ziemlich viele Männer haben mit mir heute im Laden geflirtet, und ich ... na ja, ich hab wohl endlich herausgefunden, wie ich zurückflirten kann.«

»Was war daran so schwer?«, fragte Iona.

»Ich bin einfach diese Floskeln nicht gewohnt. Sonst bin ich von Männern meist ignoriert worden, aber wie es scheint, gehört das definitiv der Vergangenheit an.«

»Klingt spannend. Woher weißt du, dass es definitiv Vergangenheit ist?«, fragte Iona. Sie eilte durch den Raum, richtete Tabletts auf verschiedenen Tischen her und ordnete die Utensilien.

Warum war sie sich sicher? Sie hatte den ganzen Tag an Garrett gedacht, als sie mit den Fremden im Laden geflirtet hatte, denn die banalen Sprüche konnte sie nur herausbringen, wenn sie sich vorstellte, dass sie mit ihm sprach. »Der heiße Cop, der neben mir wohnt, hat mich gestern Abend geküsst.«

»Uh«, machte Iona und kam zu ihr rüber. »Das höre ich gern.«

»Oh, Iona, ich weiß nicht, was ich tun soll. Ich hab das verruchte, wagemutige Mädchen gut gespielt, aber als ich heute Morgen sein Haus verließ ...«

»Moment mal, du hast die Nacht mit ihm verbracht?«

»Ja«, antwortete Hayley und fing an zu lachen.

»Ähm, was habe ich dir über One-Night-Stands gesagt?«

»Es ist nicht so, wie du denkst. Ich habe meinen Schlüssel verloren und konnte nicht in mein Haus, und er hat mir angeboten, bei ihm zu übernachten«, entgegnete sie.

»Du hast also nicht mit ihm geschlafen?«

»Nein.« Ihre Stimme klang sehnsüchtig, selbst in ihren Ohren. »Ich wollte nicht zu forsch sein und wusste nicht, was ich tun soll.«

»Du hast aber doch sicher davor schon mal einen Mann geküsst«, meinte Iona. »Bist du noch Jungfrau?«

»Nein, bin ich nicht. Aber das war so anders. Ich meine, vorzutäuschen …«

»Du täuschst doch nichts vor. Du entwickelst dich weiter. Halte dir das vor Augen, und alles wird gut.«

Iona hatte recht. Tief in sich drin spürte Hayley, dass sie sich verändert hatte. Deshalb wollte sie Iona auch nicht verraten, dass sie vorhatte, Garrett nach der Arbeit mit einer Schachtel Pralinen zu besuchen.

»So einfach ist das nicht. Als ich das letzte Mal vorgab, anders zu sein, als ich wirklich bin, war meine Mutter schwer krank«, gestand Hayley.

Iona legte ihr einen Arm um die Schulter. »Das tut mir leid, Süße. Aber damals warst du auch noch ein Mädchen, das die Erwachsene gespielt hat.«

»Woher willst du das wissen?«

»Weil wir in dem Alter alle so waren. Mit achtzehn habe ich mich absolut unausstehlich aufgeführt. Ich hab gedacht, ich hätte die Weisheit mit Löffeln gegessen«, erklärte Iona.

Das war neu für Hayley. Sie hatte stets gehofft, wenn sie

sich nur bemühte, ein anderer Mensch zu sein, würde es ihrer Mutter womöglich wieder besser gehen. Selbst mit achtzehn hatte sie natürlich gewusst, dass sich ihr Verhalten nicht auf die Gesundheit ihrer Mutter auswirken würde. Dennoch hatte sie sich gewünscht, dass Gott es vielleicht bemerken und ihr helfen würde, wenn Hayley sich bloß genügend anstrengte, um so zu sein, wie ihre Mutter es gern hätte.

Sie seufzte und versuchte, die melancholische Stimmung abzuschütteln. Sicher war dafür der immer noch ungelesene Brief ihrer Mutter verantwortlich, der zu Hause auf sie wartete. Es war besser, wenn sie ihre Gedanken zum Haus ihres Nachbarn lenkte.

Zu Garrett.

»Du weißt immer noch nicht so viel, wie du zu wissen glaubst«, sagte Hayley.

Iona zwinkerte ihr zu und ging zu einem der Tische. »Das stimmt, aber der Trick dabei ist, es andere nicht merken zu lassen.«

»Und wie macht man das?«

»Mit Selbstvertrauen und ein wenig draufgängerischer Großspurigkeit. Weißt du noch, wie wir dich dazu überredet haben, den Vorstand der Firma deines Vaters um einen Kredit zu bitten?«

Hayley nickte. Aber das war nichts im Vergleich zu den Gefühlen, die Garrett in ihr weckte. Sie hatte kein Problem damit, den versammelten Vorstandsmitgliedern klarzumachen, dass sie es bereuen würden, wenn sie nicht in das Candied Apple Café investierten, denn sie war sich in der Küche ihrer Fähigkeiten sicher. Doch dieses Selbstvertrauen fehlte ihr in allen anderen Lebensbereichen.

»Das war etwas anderes. Ich bin ziemlich gut im Herstellen von Konfekt und Pralinen.«

»Das stimmt, aber du bist auch gut in vielen anderen Dingen. Es klingt so, als wärst du auch gut darin gewesen, deinen heißen Nachbarn zu küssen.«

»Was, wenn …«

»Hör auf damit. Du solltest nicht ständig an dir zweifeln. Du kannst dein Leben entweder leben oder zusehen, wie es an dir vorüberzieht.«

»Reden wir jetzt wieder in Katzenkalendersprüchen?«

»Das ist aber eine Tatsache, selbst wenn es von einem süßen Kätzchen kommt«, entgegnete Iona. Ihr Handy klingelte, und sie schaute Hayley durchdringend an, bevor sie sich abwandte, um den Anruf entgegenzunehmen.

Hayley wusste, dass Iona recht hatte. Immerhin wollte sie ihr neues Lebensjahrzehnt in vollen Zügen genießen und selbstbestimmter leben, anders als in den vergangenen zehn Jahren.

Und …

Sie wollte Garrett wiedersehen. Ihm gegenüber war ihr das neue Outfit nicht unangenehm gewesen, denn er hatte dafür gesorgt, dass sie sich wohl in ihrer Haut fühlte. Sie nagte an ihrer Unterlippe und zwang sich, sich den wahren Gründen zu stellen, aus denen sie sich noch einmal mit ihm treffen wollte. Sie wollte herausfinden, ob seine Küsse von echten Gefühlen getragen wurden. Sie hatte sich noch nie zu jemandem so stark hingezogen gefühlt, und sie wollte dieses Gefühl unbedingt noch einmal erleben.

***

Nach ihrem Gespräch mit Iona beschloss Hayley, dass sie doch nicht mit einer Pralinenschachtel in der Hand bei Garrett klingeln würde. Jedes Mal, wenn sie bei einem Mann die Initiative ergriffen und sich eine dauerhafte Beziehung gewünscht hatte, war es schiefgegangen. Sie würde ihn einfach in der Kategorie Spaß ablegen. Doch als sie spätabends nach der Arbeit nach Hause kam, musste sie sich eingestehen, dass sie nur deshalb den ganzen Tag versucht hatte, die neue Praline zu perfektionieren, um einen Vorwand zu haben, nicht nach Hause gehen zu müssen. Und das nicht etwa, weil sie Angst davor hatte, Garrett zu begegnen.

Die hatte sie nicht.

Allerdings war allein die Tatsache, dass er ihre Gedanken fast die ganze Zeit beherrschte, Grund genug, um ein weiteres Aufeinandertreffen zu vermeiden.

Ihr Männergeschmack ließ ziemlich zu wünschen übrig. Das wusste sie. Meist fand sie einen Mann aus recht oberflächlichen Gründen sympathisch, da war es kein Wunder, wenn eine tiefgründigere Beziehung meist keine Chance hatte.

Die Tür zu seinem Haus öffnete sich, gerade als sie die Treppe zu ihrem hinaufging, und drei Männer kamen heraus. Sie lachten und unterhielten sich ziemlich laut.

Schnell verbarg sie sich in den Schatten, als Garrett sich zu ihnen gesellte. Er verabschiedete seine Freunde und schaute dann zu ihrem Haus. Einen winzigen Moment zögerte sie, dann trat sie doch ins Licht. Insgeheim stöhnte sie allerdings über sich und ihre mangelnde Vernunft.

»Wieder so spät noch draußen?«, rief sie zu ihm hinüber.

»Ja, ich dachte, ich sollte die Augen offen halten, für den Fall, dass du mich noch mal brauchst.« Er schloss die Tür, stieg vorsichtig die Treppe hinab und kam leicht humpelnd zu ihr herüber. Er hatte sich offenbar nicht rasiert, Bartstoppeln bedeckten seine Wangen und sein Kinn. Bisher hatte sie immer gedacht, dass sie glatt rasierte Männer bevorzugte, aber sein Bartschatten strahlte förmlich »Bad Boy« aus. Rebell.

Und sie fühlte sich davon angezogen wie eine Motte vom Licht. »Heute muss ich nicht gerettet werden«, sagte sie.

»Verflixt.«

Sie legte den Kopf schräg. »Möchtest du noch auf einen Drink mit reinkommen?«

»Mach lieber einen Kaffee draus. Ich hatte schon ziemlich viel Tequila und habe morgen früh ein Gespräch mit meinem Captain.«

»Ich habe entkoffeinierten da.« Sie schloss die Tür auf und betrat vor ihm das Haus.

Sie hörte ihn hinter sich, als sie den Schlüssel in die Schale auf dem Beistelltisch legte. Sie hatte die Lampe angelassen, und so fiel ihr Blick gleich auf das Foto ihrer Mutter. Es war ein Jahr vor der Krebsdiagnose aufgenommen worden und zeigte ihre Mutter von ihrer besten Seite. In der Blüte ihres Lebens und entschlossen, ihre Tochter zu einer vorbildlichen Frau zu formen.

Auch an diesem Abend sah Hayley wieder die Kritik in ihren Augen.

Edie hatte unrasierte Männer missbilligt.

Hayley führte Garrett durch den Flur in die Küche. Sie deutete auf den Kaffeeautomaten, den ihr Vater ihr geschenkt hatte.

»Ich hab noch nicht wirklich eine Ahnung davon, wie dieses Ding funktioniert, aber man braucht die kleinen Kapseln dafür.« Sie öffnete die Schachtel und schob sie ihm hin.

»Meine Eltern haben genau dieselbe Maschine«, sagte er. »Ich versuche den hier mal.« Er reichte ihr die Kapsel, kurz streiften sich ihre Finger. Ein Kribbeln rieselte ihr über die Arme. Sie schaute ihn ewig lange fünf Sekunden an, bevor er eine Augenbraue in die Höhe schnellen ließ und sie sich der Kaffeemaschine zuwandte.

»Du hast also eine Besprechung mit deinem Captain? Worum geht es dabei?«, fragte sie.

Sie hörte seine Schritte auf dem Parkett und dann das Kratzen von Stuhlbeinen, als er sich einen Barhocker herauszog, um sich an den Küchentresen zu setzen.

»Vermutlich wird er mir sagen, wann ich wieder arbeiten kann«, meinte Garrett.

»Das ist gut. Glaubst du, das wird bald sein?«, fragte sie.

»Mein Bein ist noch nicht hundertprozentig wieder in Ordnung«, entgegnete er. »Die Kugel hat den Knochen erwischt, und ein Stück ist abgesplittert. Mein linkes Bein ist nun kürzer als mein rechtes.«

Sie drehte sich zu ihm um, während der Kaffee durchlief. Garrett erschien ihr so stark und kompetent, dass er sich von einem verletzten Bein bestimmt nicht von seinem Dienst abhalten ließ.

»Du könntest einen Spezialschuh mit höherem Absatz tragen«, schlug sie vor.

Er hob beide Augenbrauen. »Ach ja? Warum sollte ich das tun?«

»Damit deine Beine wieder gleich lang sind«, erklärte sie und reichte ihm den Kaffee, ehe sie sich eine Tasse Tee in der Mikrowelle machte.

Sie bot ihm Milch und Zucker an, doch er lehnte ab.

»Meine Kumpels würden mich damit nur aufziehen«, meinte er.

»Die Männer, die vorhin bei dir waren?«

»Ja. Wir spielen einmal im Monat Poker zusammen. Im vergangenen Monat … war mein Partner noch dabei.«

»Das tut mir leid.«

»Schon okay.« Er trank einen Schluck Kaffee. »Perfekt. Ich glaube, du hast die Kaffeemaschine voll im Griff.«

»Ich war schon immer gut darin, die richtigen Knöpfe zu drücken.«

»Nun, du bist sicherlich gut darin, bei mir die richtigen Knöpfe zu drücken.« Er stellte seine Tasse ab und lehnte sich über den Tresen zwischen ihnen zu ihr herüber.

»Wirklich? Bisher habe ich doch nichts gemacht, außer …«

»Du selbst zu sein.«

Sie selbst.

Sie wünschte, das würde stimmen.

Sie kam sich wie eine dieser Mütter mit vier Kindern vor, die im Einkaufszentrum mit einer Million Taschen am Arm herumliefen, während jedes der Kinder in eine andere Richtung davonrannte. Nur dass bei ihr die vier Kinder verschiedene Facetten ihrer Persönlichkeit waren und sie beim besten Willen nicht wusste, wie sie diese Puzzlestücke so zusammensetzen musste, dass sie ein Bild ergaben.

»Mehr können wir ja alle nicht tun«, meinte sie schließlich.

»Das stimmt«, erwiderte er. »Ich gebe mein Bestes, um mit meiner gegenwärtigen Situation zurechtzukommen. Ich bin echt froh, dass ich morgen dieses Gespräch mit dem Captain habe.«

Sie trank einen Schluck Tee. Sie hätte das Wasser im Kessel

kochen lassen sollen, statt es nur in der Mikrowelle heiß zu machen.

»Was wird danach passieren?«

»Ich ziehe die Uniform an, und mein Leben läuft wieder in geordneten Bahnen.«

In geordneten Bahnen?

Bedeutete das etwa, dass er nur für seinen Job lebte?

Noch ein Arbeitstier, dachte sie. Offenbar hatte sie ein sicheres Gespür für solche Menschen, selbst wenn sie sich hinter einer lässigen, sexy Ausstrahlung verbargen. Vielleicht lag es an der späten Stunde oder daran, dass er sie regelmäßig aus dem Konzept brachte. Es kam ihr jedenfalls so vor, als ob sie alles sagen, alles tun könnte. Statt höflich zu sein und den Kommentar widerspruchslos hinzunehmen, stellte sie ihre Teetasse ab und beugte sich zu ihm.

»Was meinst du mit ›in geordneten Bahnen‹?«

***

Hayley beobachtete Garrett aufmerksam, als er sich in der Küche umsah. Die Deckenlampen mit den kupfernen Lampenschirmen brachten blonde Strähnen in seinem braunen Haar zum Vorschein.

Er räusperte sich. »Küsse öfter Fremde?«

»Äh, wie bitte? Ich wusste nicht, dass sich dein Leben darum dreht«, meinte sie.

»Nein, das steht auf der Tafel. Ist das dein Ziel?«

»Wir reden gerade über dich«, erinnerte sie ihn und hoffte inständig, dass sie nicht rot geworden war, aber sie spürte die Hitze in ihren Wangen.

»Stimmt, du hast recht. Ich glaube, ich weiß nicht, was ich mit meinem Leben anfangen soll, sollte ich nicht wieder als Polizist arbeiten können. Ich habe dir ja schon gesagt, dass ich ein oberflächliches, verwöhntes Kind mit Treuhandfonds bin. Dich zu fragen, was es damit auf sich hat, öfter Fremde zu küssen, erschien mir sicherer.«

Sicherer.

Sie wusste genau, was er damit meinte. Sie war auch schon den ganzen Tag ausgewichen, sobald die Sprache auf ihn gekommen war. Sie nannte ihn den heißen Cop oder Officer Schnittchen. Bloß, damit niemand dachte, sie könnte ernsthaft an ihm interessiert sein. Auch wenn er, ob sie es sich nun eingestand oder nicht, ihre Welt auf den Kopf gestellt hatte.

»Wie stehen die Chancen, dass du nicht mehr in den Dienst zurückkehren kannst?« Sie war noch nicht bereit, über den Spruch auf der Schiefertafel zu reden oder über die Gefühle, die er in ihr weckte. *Noch nicht.*

Es war ihr immer schon leichter gefallen zuzuhören, statt über sich zu reden. Unwillkürlich fragte sie sich, ob das wohl an ihrer Unsicherheit lag. Gab man ihr allerdings Schokolade und die Zutaten für eine Praline, war sie voller Selbstvertrauen.

Er lehnte sich auf dem Barhocker zurück und verschränkte die Arme vor der Brust. »Etwa bei zehn Prozent, würde ich sagen.«

»Weil dein Bein noch nicht geheilt ist?«, hakte sie nach.

»Das auch. Aber es gibt auch eine interne Ermittlung gegen mich, wegen des Mannes, den ich erschossen habe.«

Seine Worte hingen schwer im Raum. Sie bezweifelte, dass sie jemals zuvor im selben Zimmer mit einem Menschen gewesen war, der einen anderen Menschen getötet hatte.

»Hast du so etwas schon mal erlebt?«, fragte sie.

Er schüttelte den Kopf. »Das war das erste Mal. Ich habe zwar schon ein paarmal auf flüchtende Täter schießen müssen und auch den Taser schon eingesetzt, aber das war das erste Mal, dass ich in eine Schießerei mit tödlichem Ausgang verwickelt war.«

Er wirkte verloren. Sie hatte keine Ahnung, was ihm durch den Kopf ging, aber Hayley nahm an, wenn sie einen anderen Menschen getötet hätte, selbst wenn es aus Notwehr gewesen wäre, würde sie die Erinnerung daran gewiss nicht mehr loslassen.

Sie fragte sich daher, ob es wirklich ratsam war, dass er wieder als Polizist arbeitete, aber schließlich war er erwachsen und traf seine eigenen Entscheidungen.

Sie berührte ihn am Arm, und er ergriff ihre Hand. Sie drückte sie fest, denn ihr fehlten die Worte.

Polizisten übten einen gefährlichen Beruf aus. Sie wusste das aus Zeitungsberichten und von den Polizisten, die nach ihrer Schicht ins Café kamen, um sich noch eine Nascherei zu holen oder eine Tasse Kakao zu trinken. Sie wollte sich nicht vorstellen, dass Garrett in Gefahr schweben oder gar sterben könnte.

»Möchtest du darüber reden?«, fragte sie.

Er schaute sie an. In seinen grauen Augen tobte ein Sturm der Emotionen, einige waren leicht zu erkennen – Wut, Angst, vielleicht Selbstzweifel.

»Nein. Danke«, erwiderte er nachdrücklich.

Sie zog ihre Hand zurück. Sie fühlte sich in ihre Schranken gewiesen. Offenbar war sie für ihn keine Freundin, sondern nur die Nachbarin, die ihn geküsst und versucht hatte, ihn zu verführen.

»Ich bin nicht … es liegt nicht an dir, Hayley«, fügte er hinzu. »Ich habe heute schon zu viel getrunken, und ich werde wütend, wenn ich daran denke, was passiert ist. Ich glaube nicht, dass jetzt der richtige Zeitpunkt ist, um darüber zu reden.«

Er ist klug und vernünftig, selbst wenn er zu viel getrunken hat, dachte sie. »Schade, dass du deinen Schlüssel nicht verloren hast, dann könntest du über Nacht hierbleiben.«

»Wenn ich hierbleibe, dann nur, weil du mich darum gebeten hast, nicht, weil ich zu viel getrunken habe.«

Sie seufzte. »Ich wünschte, ich könnte das glauben.«

»Warum kannst du das nicht?«

»Weil ich einen absolut miesen Instinkt habe, was Männer betrifft.«

»Das fällt mir wiederum schwer zu glauben«, erwiderte er. »Ich lüge dich nicht an.«

Sie wusste nicht, ob sie ihm trauen konnte. Oder sich selbst. Sie wollte zu gern, dass er dieser Traumprinz war, nach dem sie sich schon so lange sehnte. Ein Mann, der sie nicht belog, ein leidenschaftlicher Liebhaber, für den ihr Wohlergehen immer an erster Stelle stand.

Sie musste unbedingt wagemutiger werden. Iona hatte recht, sie sollte sich selbstbewusster zeigen. In ihrem Handeln und in ihrer Ausstrahlung. Sie wollte sich ändern. Und die neue Hayley hatte keinen schlechten Männergeschmack.

Garrett war Polizist, aber auch humorvoll, süß und sexy. Sie könnte noch viele weitere gute Eigenschaften aufzählen.

Und plötzlich erkannte sie, dass es gar keine Rolle mehr spielte, ob er nun ein toller Mann war oder nicht, denn sie mochte ihn bereits viel zu sehr.

»Okay. Bist du mit jemandem zusammen?«, fragte sie.

»Nein, bin ich nicht. Es sei denn, du meinst das süße Geburtstagskind, das gestern bei mir übernachtet hat.«

»Ich bin mir nicht sicher, ob das zählt«, erwiderte Hayley.

Er stand auf und kam um den Tresen zu ihr. Die Hände auf ihre Schultern gelegt, küsste er sie so liebevoll, dass es sich wie ein Abschied anfühlte.

»Lass mich wissen, wenn du das entschieden hast.« Er drehte sich um und verließ die Küche. Kurz darauf fiel die Tür hinter ihm zu.

5. Kapitel

Garrett kam sich auf dem Revier fehl am Platz vor, obwohl es sonst fast wie ein zweites Zuhause für ihn gewesen war. Durch seine Beurlaubung gehörte er nicht mehr zur Mannschaft dazu, auch wenn er sich bemühte, so zu tun, als wäre es anders. Er spürte, dass dem nicht so war.

Bis die internen Ermittlungen abgeschlossen waren und er wieder die Uniform tragen durfte, würde er sich wohl wie ein Außenseiter fühlen. So war es auch schon beim letzten Pokerabend gewesen. Er hatte das Gefühl gehabt, dass sich alle wie immer verhielten, doch er hatte sich auf eine Weise verändert, die es ihm nicht möglich machte, einfach so in sein früheres Leben zurückzukehren.

Wollte er das überhaupt? Wie sollte man einfach so weiterleben wie bisher, wenn man einen Mann getötet hatte?

Wenn er das herausgefunden hatte, würde er vielleicht einen Schlussstrich ziehen und an seine Zukunft denken können. Zuerst aber musste er dieses Gefühl loswerden, das ihn regelmäßig aus dem Schlaf riss – und das waren nicht nur Träume von seiner sexy Nachbarin, sondern eine Rastlosigkeit, die ihn dazu drängte, sogar mitten in der Nacht auf seinen Heimtrainern bis zur Erschöpfung zu trainieren.

Aber er war auch ein Dickkopf, und es fiel ihm schwer, einen Beruf aufzugeben, den er schon so lange mit Herz und Seele ausübte.

Auf dem Revier herrschte reges Treiben, und die Polizisten – seine Freunde – begrüßten ihn, als er so beschwingt und lässig an ihnen vorüberging, wie man das mit einem leichten Humpeln bewerkstelligen konnte.

Viele der Jungs hatten mit Hector und ihm schon seit Ewigkeiten zusammengearbeitet.

Sie waren wie Brüder, die er für sich ausgewählt hatte. Seine Freunde – oder nicht?

Niemand konnte sich jemals sicher sein, ob kameradschaftliche Beziehungen eine Suspendierung überstanden, an diesem Tag kam er sich jedenfalls wie ein Fremder vor.

Die Tür zum Büro des Captains stand offen, und sein Chef saß am Schreibtisch. Er stand auf, als Garrett eintrat, was Garrett für ein schlechtes Omen hielt.

Captain Malone war seit fast zwanzig Jahren Polizist. Er hatte dichtes graues Haar, das er militärisch kurz geschoren trug. Sein Gesicht wirkte hart – er hatte schon viele Ungerechtigkeiten erlebt und Grausamkeiten gesehen, aber sein Blick besagte, dass er immer noch an das Gute glaubte und der Meinung war, dass es sich lohnte, dafür zu kämpfen.

Verdammt.

Garrett hatte das Gefühl, als ob er schwankte. Vielleicht hätte er nicht direkt nach einer Stunde Fitnesstraining zum Revier kommen sollen. Er war nervös, denn zum letzten Mal war er kurz nach Gonzalez' Tod im Revier gewesen. Er hatte an seinem Schreibtisch gesessen, Berichte geschrieben und mit Trauer, Schuldgefühlen und vielleicht auch zu viel Wut gerungen.

»Mulligan, schön, Sie zu sehen.« Captain Malone schüttelte Garrett die Hand. »Wie geht's dem Bein?«

»Es wird allmählich, Sir. Ich denke, es wird mir keine

Probleme mehr machen, wenn ich erst mal wieder im Dienst zurück bin«, antwortete Garrett.

Der Captain nickte und lehnte sich in seinem Stuhl zurück, die Arme vor der Brust verschränkt. Garrett kannte die Pose und wusste, dass sie nichts Gutes bedeutete.

»Die interne Ermittlung hat jegliche Vorwürfe gegen Sie ausgeräumt«, kam Malone direkt auf den Punkt. »Die Befragung der Zeugen und Ihr Bericht haben die Kommission zu der Schlussfolgerung veranlasst, dass Sie wohl neben Gonzalez im Leichenschauhaus gelandet wären, wenn Sie nicht geschossen hätten.«

Die Anspannung, die ihn beherrschte, seit er wusste, dass Paco tot war, löste sich ein wenig. Insgeheim hatte er schon die ganze Zeit gewusst, dass ihm keine andere Wahl geblieben war. Aber es fühlte sich gleich besser an, dass er nun offiziell die Bestätigung dafür hatte.

»Gut. Wann kann ich wieder arbeiten?«

»Sobald der Arzt sein Einverständnis gibt. Ich habe den Bericht Ihres Physiotherapeuten gelesen«, meinte Malone. Er zog eine Aktenmappe heran und schlug sie auf.

»Ich fühle mich stärker denn je«, sagte Garrett.

»Das sehe ich. Sie gehören zu den wenigen Jungs, die nach der Rekonvaleszenz mehr Muskeln haben als vorher.«

»Ich hatte viel Zeit, Captain, und nichts zu tun, außer darauf zu warten, dass dieses verdammte Bein endlich heilt. Mir hat das Zuhausehocken etwas zu schaffen gemacht.«

»Ich mache Ihnen keinen Vorwurf, Junge. Allerdings denkt der Arzt, dass Ihr Bein noch nicht kräftig genug ist. Von seiner Seite hat er jedoch alles getan, was möglich war, wie es aussieht. Wie stehen Sie dazu?«

Garrett ließ sich Zeit, um über seine Antwort nachzudenken. Er wollte seinen Captain nicht anlügen. Er konnte nicht einfach behaupten, alles wäre prima. Was wäre, wenn er wieder einen Verdächtigen verfolgen musste, wie damals mit Gonzalez, und sein Bein nicht mitmachte? Was, wenn er seinen Partner dadurch womöglich in Gefahr brachte?

»Es geht langsam voran«, sagte er schließlich. »Ich mache jeden Tag dreißig Minuten Laufbandtraining. Aber manchmal ermüden die Muskeln immer noch unvermittelt, und ich habe auch noch nicht ausprobiert, draußen auf der Straße zu rennen.«

»Das genügt mir. Ich schätze Ihre Aufrichtigkeit«, meinte Malone. »Ich weiß, dass Sie möglichst schnell in den aktiven Dienst zurückkehren wollen. Aber wie wäre es, wenn Sie in den nächsten sechs Monaten erst mal Schreibtischarbeiten erledigen? Nur so lange, bis der Arzt sein Okay für Ihren Einsatz an der Front gibt.«

Er würde es hassen. Er wollte nicht den ganzen Tag am Schreibtisch sitzen. Polizist zu sein bedeutete für ihn, die Straßen sicherer zu machen. Die Stadt zu beschützen, die er liebte.

»Ich würde es hassen«, sprach er seinen Gedanken aus.

»Das kann ich nachvollziehen, Garrett, aber das ist wohl Ihre einzige Option. Ich kann Sie nicht auf die Straße lassen, bevor Sie nicht die gesundheitlichen Anforderungen erfüllen«, stellte Malone klar.

»Okay, das verstehe ich. Dann sitze ich mir eben ein paar Monate am Schreibtisch den Hintern platt.« Garrett nickte widerwillig. Richtig zufrieden würde er aber wohl erst wieder sein, wenn er auch wieder raus auf die Straße durfte.

Malone lachte und schüttelte den Kopf. »Gut. Sagen wir, erst mal für drei Monate. Ich wollte Sie gern in die Abteilung für ungelöste Fälle versetzen. Da O'Neil bald in Rente geht, wird dort ein Mann mit Ihrem Ehrgeiz und investigativen Fähigkeiten gebraucht.«

Die Abteilung für ungelöste Fälle. Zugegeben, er war verblüfft. Bisher hätte er nie gedacht, dass er für diese Arbeit überhaupt die nötigen Voraussetzungen erfüllte.

»Das klingt gut, Captain.«

»Das dachte ich mir. Ich möchte doch nicht einen meiner besten Männer verlieren«, sagte Malone.

Garrett nickte. »Wann soll ich anfangen?«

»Am Montag. Wie ich hörte, haben Sie morgen einen Termin beim Arzt. Vorausgesetzt, er gibt sein Einverständnis, können Sie loslegen«, entgegnete Malone.

»Großartig. Wieder zurück in die Uniform«, sagte er und meinte es auch so. Obwohl seine Zweifel, ob er in jener Nacht richtig gehandelt hatte, sich noch nicht ganz in Luft aufgelöst hatten und er auch nicht wusste, wie er wohl reagieren würde, wenn er wieder in die Mündung einer Waffe schauen müsste. Er wollte zu gern glauben, dass sich nichts geändert hatte und er immer noch so reagieren würde wie früher, doch insgeheim glaubte er nicht so recht daran.

»Ja, an den Platz, an den Sie gehören«, bestätigte der Captain. »Wir haben Sie vermisst.«

»Ich habe die Arbeit auch vermisst«, sagte Garrett. »Ich bin schon langsam durchgedreht, weil ich immer nur in den Garten starren konnte.«

»Das kann ich mir vorstellen. Bei mir in der Nachbarschaft passiert absolut nichts Interessantes«, sagte der Captain.

Garrett wollte schon zustimmen, aber dann dachte er an Hayley. Seine Nachbarschaft war definitiv interessant.

Garrett stand auf und verließ das Büro des Captains. Auf dem Weg durchs Revier überkam ihn jedoch erneut das Gefühl, dass er nur ein Zuschauer war, kein Mitglied der Mannschaft mehr.

Würde das je wieder anders werden?

***

Hayley fühlte sich verpflichtet, dem Wunsch ihres Vaters nachzukommen. Er hatte ihr eine Nachricht geschickt, dass er zurück sei und sich gern mit ihr um sieben Uhr auf einen Cocktail treffen wolle. Wie immer, wenn sie sich mit ihrem Vater treffen sollte, war sie total nervös. Sie schob ihre neuen Outfits beiseite und durchkämmte ihren Kleiderschrank nach einem der schlichten Tweedröcke, die sie sonst immer im Winter getragen hatte. Dazu schlüpfte sie in einen Rollkragenpullover und einen Blazer.

Als sie sich jedoch danach im Spiegel betrachtete, wirkte sie anders als erwartet. Deshalb zog sie den wadenlangen Rock wieder aus und suchte einen ihrer neuen karierten Miniröcke aus. Den Blazer tauschte sie gegen die Lederjacke, und als sie schließlich erneut einen Blick in den Spiegel warf, fühlte sie sich mehr wie sie selbst.

Sie trug Make-up auf und schlüpfte in ein Paar Stiefel mit flachem Absatz, bevor sie das Haus verließ. Ein Taxi brachte sie zum Rockefeller Center und der Aufzug in den dreißigsten Stock, wo ihr Vater bereits auf sie wartete.

Er umarmte sie lächelnd und küsste sie auf die Wange.

»Hallo, Kleines, du siehst hübsch aus. Deine neue Frisur steht dir.«

»Danke, Dad.« Sie war unsicher gewesen, ob ihm ihr neuer Look gefallen würde, aber ihr Vater hatte sich nie so sehr in ihr Leben eingemischt wie ihre Mutter, weil er immer viel zu beschäftigt gewesen war, um sich überhaupt Gedanken darüber zu machen.

»Hoffentlich bist du mir nicht böse, dass ich die Cocktails gern ausdehnen würde und uns bereits einen Tisch fürs Abendessen reserviert habe. Wir hatten noch keine Gelegenheit, deinen Geburtstag zu feiern.«

»Das ist toll. Ich habe heute noch nichts vor«, erwiderte sie. »Wenn man mal davon absieht, dass ich noch die Präsentation für den Termin mit dem Vorstand nächste Woche vorbereiten muss.«

Sie wollte nicht, dass er glaubte, sie vernachlässigte ihr Geschäft und würde nicht alles dafür tun, um es zum Erfolg zu führen.

»Ich freue mich auf deine Präsentation. Die Vorstandsmitglieder sind sehr zufrieden mit der Investition ins Candied Apple Café und heißen die Entscheidung immer noch gut. Ich bin sehr stolz auf dich.« Er ging ihr voran zur Bar, wo er zwei Manhattans bestellte.

Sie wartete an einem der Stehtische auf ihren Vater. Sein Lob schmeichelte ihr, aber dennoch empfand sie eine Leere. Die Anerkennung ihrer Mutter, die sie sich so sehr gewünscht hatte, konnte sie nicht mehr erhalten.

Ihr Vater gesellte sich zu ihr und reichte ihr ein Glas. »Alles Gute nachträglich zum Geburtstag.«

Sie prostete ihm zu und trank einen Schluck. Der Cocktail erinnerte sie immer an ihre Eltern, weil es ihr gemeinsamer Lieblingscocktail gewesen war. Sobald sie alt genug gewesen war, hatte ihr Vater auch immer einen für sie bestellt. Das Getränk war inzwischen Familientradition, noch dazu eine, die sie mochte. Nur mit ihrem Vater trank sie Manhattans.

»Dad …«

»Ja?«, fragte er.

»Glaubst du, Mom hätte den Weg gutgeheißen, den ich eingeschlagen habe?«

Er stellte sein Glas auf den Tisch und betrachtete sie ernst. Seine Augen waren ebenso braungrün wie ihre, daher war es manchmal ein wenig aufreibend, ihn anzuschauen. »Ja. Das glaube ich. Sie war immer sehr stolz auf dich.«

Meinte er das ernst? Oder bestätigte seine Bemerkung nur wieder einmal, wie wenig er über sie und ihr Leben wusste?

»Warum glaubst du das?« Sie konnte sich nicht vorstellen, dass ihre Mutter stolz auf sie gewesen war. Zu stark waren ihr die Predigten, die ihre Mutter ihr darüber gehalten hatte, dass sie sich besser anziehen und auf eine aufrechte Haltung achten sollte, in Erinnerung geblieben.

»Wir haben jeden Abend telefoniert, wenn ich auf Reisen war, und sie hat mir jede Kleinigkeit erzählt, die du gemacht hast. Sie war unglaublich stolz darauf, dass du dir deinen eigenen Weg gesucht hast, anstatt nur ihrem Beispiel zu folgen.«

»Das hat sie gesagt?«, fragte Hayley. Es fiel ihr schwer, seine Worte mit der Mutter in Einklang zu bringen, die sie gekannt hatte. Natürlich war ihr klar, dass ihre Eltern sich anders verhalten hatten, wenn sie nicht in der Nähe war.

Dennoch bezweifelte sie, dass ihre Mutter sich eine komplett andere Persönlichkeit übergestreift hätte. »Nun, natürlich nicht in denselben Worten«, sagte ihr Vater mit reuevollem Lachen. »Aber ich hab es ihrem Tonfall angemerkt.«

Hayley hatte diesen Tonfall auch gehört und darin nicht dieselbe Botschaft wahrgenommen wie er. Ihr Vater färbte sich die Erinnerungen an ihre Mutter vermutlich schön, weil man nicht schlecht über Tote reden sollte.

»Hast du ihren Brief gelesen?«, fragte er. »Ich habe meine Assistentin beauftragt, ihn dir mit deinem Geschenk zu bringen.«

»Nein, ich habe ihn noch nicht geöffnet«, gestand sie. »Danke für die Kaffeemaschine. Ich habe sie schon benutzt.«

»Gerne, Schatz«, sagte er.

Sie fragte ihn nach seiner Reise, und er erzählte ihr von seinem Aufenthalt in Los Angeles, wo sich die Testküchen von Dunham Dinners befanden. »Ich hätte gern, dass du für uns ein paar Tiefkühldesserts entwickelst, die wir in unser Sortiment aufnehmen können.«

Sie nickte. Bei jedem ihrer Treffen bat er sie darum. Aber sie wollte nicht für das Familienunternehmen arbeiten. Unvermittelt wurde ihr klar, dass sie regelrecht davor davonlief. Und vor ihm.

Warum?

Womöglich behandelte sie ihren Vater ebenso herablassend, wie ihre Mutter sie behandelt hatte. Manchmal hatte sie sogar das Gefühl, dass ihre Kreationen um Längen hochwertiger und besser waren als die Produkte des Familienunternehmens. Offenbar war sie ihrer Mutter ähnlicher, als sie gedacht hatte.

»Reden wir noch ein wenig über diese Idee«, schlug sie vor. »Vielleicht können wir es irgendwie mit dem Candied Apple Café verbinden, zum Beispiel, indem wir eine eigene Dessertlinie mit der Marke entwickeln.«

Er nickte. »Das ist eine gute Idee. Besprechen wir das beim Dinner.«

Wenig später wies man ihnen einen Tisch zu, und sie unterhielten sich während des ganzen Essens über Tiefkühldesserts. Ihr Vater war begeistert, und Hayley hatte ein schlechtes Gewissen, weil sie ihn so lange hatte zappeln lassen.

Sie hatte sich immer für so professionell und erwachsen gehalten; und auch wenn sie erst seit ein paar Tagen dreißig war, schien sie seitdem gereift zu sein und klügere Entscheidungen zu treffen.

Vielleicht gehört die Entscheidung, Garrett zu küssen, auch dazu?

Woher kam dieser Gedanke plötzlich?

»Soll ich dich nach Hause fahren?«, fragte ihr Vater.

»Nein, ich laufe. Danke, Dad.«

Garrett beherrschte immer noch ihre Gedanken, als sie sich von ihrem Vater verabschiedete. Sein Chauffeur wartete bereits, um ihn nach Long Island zu bringen, und sie stand eine Weile unschlüssig in der Warteschlange am Taxistand, weil sie eigentlich noch keine Lust hatte, nach Hause zu gehen, aber auch nicht wusste, wo sie den Abend sonst verbringen sollte.

»Hayley?«

Sie drehte sich halb um. Auf dem Bürgersteig stand Garrett mit einem anderen Mann.

***

Garrett hatte mit Hoop gefeiert, dass die interne Ermittlung ihn von allen Vorwürfen freigesprochen hatte. Sein Anwaltsfreund war der Einzige gewesen, der so kurzfristig Zeit gefunden hatte, mit ihm auszugehen. Die anderen hatten Schichtdienst und mussten arbeiten.

»Hallo, Garrett«, grüßte Hayley und kam auf ihn zu. Sie sah süß aus in ihrem Minirock und der Lederjacke.

»Das ist Jason Hooper«, stellte Garrett seinen Freund vor.

Hoop hielt ihr eine Hand hin, und Hayley ergriff sie. Aber anstatt sie zu schütteln, führte Hoop Hayleys Finger an seine Lippen und küsste sie leicht. Lächelnd zog Hayley ihre Hand zurück, und Garrett versetzte seinem Freund einen Stoß in die Seite.

»Was ist denn?«, meinte Hoop.

»Nichts«, antwortete Garrett.

»Ich glaube, er hat etwas dagegen, dass du mir einen Handkuss gegeben hast«, sagte Hayley.

Damit hatte sie recht. Er fand es höchst interessant, dass Hayley das aufgefallen war, obwohl sie ständig Mauern zwischen ihnen errichtete und ihn auf Abstand hielt.

»Das stimmt. Hoop muss sich zwar verabschieden, weil er morgen früh einen Gerichtstermin hat, aber hättest du vielleicht Lust, mir noch auf einen Cocktail Gesellschaft zu leisten?«

Sie atmete tief durch und schaute in den nächtlichen Himmel. »Ich würde ja gerne, aber ich kann nicht. Ich muss morgen früh um fünf im Laden sein.«

»Fünf Uhr! Verdammt, das ist ja noch früher als mein Gerichtstermin«, sagte Hoop. »Vielleicht …«

»Nein. Geh heim und bereite dich vor, wie es sich für einen guten Anwalt gehört«, unterbrach Garrett ihn.

Sein Freund lachte und beugte sich vor, um Hayley auf die Wange zu küssen. »Es war schön, dich kennenzulernen. Hoffentlich sehen wir uns mal wieder.«

Hoop schlenderte davon, und Garrett schaute seinem Freund eine Weile hinterher, bevor er den Blick wieder auf Hayley richtete. Ihm fiel auf, dass sie ihn forschend musterte.

»Woher kennst du einen Anwalt? Ist das dein Anwalt?«, fragte sie.

Er ergriff ihre Hand und ging mit ihr zurück zum Rockefeller Center.

»Wohin gehen wir?«

»Ich dachte an das *Rainbow Room* im 65. Stock. Dort hat man eine tolle Aussicht, und wir können uns setzen und uns unterhalten.«

»Das klingt sehr anständig.«

»Das ist es auch. Du kannst nicht jede Sekunde des Tages ein ungezogenes Mädchen sein«, erklärte er.

»Ach was?!«

Er drückte den Rufknopf für den Aufzug, und bald darauf saßen sie in bequemen Sesseln neben einem Fenster. Er hatte den Oberkellner dafür mit der Aussicht auf ein ordentliches Trinkgeld bestechen müssen, aber das war es ihm wert. Hayley bestellte sich einen Baileys, und er orderte Kahlúa und Kaffee.

Die widerstreitenden Gefühle, die ihn schon den ganzen Tag begleiteten, verebbten in Hayleys Gesellschaft. Vermutlich lag das daran, dass er sie sexy fand und gern besser kennenlernen wollte.

Sie war ihm ein Rätsel, an dem er fast genauso gern herumtüftelte wie an den Fällen, die er bearbeitet hatte, und sie bot ihm genau die Ablenkung, die er jetzt brauchte. Obwohl die Untersuchungskommission ihn von allen Vorwürfen freigesprochen hatte, fühlte er sich seelisch und körperlich immer noch nicht wieder so gut in Form wie vor dem Vorfall.

Würde er es überhaupt je wieder sein?

Er war sich nicht sicher.

»Du hast gefragt, ob Hoop mein Anwalt ist«, sagte Garrett, nachdem der Kellner die Getränke serviert hatte. »Das ist er nicht. Nur ein Freund, der zufällig Anwalt ist.«

»Einer deiner Treuhandfondsfreunde?«, fragte sie.

»Nein. Wir haben gemeinsam die Polizeiausbildung absolviert. Ihm gefiel die Arbeit aber dann doch nicht so gut, daher ist er noch mal zur Uni gegangen und hat Jura studiert.«

»Das ist interessant. Ich frage mich, warum er das getan hat«, meinte Hayley.

War sie an seinem Freund interessiert? Eigentlich spielte es keine Rolle. Doch, zum Teufel, das tat es. Er hatte sie geküsst. Er begehrte sie. Und kein anderer Mann sollte …

Ja, was?

Sie waren bloß Nachbarn und flüchtige Bekannte, nichts weiter. Aber mit einem Mal wurde ihm klar, dass er ihre Beziehung gern vertiefen würde. Vielleicht gründete dieser Wunsch aber auch nur darauf, dass dieser Tag ihm gute Nachrichten beschert hatte. Dass er vielleicht sein altes Leben wiederhaben könnte. Sein echtes Leben.

Sobald er wieder die Uniform trug, würde er sich seinen Ängsten stellen und die Vergangenheit hinter sich lassen. Bis dahin fühlte es sich jedoch so an, als würden die Zweifel ihn wie ein Felsblock niederdrücken.

»Ja, es ist wirklich interessant. Du solltest Hoop danach fragen«, antwortete er auf ihre Bemerkung.

Sie nickte. »Wie ist es heute auf dem Revier gelaufen? Bist du zufrieden?«

»Ja. Die internen Ermittlungen sind abgeschlossen, und ich wurde von jeder Schuld befreit. Die Ermittler kamen zu dem Schluss, dass ich selbst tot wäre, hätte ich nicht geschossen.«

Sie streckte einen Arm über den Tisch und drückte ihm die Hand. »Ich bin froh, dass du hier bist.«

Er schaute in ihre hübschen braungrünen Augen. Auch er war froh darüber. Er war sich nicht ganz sicher gewesen, was ihm bevorstand, und wenn er ehrlich war, wusste er immer noch nicht, wie seine Zukunft aussehen würde, aber er war hundertprozentig davon überzeugt, dass er in diesem Moment genau an diesem Ort sein wollte.

»Ich bin auch froh, dass du hier bist. Was hast du heute Abend gemacht?«

Sie löste ihre Hand aus seiner und trank einen Schluck. »Geburtstagsessen mit meinem Dad.«

Irgendetwas verbarg sie vor ihm. Sie gab immer nur winzige Details über sich preis und zog sich dann schnell wieder in ihr Schneckenhaus zurück.

»Klingt nett. Lebt er auch in New York, oder ist er nur zu Besuch?«, fragte er.

»Er hat eine Wohnung in der Stadt, aber er lebt auf Long Island. In den Hamptons. Er arbeitet gern von zu Hause aus, wenn er an der Ostküste ist.«

»Deine Familie produziert Tiefkühlprodukte, nicht wahr? Bist du so auf die Idee zu deiner Confiserie gekommen?« Zu gern wollte er mehr über sie erfahren. Sie hatte ihn leidenschaftlich geküsst und gab vor, forsch und draufgängerisch zu sein, aber was ging sonst noch in ihrem hübschen Kopf vor?

»Ja, das mit den Tiefkühlprodukten ist richtig«, antwortete sie. »Die Familie meines Vaters war eine der ersten, die in den 50ern damit anfing, Fertiggerichte anzubieten. Im Lauf der Jahre wurde das Sortiment immer wieder angepasst, um zeitgemäß und populär zu bleiben.«

»Die Lasagne ist auch wirklich gut«, sagte Garrett. Wenn er mit Gonzalez jemanden observieren musste, dann hatten sie sich in der Wohnung, die man für sie gemietet hatte, meist ein Tiefkühlessen aufgewärmt.

»Ich kann dir die Lasagne nach demselben Rezept zu Hause zubereiten, und sie wird dir noch besser schmecken.«

»Du willst für mich kochen?«, fragte er.

»Vielleicht, wenn du Glück hast.« Sie legte den Kopf zur Seite, als sie mit ihm flirtete.

Ein Kribbeln lief ihm über den Rücken, als hätte er einen elektrischen Schlag bekommen, und er beugte sich vor, um ihr näher zu sein.

»Und was muss ich tun, um Glück zu haben?«, fragte er.

Sie lächelte. »Wenn ich dir das erst erklären muss, wirst du wohl niemals in den Genuss kommen.«

Er lachte schallend und schüttelte den Kopf. Obwohl er nicht wusste, wo das hinführen sollte, wurde ihm mit jeder Sekunde klarer, dass er mehr Zeit mit Hayley verbringen wollte.

Rasch lehnte er sich über den Tisch und küsste sie. Kurz und leidenschaftlich und für sie völlig überraschend. Sie zuckte zurück und hob die Hand. »Ich kann das nicht.«

»Was kannst du nicht?«

»Dich küssen. Mich mit dir verabreden. Ich bin … ich kann das nicht.« Sie stand auf und verließ hastig das Restaurant.

Er sah ihr nach und fragte sich, was er falsch gemacht hatte. Es war nur ein flüchtiger Kuss gewesen, ein spontaner Impuls, der sich aus der Stimmung ergeben hatte. Aber damit hatte er Hayley in die Flucht getrieben.

6. Kapitel

Der Kurs fand im zweiten Stock statt und bot einen guten Blick über den Laden. Hayley durchströmte ein aufgeregtes Prickeln, als sie hörte, wie Marti, einer ihrer Angestellten, erklärte, dass sie die Schokolade mit verschiedenen Gewürzmischungen verfeinerten, weshalb ihre Pralinen ein einzigartiges Geschmackserlebnis böten. Ihr Traum hatte sich erfüllt, und zwar zu ihren Bedingungen und dank der Hilfe ihrer Freundinnen Cici und Iona.

Mehrere Pärchen betraten lachend den Laden und holten sich an der Theke den Hauscocktail, einen *Candied Apple*. Das Rezept basierte auf einem Martini, den Hayley leicht abgewandelt hatte, indem sie Apfelsaft zu dem Cocktail gab und ihn mit Zuckerwatte und karamellisierten Apfelspalten garnierte.

Wieder öffnete sich die Tür. Hayley warf einen Blick auf das eintretende Paar und hoffte, dass sie eines Tages …

Oha!

Moment mal.

Hatte Garrett nicht behauptet, dass er sich im Moment mit niemandem traf? Und warum kümmerte sie das überhaupt? Erst vor einer Woche hatte sie ihn stehen lassen, ohne sich noch einmal nach ihm umzudrehen. Damals hatte sie unvermittelt Angst bekommen, und nun …

»Oh, mein Gott!«

»Was ist?«, fragte Iona. »Hast du dich mit heißem Zucker bekleckert? Ich hab dich gewarnt, du sollst vorsichtig sein.«

»Nein. Das ist … Officer Schnittchen. Er ist hier. Mit einer Frau. Das hätte ich mir denken können.«

»Diese miese Ratte«, schimpfte Iona.

»Ups, was ist denn mit dir los? Ich glaub, ich hab dich noch nie fluchen gehört.«

Sie zuckte mit den Schultern. »Bei meiner Mutter durften wir nicht fluchen, sie war ziemlich streng damit, und meinen Brüdern und mir blieb gar nichts anderes übrig, als uns an ihr Verbot zu halten. Jetzt muss es halt hin und wieder mal raus.«

Hayley schüttelte den Kopf. Am liebsten hätte sie gelacht, aber sie hatte das Gefühl, als wäre ihr bei Garretts Anblick das Herz zerbrochen, und die kühne Frau, die an ihrem Geburtstag das Licht der Welt erblickt hatte, gab es nicht mehr.

Und in diesem Moment traf sie der Blitz der Erkenntnis. Sie sollte sich nicht für ihre Freunde oder wegen eines Mannes ändern. Wenn sie etwas verändern wollte, dann sollte sie es für sich selbst tun.

»Du hast recht, Iona, er ist eine miese Ratte. Kannst du die Begrüßung übernehmen? Ich muss noch was in der Küche überprüfen.«

»Kein Problem. Lass dir Zeit«, sagte Iona.

Zeit, dachte Hayley, als sie sich in den einzigen abschließbaren Raum im oberen Stockwerk zurückzog, eine kleine Kammer, in der sich die Lebensmittel für die Kurse und ein großes Industrie-Spülbecken befanden. Sie legte die Hände auf den Rand der Spüle und beugte sich vor, um sich selbst im Spiegel zu betrachten.

Sie fühlte sich aus der Bahn geworfen, vielleicht sogar

verärgert? Die Emotionen, die in ihr hochkochten, waren neu und fremd.

Eifersucht.

Wut.

Neid.

Sie schüttelte den Kopf und musterte erneut ihr Gesicht. Zuvor war ihr noch nicht aufgefallen, wie stark der neue Kurzhaarschnitt ihre Wangenknochen und ihre kleine Nase betonte. Oh nein, sie würde sich weder von Officer Schnittchen noch sonst jemandem aus dem Konzept bringen lassen. Sein Spitzname machte die ganze Sache für sie unpersönlicher, wodurch sie sich gleich ein wenig besser fühlte. Jedenfalls hatte sie an ihrem Geburtstag den festen Entschluss gefasst, ihr Leben zu ändern, und sich im Vorratsraum zu verkriechen gehörte nicht zu ihrem Plan.

***

Nina O'Neill war charmant und hübsch. Es lag eindeutig nicht an ihr, dass es zwischen ihnen nicht funkte. Während des Dinners hatte Garrett nur an Hayley und den Kuss gedacht. Sein Bein schmerzte, und der Tag hatte sich endlos in die Länge gezogen. Nach einem erneuten, sehr deprimierenden Gespräch mit seinem Captain wegen seiner möglichen Rückkehr in den aktiven Dienst hatte er die Zeit mit Oberkörpertraining totgeschlagen.

Sich auf ein Blind Date einzulassen war die dümmste Idee seines Lebens gewesen. Denn dieser Abend lieferte ihm den perfekten Beweis, wie nutzlos er war, wenn er nicht als Polizist arbeiten konnte. Er hatte gedacht, dass ihm ein Tapetenwechsel guttun würde. Das allein war der Grund, weshalb er seine Meinung geändert und eingewilligt hatte, Pete diesen Gefallen zu tun.

Allerdings schien Crystals Freundin auch nicht sehr an ihm interessiert zu sein. Sie hatte bislang nur über sich geredet und den Ring, den sein Bruder Crystal geschenkt hatte. Dieses Thema hatte ihn rasch gelangweilt, und seine Stimmung war gereizt, vermutlich, weil er die ganze Zeit Nina unwillkürlich mit Hayley verglich.

Ja, seine Nachbarin beherrschte seine Gedanken, obwohl er sie wohl so schnell nicht wiedersehen würde, wenn er nicht vor seiner Haustür warten und ganz »zufällig« mit ihr zusammenstoßen wollte. Er hatte beim Fitnesstraining darüber nachgedacht. Auch das war ein Grund, warum er das Date mit Nina nicht abgesagt hatte.

Das Essen in dem schicken Bistro war nicht übel gewesen. Er hatte ein Steak bestellt, so wie er es mochte, *rare*. Sein Bruder und er hatten sogar einen Abstecher ins Raucherzimmer machen können, bevor die Damen eingetroffen waren.

»Ich wollte schon ewig mal hierher«, hatte Nina gesagt, als sie vor dem Candied Apple Café aus dem Taxi stiegen. Die Fassade bestand aus Glas, Schmiedeeisen und einem großen Apfel über der Tür. Die Glaskunst erinnerte ihn an Werke des Künstlers Chihuly.

Garrett bezahlte den Taxifahrer und hielt Nina die Tür auf. Sein Bruder und Crystal wollten nachkommen, da sie zuerst noch nach Hause fahren mussten, um ihren Hund Baskins kurz rauszulassen.

Ninas dickes braunes Haar fiel ihr in Wellen über die Schultern, und Garrett dachte unwillkürlich, dass es zu lang war. Sie sollte einen niedlichen Kurzhaarschnitt tragen wie Hayley.

Sie bahnten sich in dem proppenvollen Laden den Weg zur Bar, die sich neben einer Treppe befand. Nina bestellte zwei Candied-Apple-Cocktails, während er sich umsah. Auch wenn er nicht im Dienst war, checkte er einen Raum unwillkürlich mit Polizistenaugen. Aus alter Gewohnheit.

Sein Blick glitt über die Regale mit den verschiedenen Schokoladen und Pralinen zu dem Angestellten hinter der Theke, der einem Kunden die hohe Schokoladenkunst erklärte. Stimmengewirr umgab ihn. Eine Bedrohung konnte er nicht ausmachen und schüttelte über sich selbst den Kopf. Das war auch nur gut angesichts seines kaputten Beins.

»Du nicht auch?«, fragte Nina. Sie wirkte nervös und schaute beim Sprechen immer wieder auf ihre Hände. Er konnte es ihr nicht verübeln. Es war offensichtlich, dass sie beide sich in einer unangenehmen Situation befanden, weil sie einem Freund – oder in seinem Fall seinem Bruder – einen Gefallen tun wollten, statt mit einem Menschen auszugehen, mit dem sie auch zusammen sein wollten.

»Es tut mir leid, ich war abgelenkt«, gab er zu, als er die Brieftasche hervorzog, um die von Nina bestellten Cocktails zu bezahlen. Er musste sich Hayley aus dem Kopf schlagen. Auch wenn er sich gern eingeredet hätte, dass sein Interesse an ihr allein am Zeitpunkt ihres Kennenlernens lag, wusste er, dass es nicht stimmte. Sie strahlte etwas aus, das ihn faszinierte.

»Ich habe gesagt, seit dieser Cocktail im *On Trend* in den Top Five der leckersten Cocktails der Stadt landete, wollte ich ihn unbedingt probieren. Du nicht?«

»Äh … ja«, sagte er. Er fand es sinnlos, sie darauf hinzuweisen, dass er sich bis vor sechs Wochen mehr Gedanken darüber gemacht hatte, wie er Drogendealer schnappen konnte, als darüber, welche Cocktails wohl neu, hip und lecker waren. »Ich lese das *On Trend* nicht.«

»Das dachte ich mir. Ich wollte auch nur Konversation machen«, erwiderte Nina. »Du könntest dich etwas mehr anstrengen.«

»Wie bitte?« Er gab sein Bestes, gesellig zu wirken, aber ihm ging nun auch mal viel durch den Kopf. Er machte sich Sorgen um seinen Job, sein Bruder wollte, dass er genau diesen hinschmiss und in den Schoß der Familie zurückkroch, und dann waren da noch die ständigen Gedanken an Hayley.

»Du könntest wenigstens so tun, als ob meine Gesellschaft dir angenehm wäre. Crystal hat erwähnt, dass Pete und deine Familie sich Sorgen um dich machen. Nur deshalb hab ich mich zu dieser Verabredung bereit erklärt, aber du hast kaum zwei Worte mit mir gewechselt, und ehrlich gesagt geht mir langsam der Gesprächsstoff aus.«

Ihre Zurechtweisung war ihm peinlich und machte ihm klar, dass er Unternehmungen, die von seiner Familie angeleiert wurden, immer voreingenommen gegenüberstand. »Du hast recht. Ich kann manchmal echt unmöglich sein. Die Einladung für heute Abend hätte ich wohl besser absagen sollen.«

»Schon gut.« Sie legte ihm eine Hand auf den Arm, und zum ersten Mal fiel ihm auf, dass sie wirklich hübsche blaue Augen hatte. Ihre Nägel waren kurz geschnitten und mit braunem Nagellack lackiert. »Du bist verletzt und weißt nicht, wie es in deinem Job für dich weitergeht. Ich würde mich auch total biestig aufführen, wenn ich nicht jeden Tag zur Arbeit gehen könnte.«

»Was machst du gleich noch mal?«, fragte er.

Sie schüttelte den Kopf und zog die Hand zurück. »Ich bin Tierärztin. Ich habe eine Praxis an der Upper East Side. So habe ich Crystal und Pete kennengelernt. Sie waren mit Baskins bei mir. Das habe ich dir doch während der Taxifahrt erzählt.«

Er seufzte. »Ich würde ja sagen, lass uns noch mal von vorn anfangen, aber …«

»Du bist nicht interessiert«, beendete sie den Satz für ihn. »Warum hast du überhaupt eingewilligt, heute mitzukommen?«

»Weil Pete mich darum gebeten hat«, erklärte er. Er wollte Nina nicht noch mehr kränken, indem er eingestand, dass er vor Langeweile zu Hause beinahe durchgedreht wäre.

»Das ist für mich Grund genug.« Sie prostete ihm zu. »Auf die Familie und die Dinge, die wir für sie tun.«

Hätten wir uns zu einem anderen Zeitpunkt kennengelernt, hätten wir womöglich Freunde werden können, dachte er, als er mit ihr anstieß. »Auf unsere Freunde.«

Der erste Schluck war wie eine Geschmacksexplosion in seinem Mund. Apfel und Karamell mischten sich miteinander, warm brannte ihm der Alkohol in der Kehle. Ein Nachgeschmack von saurem Apfel haftete an seinem Gaumen, und er nahm einen weiteren Schluck.

Als Pete und Crystal kurz darauf eintrafen, bestellten sie eine weitere Runde Cocktails. Garrett lehnte sich an die Wand neben dem Stehtisch, an dem sie auf den Beginn des Kurses warteten. Von dort hatte er einen guten Blick auf das erste

Stockwerk, und als er hinaufschaute, entdeckte er verblüfft die langen, wohlgeformten Beine, die ihm vor zwei Tagen zum ersten Mal aufgefallen waren. Er schüttelte den Kopf. Sah er Hayley jetzt überall?

Nachdrücklich stellte er sein Glas auf den Tisch. Am besten hörte er auf zu trinken und suchte sich gleich morgen eine produktive Tätigkeit, mit der er sich die Zeit vertreiben konnte.

Alle am Tisch starrten ihn an. *Mist!* Offenbar hatte er schon wieder etwas nicht mitbekommen. »Tut mir leid.«

»Bruderherz, du bringst mich in Verlegenheit«, sagte Pete. »Nina hat gerade erwähnt, dass sie Süßigkeiten lieber isst, als sie herzustellen.«

»Ich habe noch nie welche gemacht«, meinte Garrett. »Aber ich neige zu der Annahme, dass ich sie auch lieber esse, als selbst welche zuzubereiten. Und wieso bringe ich dich in Verlegenheit?«

»Weil du uns nicht zuhörst. Crystal und ich bekommen dich kaum zu sehen«, erklärte Pete. »Du könntest wenigstens so tun, als ob du gern mit uns hier zusammen wärest und Spaß hättest.«

»Ihr habt mich doch erst vorhin beim Essen gesehen«, sagte Garrett. »Das ist noch gar nicht so lange her.«

Crystal verdrehte die Augen. »Ich gehe mir mal die Nase pudern.«

»Ich komme mit«, sagte Nina.

Petes Blick folgte seiner Verlobten, und zum ersten Mal fiel Garrett auf, dass sein Bruder nicht mehr so verliebt wirkte wie früher. Ärger im Paradies? Aber er wollte sich nicht einmischen. Wenn der Verlauf des Abends ein Zeichen war, befand er sich im Moment sowieso nicht auf der Höhe, was Frauen anging.

»Was ist los?«, fragte er trotzdem.

»Könntest du dir bitte etwas mehr Mühe geben?«, fragte Pete. Er fuhr sich mit einer Hand durchs Haar und nahm einen weiteren großen Schluck von seinem Cocktail.

»Das tue ich doch. Nina ist nett, aber nun mal nicht mein Typ«, erwiderte Garrett. Das entsprach der Wahrheit. Nina war eine sympathische Frau, aber zu diesem Zeitpunkt in seinem Leben, da er noch nicht wusste, wie es weitergehen sollte, war sie nicht die Richtige für ihn.

Warum bloß musste er immerzu an Hayley denken?

»Wie sieht denn dein Typ aus?«, fragte Pete. »So richtig ernst ist es dir bisher doch mit keiner Frau gewesen.«

»Mein Beruf macht dauerhafte Beziehungen schwierig, und ich weiß ehrlich gesagt auch nicht, wie mein Typ aussieht. Nina scheint allerdings auch nicht sonderlich an einer Beziehung interessiert zu sein. Genug davon, was ist zwischen dir und Crystal los?«

»Nichts. Sie ist der Ansicht, dass wir zu selten ausgehen und zu wenig Paare in unserem Freundeskreis haben. Ich hatte gehofft, dass du und Nina euch gut versteht, damit ich nicht ständig nur mit Crystals Freundinnen und deren Männern zusammenhocken muss. Ich finde Gespräche über Literatur und Fantasy Football auf die Dauer nicht wirklich spannend.«

Sein Bruder wirkte gestresst. Garrett fragte sich, ob es an der bevorstehenden Hochzeit lag oder eher daran, dass der Sicherheitschef des Familienunternehmens seinen wohlverdienten Ruhestand angetreten hatte. »Also gut, ich strenge mich mehr an, aber aus Nina und mir wird sicher kein Paar.«

»Das ist schon okay. Man kann sich nicht aussuchen, in wen man sich verliebt.« Pete klopfte ihm auf die Schulter.

Die Frauen kamen zurück, und sie gingen nach oben, wo sie von einer Rothaarigen mit cremeweißer Haut begrüßt wurden. Doch als Garrett den Blick über ihre Schulter richtete, entdeckte er die Frau, die schon den ganzen Abend in seinem Kopf herumspukte.

Hayley.

***

Die Schüssel mit der Ganache stand auf der Arbeitsplatte zwischen Pete, Crystal, Garrett und Nina. Mit einem Mal war Garrett auch nicht mehr so abgelenkt und zum Musterschüler des Kurses avanciert. Hayley lächelte und scherzte mit allen, aber er sah ihr an, dass es aufgesetzt war. Die betörende Unschuld, die sie an dem Abend ihres Kusses ausgestrahlt hatte, war verschwunden.

»Ihr macht das wirklich gut, aber seid gewarnt: Im nächsten Schritt werden die Hände schmutzig«, sagte Hayley, als sie an ihren Tisch kam. Sie zeigte ihm schon den ganzen Abend die kalte Schulter, aber gegen ihre Lehrmethoden konnte er nichts einwenden, und die anderen in seiner Gruppe behandelte sie äußerst freundlich.

»Mir macht es nichts aus, mich schmutzig zu machen«, erklärte Garrett. Er hatte etwas sagen wollen, ganz egal was, um sie aus der Fassung zu bringen und ihre Reaktion zu testen. Mit einer Frau zu ihrem Kurs zu erscheinen war sicher keine gute Idee gewesen, allerdings hatte er auch keine Ahnung gehabt, dass Hayley Pralinen-Workshops gab.

Und erst recht nicht, dass er so fasziniert von ihrem Unterricht sein würde.

Sein Bruder lachte. »Das stimmt. Als wir Kinder waren, lautete sein Spitzname …«

Garrett stieß ihm den Ellbogen in den Bauch. Spitznamen aus der Kindheit sollte man am besten vergessen. »Ist doch egal. Hayley, das ist übrigens Nina, die Tierärztin von meinem Bruder.«

Nina schaute ihn amüsiert an, und er wusste, dass er sich aufführte wie … nun, als wäre er ein verliebter Trottel. Er stöhnte innerlich auf. Und das alles nur, weil er Hayley unbedingt zu verstehen geben wollte, dass er nicht mit Nina zusammen war.

»Schön, Sie kennenzulernen, Nina«, sagte Hayley und schüttelte ihr die Hand. »Ich habe mir auch schon überlegt, mir einen Hund anzuschaffen. Vielleicht können Sie mir später einen Tipp geben?«

»Ja, aber natürlich. Einmal im Monat vermittele ich Tiere aus dem Tierschutz an neue Halter. Schauen Sie doch mal vorbei.« Nina reichte Hayley ihre Karte.

Hayley steckte sie ein. »Das mache ich gern.«

»Woher kennen Sie Garrett?«, fragte Nina.

»Wir sind Nachbarn.«

»Sind Sie die Frau, die ihren Schlüssel verloren hat?«, fragte Pete.

Garrett stöhnte erneut. Sein Bruder vermutete sicher längst, dass er ein Auge auf Hayley geworfen hatte. Das war auch nicht zu übersehen, wenn er sich so sehr ins Zeug legte.

»Ja, das bin ich«, bestätigte Hayley. »Was hat er Ihnen denn erzählt?«

Garrett machte sich bereit, seinem Bruder einen weiteren Stoß mit dem Ellbogen zu verpassen, doch Pete zuckte nur mit den Schultern. »Er hat bloß erwähnt, dass Sie seine Hilfe brauchten. Seit er verletzt wurde, hat sich Garrett total danach gesehnt, endlich mal wieder jemanden zu retten.«

»Gesehnt?«, wiederholte Garrett. Sein Bruder konnte es anscheinend nicht lassen, ihn aufzuziehen, und er kam sich allmählich vor, als schmorte er an diesem Abend in seiner persönlichen Hölle. »Ich habe mich nicht danach gesehnt. Es ist nur, dass der Schutz der Gemeinde für mich eine Berufung ist.«

Na toll. Das klang total hirnrissig.

Hayley unterdrückte ein Lächeln und hob die Augenbrauen. »Tja, meine Berufung ist es, Pralinen und Schokoladen für andere herzustellen.«

»Hallo, ich bin Petes Verlobte. Garrett musste wirklich dringend mal raus und was anderes sehen als das Fitnessstudio«, mischte sich Crystal nun auch noch ein. »Finden Sie nicht auch?«

»Nun, ich würde nicht behaupten, dass all die Zeit im Fitnessstudio vergeudet war«, meinte Hayley und zwinkerte ihm zu. »Aber Sie sollten jetzt mit den Kugelausstechern Ihre Pralinenfüllungen formen.«

Sie machte es ihnen vor, und nachdem sie es alle ausprobiert hatten, ging sie weiter zum nächsten Tisch. Garrett schaute ihr nach. Ihm fiel auf, dass sie zu der nächsten Gruppe genauso nett war. Wollte sie ihm damit eins auswischen?

Wenn ja, wieso? Sie waren kein Paar, bloß Nachbarn. Außerdem hatte sie ihm unmissverständlich klargemacht, dass sie kein weiteres Date mit ihm wollte.

Was dafür sorgte, dass er es umso mehr wollte. Nichts weckte seinen Ehrgeiz mehr als eine Herausforderung.

»Das ist also die Frau, die du gerettet hast«, stellte Pete fest. Neugier schwang in seiner Stimme mit. Sein Bruder hielt schmelzende Schokolade in der rechten und den Kugelformer in der linken Hand. Pete würde niemals ein Meisterchocolatier werden.

»Das habe ich doch gerade erklärt«, erwiderte Garrett und konzentrierte sich auf seine Pralinen. Er musste Petes Unfähigkeit wieder ausgleichen.

»Sie ist nett«, sagte Nina. »Und wirklich talentiert. In dem Artikel, von dem ich vorhin erzählt habe, gab es auch ein Porträt über sie. Ihr Vater ist der Tiefkühlkönig Dunham von Dunham Dinners.«

Jeder kannte Dunham Dinners. Vermutlich war das Unternehmen der bekannteste Tiefkühlproduzent im Land. Interessant, dass Hayley lieber Konfekt machte, als die Zügel im Firmenimperium ihres Vaters zu übernehmen, aber darüber hatte sie nicht reden wollen. Sie redete sowieso nicht gern über sich.

»Ich frage mich, warum sie nicht für ihren Vater arbeitet. Stand darüber auch etwas in dem Artikel?«, fragte Garrett. Warum hatte er nicht eher daran gedacht, sich über sie zu informieren? Vermutlich, weil sie ihn stehen gelassen hatte und er schon genug damit beschäftigt war, sich seinen alten Job zurückzuholen. Oder zumindest in den Polizeidienst zurückzukehren.

»In dem Artikel hieß es, dass sie Süßes mag. Aber wenn du es genau wissen willst, wirst du sie wohl fragen müssen«, antwortete Nina.

Crystal hakte sich bei ihm unter. »Ich wette, jetzt bist du froh, dass ich Pete gebeten habe, dich einzuladen.«

Er schaute seine zukünftige Schwägerin an, und zum ersten Mal wurde ihm klar, dass sie ihn als Familienmitglied betrachtete. Pete und Nina wälzten inzwischen die Schokoladenbällchen mit einer Pralinengabel in verschiedenen Glasuren. Crystal zog ihn vom Tisch weg.

»Das bin ich. Vielleicht habe ich mich ein wenig zu sehr abgeschottet.«

»Nur vielleicht? Uns allen war klar, dass du Zeit brauchen wirst, um dich von der Verletzung und der Trauer um Hector zu erholen«, sagte Crystal. »Aber wir vermissen dich. Du bist doch mein verrückter zukünftiger Schwager, und ich mag dich.«

Er schluckte schwer. Er war noch nicht bereit, über diese Sache zu reden. Weder mit Crystal noch mit seinem Bruder oder jemand anderem. Selbst das wenige, das er Hayley erzählt hatte, schien ihm schon zu viel. Er musste erst mit sich selbst ins Reine kommen.

Und das war ihm noch nicht gelungen, obwohl die interne Ermittlung ihn von jedem Fehlverhalten freigesprochen hatte.

»Danke, Crystal.«

»Ich gebe zu, ich wollte ein wenig die Kupplerin spielen und dir eine Frau suchen, die dich ablenkt. Aber wie es aussieht, brauchst du meine Hilfe gar nicht.«

Er nickte. Tatsächlich hatte er Crystals Hilfe wirklich dringend benötigt. Er hatte keine Ahnung gehabt, was Hayley beruflich machte und dass sie einen eigenen Laden besaß. Crystal ging zurück zur Gruppe, doch Garrett fiel auf, dass Hayley hinter einer Tür im vorderen Bereich des Raumes verschwand.

Er folgte ihr in die Kammer. Sie hatte sich gerade umgedreht, eine Dose Kakaopulver in der Hand, und stieß mit ihm zusammen, wobei sie ins Stolpern geriet. Rasch schlang er ihr die Arme um die Taille, um sie zu stützen.

»Ich fange dich immer auf«, sagte er leise und schaute ihr tief in die Augen. Ein Sturm der Gefühle tobte darin, aber er konnte keines deuten. Sie fühlte sich jedoch gut in seinen Armen an. Er wollte sie nie wieder loslassen und am liebsten ewig festhalten, denn sie war wie ein Anker für ihn.

»Du überraschst mich immer wieder«, gestand sie schließlich. Sie trug eine Schürze mit dem Candied-Apple-Café-Emblem und dem Slogan »Nimm einen Bissen«. »Ich habe nicht erwartet, dich heute Abend hier zu sehen.«

»Geht mir genauso«, gab er zu, aber er war froh, dass der Zufall sie zueinandergeführt hatte.

»Du hast also ein Date?«, fragte sie ein wenig zu beiläufig.

Er schüttelte den Kopf. »Nein, ich bin mit meinem Bruder, seiner Verlobten und ihrer Tierärztin hier.«

»Das klingt für mich nach einem Date.«

»In dem Fall bist du auch Teil des Dates, denn ich habe den ganzen Abend nur an dich gedacht.«

Sie runzelte die Stirn und musterte ihn forschend. Er hatte genug Verdächtige auf dieselbe Weise gemustert, um zu wissen, dass sie prüfte, ob er die Wahrheit sagte. Er war kein Kerl der schönen Worte wie Hoop oder sein Bruder Pete. Er sagte freiheraus, was er dachte, völlig unverblümt. Für ihn gab es keine Zwischentöne.

Doch irgendwie schien Hayley so ein Zwischenton zu sein. Sie war weder absolut gut noch abgrundtief schlecht. Sie war menschlich.

So wie er. Es war eine Wohltat, sich daran zu erinnern.

Aber er strebte immer danach, noch besser zu sein.

Ein Cop, dem man Respekt zollte und der Prinzipien im Leben hatte. Und die hatte er auch gehabt, bis er Paco getötet hatte.

Einen Drogendealer, der ihm keine andere Wahl gelassen und der dafür gesorgt hatte, dass seine Welt aus den Fugen geraten war.

Er war ein gebrochener Mann, doch Hayley schien die Macht zu besitzen, ihn zu heilen und ihn seine Sorgen vergessen zu lassen.

Wieder sah er ihr in die Augen.

Was sollte er ihr sonst noch sagen?

Worte waren nie seine Stärke gewesen, und als er den Zweifel in ihren Augen las, senkte er den Kopf und zeigte ihr mit einem Kuss, dass er ehrlich zu ihr gewesen war. Er hoffte, dass sie die Botschaft verstand, denn anders konnte er es ihr nicht erklären.

7. Kapitel

Garrett schmeckte nach Kaffee, Martini und Versuchung, aber er war nicht der Richtige und hatte obendrein eine Verabredung. Ein Pärchen-Date mit seinem Bruder. Das hieß, er war für Hayley tabu. Allerdings roch er gut.

Verflixt gut.

Der Duft erinnerte sie an den auffrischenden Wind vor einem Gewitter. Sie sollte weglaufen, aber das wollte sie ja nicht mehr tun.

Sie war jetzt eine Draufgängerin. Die Art von Frau, die Dinge auf ihre Löffelliste schrieb wie »einen Mann in der Öffentlichkeit küssen«. Zugegeben, das klang nicht besonders draufgängerisch, aber bisher hatte sie nicht zu den Frauen gehört, die Männer dazu animierten, öffentlich ihre Zuneigung zu bekunden. So wollte sie aber gerne sein.

Eine *Femme fatale*.

Eine Frau, die nicht an die Folgen dachte und das tat, was sie wollte.

Ungezogene Mädchen durften einen Zungenkuss einfach genießen, die Wärme seiner Hände, die er zärtlich über ihren Rücken nach unten wandern ließ.

Sanft umfasste er ihre Taille, doch es bestand kein Zweifel, dass sie wie gefangen war. Nicht von ihm. Nicht körperlich. Aber von ihrem Verlangen, ihren Sehnsüchten.

Sie verspürte bisher ungeahnte Bedürfnisse. Früher hatte

sie sich nie viel aus Sex gemacht, aber das hatte sich nach nur einer Nacht in seinem Haus geändert. Oder vielmehr nach einer Nacht und einem Drink.

Zum ersten Mal in ihrem Erwachsenenleben hatte sie bei einem Kuss nicht den Drang verspürt, sich loszumachen und davonzulaufen. Und jetzt war es wieder so. Sie zerfloss wie Eis in der Sonne. Am liebsten hätte sie ihn an der schmalen Krawatte gepackt, ihn zu sich in den Vorratsraum gezogen und die Tür hinter ihnen geschlossen, um erst dann wieder herauszukommen, wenn sie all seine Geheimnisse kannte.

Aber das ging nicht. Sie musste arbeiten.

Auch wenn sie Spaß an der Rolle der Draufgängerin hatte, war sie sich der Folgen ihres Handelns bewusst und wollte nicht alles für einen Mann aufs Spiel setzen.

Jemand räusperte sich hinter ihnen, aber Garrett ließ sich davon nicht aus der Ruhe bringen. Sanft beendete er den Kuss, ehe er den Kopf zur Tür drehte, wo Cici stand.

Brennende Röte schoss Hayley in die Wangen, doch sie riss sich zusammen und hob nur eine Augenbraue. »Brauchst du etwas?«, fragte sie.

Cici nickte. »Alle haben inzwischen ihre Pralinen fertig. Ich wollte gerade ein paar Schachteln holen, zum Verstauen.«

Hayley hielt die Boxen schon in der Hand. Sie reichte sie Cici über Garretts Schulter. Cici zeigte sich als wahre gute Freundin und bedankte sich nur kurz, ehe sie wieder verschwand.

Oh. Mein. Gott.

Vor Scham wäre Hayley beinahe im Boden versunken. Oder wie Schokolade über dem Wasserbad einfach geschmolzen. »Du solltest zu deiner Freundin zurückgehen.«

»Hayley …«

»Jetzt ist nicht der richtige Moment, Garrett. Du kannst deine Freundin nicht einfach stehen lassen, und mir ist es peinlich, Nina zu begegnen, nachdem ich dich geküsst habe. Sie ist mir sympathisch. Und was wir gemacht haben, ist nicht toll. Wenigstens nicht in meiner Welt.«

»Ich gebe dir recht. Aber wir sind nicht …«

»Geh und bring es zu Ende.«

Statt sich jedoch umzudrehen und zu gehen, zog er sie fester an sich. Sein Aftershave roch würzig, maskulin, berauschend. Sie mochte den Duft.

»Ich bin es nicht gewohnt, dass man mir sagt, was ich tun soll.«

»Irgendwer hat dir bestimmt schon mal Anweisungen erteilt«, erwiderte sie und blickte ihm tief in die ernsten Augen. Sie hatte den Zeitungsbericht über den Schusswechsel gelesen, der zu seiner Beurlaubung geführt hatte. Sie wusste, dass Polizisten den Befehlen ihrer Vorgesetzten Folge leisten mussten.

»Auf der Arbeit, nicht in meinem Privatleben.«

»Ich will gar nicht über dich bestimmen«, erklärte sie. »Aber ich habe einen Kurs zu leiten, und du bist mit einer Frau hier, die nicht noch einen weiteren Grund braucht, um Männer für Schweine zu halten.«

Er nickte. »Ich habe mich bereits bei ihr entschuldigt.«

»Gut. Und jetzt geh. Wenn es dir so ernst ist, wie dein Kuss vermuten lässt, dann komm doch morgen früh auf einen Kaffee in den Laden. Du kannst mir Gesellschaft leisten, während ich mich um die Tagesvorbereitungen kümmere.«

»Um wie viel Uhr?«, fragte er.

»Um fünf Uhr früh.« Ganz sicher war das die blödeste Idee, die sie je gehabt hatte, allerdings hatte der Plan, ihm aus dem Weg zu gehen, nicht sonderlich gut funktioniert. Außerdem musste sie immerzu an ihn und die Nacht in seinem Haus denken. Das war nun schon zwei Wochen her, doch sie wusste immer noch nicht so recht, was sie wollte. Nein, das stimmte nicht ganz.

Geschäftlich gesehen war sie auf der Erfolgsspur und kannte ihre Ziele. Und sie hatte sich dazu entschlossen, den Vorschlag ihres Vaters in die Tat umzusetzen. Privat allerdings, da geriet sie, wie immer, ins Trudeln. Und Garrett schien der Grund dafür zu sein.

»Ich hole dich ab, dann können wir gemeinsam herlaufen.«

»Einverstanden«, sagte sie.

Er drehte sich um und verließ den Raum. Ein Cocktail aus Aufregung und Angst mischte sich in ihrer Magengrube, als sie ihm nachsah. Sie sehnte sich ebenso sehr nach Veränderung wie nach einer Chance, sich selbst zu beweisen, dass es in Ordnung war, das Leben zu genießen. Aber Garrett war fast ein wenig zu viel des Guten.

Sie ging zurück in den Kursraum, und es gelang ihr, nicht zu ihm und seiner Gruppe zu schauen, während sie so tat, als wäre nichts geschehen. Zum Glück konnte sie auf jahrelange Erfahrungen zurückgreifen, und Pralinen waren schon ewig ihre Spezialität. Sie hatte immer welche für ihren Vater gemacht, wenn er wieder verreisen musste, als kleines Andenken an zu Hause.

Sie beendete den Kurs, und der Raum leerte sich allmählich. Auch Garrett verabschiedete sich. Hayley blieb zurück und putzte die Tische.

»Was zum Teufel war das eben?« Cici hatte sich zu ihr gesellt.

»Hm, das ist mein Nachbar.«

»Ihr legt den Begriff freundliche Nachbarschaft aber sehr weit aus. Nun red schon. Ich will wissen, was da zwischen euch läuft«, sagte Cici.

»Warte!« Iona kam zurück in den Kursraum. »Ich will das auch hören. Ist mit dem Retter in der Nacht was passiert?«

»War das der Retter in der Nacht?«, fragte Cici und an Iona gewandt: »Sie hat mit einem der Kursteilnehmer in der Vorratskammer geknutscht.«

»Ach, wirklich?« Iona grinste breit.

Hayley wünschte sich, der Boden möge sich auftun und sie auf der Stelle verschlucken. Sie war die langweilige Freundin. Diejenige, die Pralinenrezepte aufschrieb, während Cici und Iona über ihre Liebesabenteuer redeten. Sie war sonst nicht diejenige, die für Gesprächsstoff sorgte. Bis jetzt.

»Das war Garrett, mein Nachbar. Bei ihm habe ich auch übernachtet, nachdem ich meine Schlüssel verloren hatte. Ihr wollt beide mehr über denselben Mann wissen«, sagte Hayley. »Und ich bin immer noch so verwirrt wie zuvor, Iona.«

»Wovon redet ihr?«, fragte Cici.

Hayley brachte Cici auf den neuesten Stand. Garrett zu küssen wurde ihr langsam zur Gewohnheit. Eine Gewohnheit, die sie nicht missen wollte, aber sie sah auch noch etwas anderes in ihm. Eine innere Stimme sagte ihr, dass er sich verloren fühlte und nach Ablenkung suchte.

Sie jedoch nicht.

Sie hatte beschlossen, sich nicht mehr von den Schuldgefühlen und Erwartungen, die mit ihrer Mutter verbunden waren, niederdrücken zu lassen. Sie wollte in ihrem neuen Lebensjahrzehnt endlich zu sich selbst finden. Und obwohl sie Garrett attraktiv fand, schien er nicht der richtige Mann für sie zu sein.

Allerdings wollte sie ja aus den bisherigen starren Bahnen ihres Alltags ausbrechen. Sie hatte sich einen neuen Kleidungsstil und eine neue Frisur zugelegt. Nun war es höchste Zeit, auch endlich ihr Leben zu ändern. Und sie würde damit anfangen, Garrett besser kennenzulernen.

***

Kurz nach Mitternacht streifte Garrett durch sein einsames Haus. Er war schon immer eine Nachteule gewesen, das brachte der Schichtdienst mit sich. Tja, aber der war nun erst mal Geschichte. Solange sein Bein nicht mitspielte, war er untauglich für den aktiven Dienst.

Der Arzt hatte ihm klargemacht, dass er im besten Fall höchstens siebzig Prozent der früheren Leistungskraft seines Beines zurückerlangen würde.

Im besten Fall.

Das war die dümmste Floskel, die er seit Langem gehört hatte. Denn sie machte Hoffnung und zerstörte sie gleichzeitig. Ein Cop, der nicht fit genug war, um einen Verdächtigen im Notfall auch verfolgen zu können, gehörte nicht auf die Straße. Er gehörte hinter einen Schreibtisch.

Und das schmeckte ihm gar nicht, aber er war unsicher, ob er seine Arbeit immer noch so gut machen würde wie vor der Schießerei. Er musste herausfinden, wie er reagieren würde, wenn er wieder einem bewaffneten Täter gegenüberstand.

Würde er sich wie gelähmt fühlen? Oder gar unüberlegt schießen?

Er musste sich vergewissern, dass er in einer solch heiklen Situation immer noch korrekt und überlegt handeln würde. Das konnte er jedoch erst tun, wenn sein Bein wieder zu hundert Prozent einsatzfähig war.

Als er ins Wohnzimmer schlenderte und sein Blick auf das Sofa fiel, wanderten seine Gedanken zu Hayley. Er setzte sich und glaubte, immer noch ihr Vanilleparfüm wahrzunehmen.

Grundgütiger, er musste endlich eine Entscheidung über seine Zukunft fällen. Inzwischen war er fünfunddreißig, und zum ersten Mal im Leben wusste er nicht, wie es weitergehen sollte.

Im Familienunternehmen wollte er auf keinen Fall arbeiten. Ganz egal, mit welchem Argument Pete und seine Eltern ihn überzeugen wollten, er würde seine Meinung nicht ändern. Schreibtischarbeit reizte ihn allerdings auch nicht sonderlich. Er war einfach kein Büromensch.

Also musste er sich wohl überlegen, welche anderen Optionen ihm noch blieben und was er wollte. Im Moment wollte er allerdings nur Hayley. In seinem Kopf stieg ein Bild von ihr auf, bekleidet nur mit ihrer Konditorjacke und diesen Nietenstiefeln, die sie beim Kurs getragen hatte.

Der Frust stellte merkwürdige Dinge mit ihm an und trieb ihn zu unüberlegten Handlungen. Der Kuss in dieser Kammer an diesem Abend … Nun, er bereute ihn nicht, aber er wusste auch, dass es besser gewesen wäre, damit zu warten.

Im Glauben, er hätte sowieso nichts mehr zu verlieren, hatte er sich keine Gedanken über mögliche Konsequenzen gemacht.

Als kleine Entschädigung für das vermutlich furchtbarste Date in Ninas Leben hatte er sich freiwillig bereit erklärt, ihr am Tiervermittlungstag zwei Stunden auszuhelfen. Offen gestanden freute er sich sogar darauf. Dadurch hatte er mal etwas anderes zu tun, außer zu trainieren und über sein Leben zu grübeln. Für ihn war es die reinste Hölle, dass er im Moment zur Untätigkeit verdammt war.

Ein Geräusch vor dem Fenster erregte seine Aufmerksamkeit, und er stand auf. Wie von selbst wanderte seine Hand an seine Hüfte, um nach seiner Waffe zu greifen, doch natürlich hatte er sie gar nicht bei sich. Er hatte sie wegen seiner Beurlaubung abgeben müssen. Daher schnappte er sich den Baseballschläger, der immer in der Ecke stand, bevor er die Jalousie zur Seite schob und in den winzigen Innenhof hinausblickte.

Hayley stand auf seiner Terrasse. In einer Hand hielt sie eine Flasche Rum, in der anderen ihr Handy.

Er legte den Schläger weg und öffnete die Terrassentür. »Hast du dich wieder ausgeschlossen?«

»Nein. Ich dachte, wir könnten reden.«

»Wir treffen uns doch morgen sowieso zum Frühstück«, erinnerte er sie. Dennoch machte er einen Schritt zur Seite, damit sie eintreten konnte. Sie trug einen grauen Minirock, ein verblasstes T-Shirt und eine sehr entschlossene Miene im Gesicht.

»Ja, schon. Aber ich konnte nicht schlafen und hab gesehen, dass bei dir noch Licht brennt«, erwiderte sie, was ihn auch nicht schlauer machte.

»Wie bist du überhaupt in meinen Garten gelangt?« Er schaute zum Zaun. Er war einen Meter achtzig hoch und aus

Holz. Er kannte junge Kerle, die mit Leichtigkeit dort rüberklettern könnten, aber Hayley traute er das nicht zu.

»Mit einer Trittleiter. Früher, als Kinder, haben meine beste Freundin und ich nebeneinandergewohnt. Ich war echt gut im Zäuneklettern. Das ist eine Fähigkeit, die verlernt man nicht.« Sie ging durch den Flur zur Küche. Was wollte sie dort?

»Das würde ich gern in einem Lebenslauf lesen«, sagte er, als er ihr folgte.

»Zum Glück bin ich selbstständig und brauche keinen Lebenslauf«, erwiderte sie. »Was ist mit dir?«

»Was soll mit mir sein?«, fragte er. »Ich brauche auch keinen Lebenslauf.«

Sie schüttelte den Kopf. »Ich meinte, ob du dich selbstständig machen wirst, wenn du nicht wieder in den Polizeidienst zurückkehren kannst?« Sie nahm zwei Saftgläser und schenkte zwei Fingerbreit Rum hinein. »Möchtest du auch einen?«

»Ja. Willst du Cola dazu?« Er trank Rum nicht so gerne pur.

Sie nickte, und er holte zwei Dosen aus dem Kühlschrank. Sie füllten die Cola in ihre Gläser und nahmen gleichzeitig einen Schluck.

Garrett lehnte sich an den Tresen und betrachtete Hayley. Sie wirkte verletzlich, und er ahnte, dass sie etwas von ihm wollte, sich aber wohl nicht traute, ihn zu fragen.

Am Vorabend und auch bei ihrem letzten Treffen, als sie ihn zurechtgewiesen hatte, war sie so selbstbewusst gewesen, doch jetzt wirkte sie verändert.

»Was ist los? Was nicht heißen soll, dass ich mich nicht über deinen Besuch freue, aber ich sehe dir an, dass dich etwas bedrückt.«

»Mir ist nur gerade klar geworden, dass ich dich gar nicht kenne«, antwortete sie bedächtig, den Blick auf ihr Glas gerichtet. Einen Augenblick hielt sie den Kopf gesenkt, ehe sie ihn ruckartig hob und sich seinem Blick stellte.

»Und? Deshalb wollten wir uns morgen treffen«, sagte er und trank einen weiteren Schluck. Er freute sich schon darauf, sie noch einmal in ihrem vertrauten Umfeld zu erleben. Tatsächlich hatte er sich aber auch schon vorgestellt, sie hier zu Hause bei sich zu erleben. Und die Vorstellung hatte ihm gefallen.

Sie nippte an ihrem Cola-Rum und sah sich in der Küche um. »Du hast recht. Ich bin … wieder in alte Gewohnheiten zurückgefallen. In die alte Hayley.«

»Die alte Hayley?« Er fand es merkwürdig, dass sie so von sich sprach.

»Vor dem Geburtstag. Da war ich grüblerischer und vorsichtiger.«

»Und das bist du jetzt nicht mehr?« Er griff nach dem Rum und schenkte ihnen nach.

»Das ist das Ziel, aber ehrlich gesagt fällt es mir schwer, mit alten Gewohnheiten zu brechen.«

»Wem sagst du das. Als ich dich im Hof gehört habe, habe ich automatisch nach meiner Waffe gegriffen. Erst dann ist mir eingefallen, dass ich im Moment kein Cop bin.«

»Hast du das vergessen?«, fragte sie.

»Nein. Das ist ja das Dumme daran. Jede Minute, die seit dem Tag, an dem ich im Krankenhaus aufgewacht bin, vergangen ist, erinnert mich daran, was mir im Leben fehlt. Doch als ich das Geräusch draußen hörte, hab ich ganz spontan gehandelt und mich von meinem Instinkt leiten lassen.« Er konnte sich gut mit ihr unterhalten. Es fiel ihm leichter, mit ihr zu reden, als diese Sache mit Pete oder Hoop oder sonst irgendjemandem zu besprechen.

Sie legte den Kopf schräg und musterte ihn. Unwillkürlich überkam ihn das Verlangen, sich aufzurichten. Eindruck zu schinden und ihr zu zeigen, dass er immer noch stark und ihrer Aufmerksamkeit wert war. Aber inzwischen war er sich dessen nicht mehr so sicher.

»Aus diesem Grund bin ich wohl hier«, sagte sie. »Ich habe Pläne für die Zukunft geschmiedet. Mein Geschäft läuft gut, und ich bin stolz auf das, was ich bisher erreicht habe. Du dagegen wirkst irgendwie …«

»Irgendwie was?«, hakte er nach. Ihr Ton behagte ihm gar nicht.

»Verloren«, antwortete sie.

***

Verloren.

Verdammt! Diesen Eindruck wollte Garrett ganz bestimmt auf niemanden machen. Auch wenn es der Wahrheit entsprach. Er war es gewohnt, die Beschützerrolle einzunehmen. Der Held zu sein. Nicht derjenige, der gerettet werden musste.

»Nun, du täuschst dich«, sagte er, doch sein Ton klang selbst in seinen Ohren rechtfertigend. Zum Teufel, wie hatte sie erkannt, was er bisher so geschickt vor jedem verborgen hatte, einschließlich sich selbst?

»Wirklich? Seit meinem einundzwanzigsten Geburtstag habe ich nach meinem Platz im Leben gesucht, und ich weiß ziemlich gut, wie es ist, wenn man sich verloren fühlt, Garrett. Ich dachte, du könntest vielleicht einen Freund gebrauchen.«

»Ich will aber nicht dein Freund sein.« Er stellte sein Glas auf den Tresen und ging zu ihr hinüber.

Sie drückte sich ihr Glas mit beiden Händen an die Brust, sonst rührte sie sich nicht. »Du brauchst einen Freund. Jemanden, den du in deinem alten Leben nicht kanntest.«

Er fuhr sich mit einer Hand durch die Haare. Sein altes Leben. Es fiel ihm schwer, sich einzugestehen, dass er sein altes Leben nicht wiederhaben konnte. Er würde die Vergangenheit hinter sich lassen, sobald er bereit dafür war. Auf keinen Fall wollte er etwas ändern, nur weil so ein Dreckskerl ihn dazu gezwungen hatte, etwas zu tun, das er eigentlich gar nicht hatte tun wollen.

»Du willst also mit mir befreundet sein?«, fragte er. Das war so ziemlich das Letzte, was er im Sinn hatte. Vielmehr wollte er, dass sie sich nackt unter ihm rekelte. Dass sie ihn küsste und sich dabei an ihn schmiegte. *Verflucht*. Er wurde hart, wenn er nur daran dachte.

»Das wollte ich zumindest, bis du mir gesagt hast, dass wir keine Freunde werden können«, erwiderte sie.

»Tut mir leid, aber ich sehe dich einfach nicht als Freundin.«

Seine Worte kränkten sie, das war offensichtlich. Aber sie verkomplizierte sein Leben. Er brauchte keine weitere Ablenkung, weil er sie nicht aus dem Kopf bekam.

Zum Teufel.

Gewöhnlich war er sehr viel charmanter im Umgang mit Frauen. Warum brachte sie ihn nur so aus dem Konzept?

»Ich meinte bloß … Mir gelingt es einfach nicht, in dir eine Freundin zu sehen, denn ich denke pausenlos daran, wie gut es sich angefühlt hat, als du dich bei unserem gemeinsamen Sturz an mich gepresst hast.«

Sie nahm einen großen Schluck von ihrem Drink. »Wenn das stimmt, warum hast du dich danach nicht mehr um mich bemüht? Ich habe nicht unbedingt ein Stoppschild hochgehalten.«

»Du hast mich immerhin im Rockefeller Center sitzen lassen, und als ich dich heute Abend geküsst habe …«

»Gut, in Ordnung. Dennoch gab es keinen Grund, dich ausgerechnet in meinem Laden mit einer Frau zu verabreden. Wir haben uns vor zwei Wochen zuletzt gesehen. Du hättest jederzeit bei mir klingeln können, wenn du mich hättest sehen wollen. Es sei denn, du bist ein Feigling.«

Feigling.

Jeder Muskel in seinem Körper spannte sich an. Es war schon schlimm genug, dass sein Bein ihm immer noch Beschwerden machte, aber dass sie sich nun so über sein Verhalten äußerte, brachte das Fass zum Überlaufen.

»Feigling?«

Sie hob die Augenbrauen. »Ich sag nur, was ich denke. Du weißt schließlich, wo ich wohne.«

Er schloss die Lücke zwischen ihnen und beugte sich so nah zu ihr, bis er die Wärme ihres Atems an seinen Lippen spürte. Ihre Brüste drückten sich an ihn, und die Berührung elektrisierte seine Sinne.

Unvermittelt fühlte er sich tatsächlich feige. Er hatte zu Hause herumgesessen und versucht, sich zu beweisen, dass er niemanden brauchte. Aber Hayley brauchte er eindeutig.

Er sehnte sich danach, ihre weichen Kurven zu spüren, so wie jetzt. Und er brauchte ihre Küsse. Sanft leckte er über ihre Unterlippe und stöhnte leise auf, bevor er sich den Kuss stahl, den er so sehr begehrte, auch wenn er es sich nicht eingestehen wollte.

Ihre Zungen tanzten miteinander, und ein Schauer rieselte ihm über den Rücken. Heiß pulsierte ihm das Blut durch die Adern, und er rieb sich erregt an ihr.

Sie seufzte wohlig auf und erhob sich auf die Zehenspitzen. Das Glas, das sie immer noch in den Händen hielt, drückte gegen seine Brust. Er nahm es ihr ab und stellte es neben ihr auf den Tresen. Dann stützte er sich mit den Händen zu beiden Seiten von ihr ab.

»Interessant«, meinte er.

»Was denn?«, fragte sie.

»Dass du noch besser küsst als in meiner Erinnerung.« Eine innere Stimme hatte ihm gesagt, dass seine Gefühle nicht echt sein konnten. Dass ihre Küsse ihm nur deshalb so verführerisch und feurig erschienen, weil er so lange im Haus praktisch wie eingesperrt gewesen war. Doch dieser intime Augenblick mit ihr hatte ihm gerade das Gegenteil bewiesen.

»Das klingt jetzt irgendwie nicht nach einem Kompliment«, meinte sie.

»Vertrau mir, es ist eins.« Er spielte mit einer Strähne ihres Haares und strich sie ihr hinters Ohr, wobei ihm die Narbe auffiel.

»Was ist das?«, fragte er.

»Die stammt aus einer Zeit, als ich noch jung und dumm war.«

Dumm schien nicht zu dem Bild zu passen, das er von ihr gewonnen hatte, aber schließlich hatten sie als Teenager alle Dummheiten begangen, die sie später bereuten. Er zumindest.

Er hatte sich damals ziemlich danebenbenommen, aber das hatte letztendlich auch dazu geführt, dass er später Polizist geworden war. Und diese Berufswahl bereute er nicht.

Er musterte die Narbe. Er hatte schon viele Verletzungen gesehen, und wenn er hätte raten müssen, hätte er darauf getippt, dass sie sich an Glas geschnitten hatte. »Autounfall?«

»Nein. Ich habe mich in unser Haus zurückgeschlichen und bin dabei über einen Tisch gestolpert, der an einer anderen Stelle stand als gewohnt. Es stand eine große Vase drauf, und die ist mit mir gefallen.« Sie rückte von ihm ab, und er ließ es zu.

»Warum hast du dich reingeschlichen?«, fragte er. »Ich dachte, du warst ein braves Mädchen, das erst jetzt ungezogen ist. Reinschleichen klingt sehr rebellisch.«

Sie schüttelte den Kopf und blickte ihn durchdringend an. »Willst du das wirklich wissen? Wir können nicht mehr nur zufällige Bekannte sein, wenn ich dir von meinen Narben erzähle.«

Narben. Mehrzahl. Sie hatte also mehr als eine. Das war wohl bei den meisten Menschen so. Er hatte innerlich wie äußerlich Narben. Aber ihr Blick verwirrte ihn. Womöglich beging er einen großen Fehler, dennoch ergriff er ihre Hand. »Vielleicht habe ich mich getäuscht, als ich gesagt habe, dass wir keine Freunde sein können. Ich will mehr über dich wissen.«

Sie seufzte. »Meine Mom und ich haben viel gestritten. Sie wollte mich zu einer Miniaturausgabe von sich selbst machen, und ich fühlte mich dadurch wie erdrückt. Ab meinem fünfzehnten Geburtstag habe ich mich daher ständig gefragt, was meine Mutter in derselben Situation tun würde, und dann das genaue Gegenteil davon getan.«

Er rieb mit dem Daumen über ihre Fingerknöchel. Es wäre gelogen gewesen, hätte er behauptet, dass ihre Bemerkung ihn nicht für sie einnahm. Er wusste, dass mehr in ihr steckte als das brave Mädchen, das sein Leben ändern wollte. »Du scheinst dich mit ihr versöhnt zu haben«, meinte er. »Du lebst ein ziemlich gutes Leben.«

»Nein, das habe ich nicht. Sie ist gestorben, bevor ich schlau wurde«, sagte Hayley. Sie entriss ihm ihre Hand und ging zur Tür.

Er sollte es dabei belassen. Er war im Moment nicht in der Lage, jemand anderem zu helfen. Erst einmal musste er sein eigenes Leben auf die Reihe bekommen. Aber er konnte sie auch nicht einfach so gehen lassen. Vielleicht lenkte es ihn ja von dem Scherbenhaufen seines Lebens ab, wenn er ihr bei ihren Problemen beistand.

8. Kapitel

Garrett wusste nicht, was er Hayley sagen sollte. Er folgte ihr ins Wohnzimmer und stellte fest, dass sie auf dem Sofa saß und sich das Glas wieder an die Brust drückte.

Es war schon spät und, wie sein Vater zu sagen pflegte, die Zeit, in der der Dämon des Bedauerns zu Besuch kam. Garrett vermutete, dass er deswegen durchs Haus gewandert war. Aber er konnte Hayleys Bedauern nachvollziehen. Der Tod nahm uns viel, vor allem, wenn es um einen nahestehenden Menschen ging.

Er bedauerte den Tod seines Partners. Und er bereute, dass ihn Hectors ständiges Gequassel und die albernen Memes von Promis, die er ihm schickte, manchmal genervt hatten. Nun, nach Hectors Tod, stellte er fest, dass er all das vermisste.

»Das mit deiner Mutter tut mir leid«, sagte er schließlich. Das Schweigen im Raum fühlte sich erdrückend an, schwer lagen die Schatten der Vergangenheit auf ihnen.

»Danke. Sie wurde schwer krank, als ich siebzehn war. Krebs. Und ich konnte damals nicht damit umgehen. Nicht dass ich es je könnte«, entgegnete Hayley. »Sie hat versucht, mir noch so viel mitzugeben, denn ihre Überlebenschancen standen nicht gerade gut, aber ich wollte nicht zuhören. Ich dachte, sie sagt das alles bloß, weil sie mich zu ihrem kleinen Klon machen will.«

Sie schüttelte den Kopf, und Garrett verspürte einen Stich. Durch dieses Geständnis waren sie nun endgültig keine flüchtigen Bekannten mehr, die bloß heiß aufeinander waren. Sie hatten einander schon so viel anvertraut, dass man sie zumindest Freunde nennen konnte. Er sah sie nun mit anderen Augen.

Er setzte sich neben sie auf das Sofa, legte einen Arm über die Rückenlehne und zog Hayley an sich. »Wann hast du gemerkt, dass es ernst war?«

»Als ihr die Haare ausfielen. Du hättest meine Mom kennen sollen. Sie war ehemalige Schönheitskönigin und immer perfekt gestylt. Ich bin ausgerastet. Also wirklich ausgerastet. Mein Dad verreiste nicht mehr, und zum ersten Mal, seit ich ein kleines Kind war, hockten wir alle zusammen«, antwortete sie.

»Warum zum ersten Mal?«, fragte Garrett.

Er hat eine wirklich schöne Stimme, dachte Hayley. Sie hätte ihm stundenlang zuhören können, und er schien wirklich an ihrer Geschichte interessiert zu sein. Es war schon lange her, nein, es war das erste Mal überhaupt, dass sie mit jemandem über ihre Mutter redete. Die meisten ihre Freunde wussten nur, dass sie an Krebs gestorben war.

Eine innere Stimme warnte sie, dass es wahrscheinlich doch keine so gute Idee war, ihn näher kennenzulernen. Aber warum sonst war sie zu ihm gegangen? Warum saß sie nicht in ihrem großen einsamen Haus auf dem Sofa, statt hier, bei dem sexysten Typen, den sie kannte?

»Hayley?«

Sie sah das Glas in ihrer Hand an. Alkohol tat ihr nicht gut. Sie traf immer dumme Entscheidungen, wenn sie trank. Und ganz egal, wie überzeugt sie davon war, dass sie das Richtige tat, letztendlich ging es dann doch meist schief.

Auch bei Garrett würde es wohl nicht anders sein.

»Oh, tut mir leid. Mein Dad war geschäftlich viel unterwegs. Daher war er häufig weg, und ich ging auf ein Internat. Aber in diesem Sommer waren wir alle da. Plötzlich schien es Mom nicht mehr zu kümmern, dass ich nicht perfekt war, und ich gab mir mehr Mühe, so zu sein, wie sie es sich wünschte. Wir haben viel Zeit in unserem Sommerhaus verbracht und sind täglich am Strand spazieren gegangen. Mom überspielte die Krankheit … Ich wurde allmählich erwachsen, soweit ein fast achtzehnjähriges Mädchen erwachsen sein kann, aber eben nicht schnell genug. Sie ist drei Tage nach meinem achtzehnten Geburtstag gestorben.«

Hayley wandte sich ab und wischte sich eine Träne aus dem Augenwinkel. »Man sollte meinen, dass ich nach all der Zeit über ihren Tod hinweg wäre, aber an manchen Tagen … trifft mich die Trauer hart.«

»Ich weiß, was du meinst.«

Sie sah ihn an. »Wieso? Ich dachte, deine Eltern leben noch.«

»Das stimmt auch. Ich meinte eher, dass ich weiß, wie es sich anfühlt, jemanden zu vermissen. Mein Partner starb in der Nacht, als ich angeschossen wurde. Wir hatten noch so viele Pläne.«

Sie schüttelte den Kopf. »Wegen der Krankheit hatten Mom und ich alles festgezurrt. Sie hat mir mehrere Briefe geschrieben, jeweils einen für meine kommenden Geburtstage. Darin stand alles, was sie mir noch sagen wollte. Da blieb nichts mehr, über das wir noch reden konnten.« Nur dass ihr mit achtzehn nicht klar gewesen war, dass sie dennoch eine Menge Fragen hatte, die sie ihr gerne gestellt hätte. Zum Beispiel, wie es ist, sich zu verlieben. Woher hatte ihre Mutter gewusst, dass ihr Dad der Richtige war? Alberne Fragen womöglich, aber diese Dinge beschäftigten sie nun mal.

»Hast du den Brief von deinem letzten Geburtstag bereits gelesen?«

»Nein.«

»Warum nicht?«

Sie rieb sich über den Nacken. Eben noch hatte sie gesagt, dass sie kein verwöhntes Kind mehr war, und sie hätte auch gerne geglaubt, dass das stimmte. Den Brief hatte sie noch nicht geöffnet, weil sie jedes Mal beim Lesen der Zeilen ihrer Mutter in die Vergangenheit zurückkatapultiert wurde, an ihren Todestag. Und dann kam sie sich wieder wie damals vor, halb Mädchen, halb Frau. Doch in diesem Jahr wollte sie endlich nach vorn sehen. »Ich wollte mich nicht erinnern.«

Er hob sein Glas und prostete ihr zu. »Auf das Nichterinnern.«

Sie trank einen Schluck, aber ihr schwirrte bereits der Kopf, und es war ohnehin zu spät, um Vernunft walten zu lassen. »Hast du schon herausgefunden, wie man das macht?«

Er lächelte sie bedauernd an und schüttelte den Kopf. »Sport und ein Flirt mit einer schönen Frau helfen beim Vergessen, aber davon abgesehen, nein. Nichts, was ich sonst getan habe, kann die Erinnerungen an diesen Moment ausblenden.«

»Manchmal wache ich auf und denke, ich würde sie gern anrufen, um ihr etwas zu erzählen«, gab Hayley zu. »Verrückt, oder? Es ist schon zwölf Jahre her. Wann werde ich endlich nicht mehr ständig an sie denken?«

»Vielleicht musst du es einfach nur annehmen«, meinte er. »Womöglich hinterlassen manche Menschen solche tiefen Spuren in unseren Herzen, dass wir sie immer bei uns tragen.«

Vielleicht lag es am Alkohol oder auch an seinem intensiven Blick, aber Garrett erschien ihr sehr scharfsichtig für einen Mann, von dem sie dachte, er wäre sich viel zu unsicher über seine Zukunft, um ernste Absichten zu haben. Sie stellte ihr Glas ab und wandte sich ihm zu.

***

Garrett hatte versucht, sich einzureden, dass Hayley wie jede andere Frau war, die er kannte, und das stimmte wohl auch, aber er hatte sich verändert. Der Vorfall hatte ihn verändert. Seinen Partner sterben zu sehen, einen Mann zu töten, all das hatte Narben bei ihm hinterlassen, von denen er sich nie wieder erholen würde.

Mit seinem verletzten Bein kam er besser klar. Hier konnte er sich wenigstens vormachen, dass es irgendwann wieder so wie früher sein würde, auch wenn er insgeheim wusste, dass das unwahrscheinlich war. Sein Captain hatte sich unverbindlich gegeben, aber man musste kein Genie sein, um zu wissen, dass ein Cop mit einem versehrten Bein ein Risiko darstellte. Zum ersten Mal im Leben lag seine Zukunft im Ungewissen. In einem einzigen verdammten Moment war seine ganze Welt aus den Fugen geraten. Paco Riveras Entscheidung, bei der Festnahme die Flucht zu ergreifen, hatte Garretts Leben zerstört, ein Leben, von dem er gedacht hatte, er hätte es voll im Griff.

»Das war erstaunlich tiefsinnig dafür, dass es schon so spät ist«, sagte Hayley und schob sich eine Haarsträhne hinters Ohr.

Ihre Ohren waren klein und zierlich. Schon vorhin waren ihm die hübschen Diamantohrstecker aufgefallen. Schwärmte er jetzt tatsächlich von ihren Ohren? Offenbar war er ... wie besessen von ihr.

Er hatte es gewusst.

Und das lag nicht nur daran, dass er sich verändert hatte. Hayley strahlte etwas aus, das in ihm den Wunsch weckte, ein besserer Mensch zu sein. Stärker. Nicht körperlich. Er hatte sich solche Muskelpakete antrainiert, dass es da nicht mehr viel zu erreichen gab. Aber emotional.

Er wollte sich von seiner besten Seite zeigen, denn vom ersten Augenblick an hatte er gewusst, dass sie anders war. Sie hielt ihn auf Trab, und wenn er ehrlich war, brachte sie ihn gleichzeitig ein wenig aus dem Gleichgewicht.

»So bin ich eben«, entgegnete er. Scherze und unverfängliches Geplänkel, das war seine typische Strategie im Umgang mit Frauen. Sein Beruf war gefährlich, verdammt, das wusste er besser als manch anderer.

»Ach ja? Ich hab dich für einen Macho gehalten. Ich Mann, du Frau«, sagte sie.

»Ich bin doch kein Höhlenmensch. Du hast mich schließlich schon herausgeputzt gesehen«, erwiderte er. Natürlich legte er Wert auf sein Äußeres und zog bei einem Date alle Register der Charmeoffensive.

Sie hob eine Augenbraue und musterte ihn mit sarkastischer Miene. »Oh ja. Ich habe erlebt, wie du mit mir geflirtet hast, während deine Verabredung ...«

»Das haben wir doch längst besprochen«, unterbrach er sie. Nina hatte ihm bereits verziehen, warum konnte Hayley das nicht auch? »Ich habe mich entschuldigt, und du bist heute Abend hier.«

»Das stimmt. Ich bin heute hier«, sagte sie nachdenklich.

»Warum eigentlich?«, fragte er. Offenbar schienen die meisten Menschen nach Mitternacht ihre Hemmungen zu verlieren. Er hatte das mehr als einmal im Dienst erlebt und wusste es auch aus eigener Erfahrung. Nach Mitternacht verlor sich die Sorge vor Konsequenzen häufig.

»Das habe ich doch schon erwähnt, oder nicht? Ich war einsam und neugierig.«

»Neugierig auf was?«, hakte er nach und rückte näher an sie heran. Sie roch nach Schokolade, Vanille und einem ganz speziellen Duft, der nur ihr eigener war. Einem Duft, von dem er nicht genug bekommen konnte. Den Arm auf die Lehne gelegt, berührte er leicht ihr Ohr. Als er mit dem Finger über die Muschel und über den Ohrstecker strich, erschauerte Hayley, und eine zarte Röte schoss ihr in die Wangen. Ihr Mund öffnete sich leicht, und ihr Atem ging schneller.

Er wusste, warum sie gekommen war. Er kannte die Antwort, die sie ihm nicht verraten wollte. Sie war hier, um sich selbst etwas zu beweisen. Vielleicht auch ihm. Sie wollte eine Affäre mit ihm, und er war mehr als bereit dafür. Aber eigentlich wollte er mehr.

Besessenheit?

Der Gedanke lauerte in seinem Kopf, und er fühlte sich hin- und hergerissen. Jedenfalls soweit es sein Verlangen zuließ. Er begehrte Hayley. Gern würde er ein paar Wochen lang ihr Mann für jede Nacht sein, aber eigentlich wollte er mehr von ihr. Allerdings wusste er, dass er nicht in der besten Lage war, um ihr mehr anzubieten als Sex, und das nervte ihn gewaltig.

»Warum schaust du mich so an?«, fragte sie.

»Wie schaue ich denn?«

Sie biss sich auf die Unterlippe. »So genau kann ich das nicht beschreiben. Als ob ... du mich willst, aber gleichzeitig wütend darüber bist.«

Er stand auf und lachte. Sie hatte den Nagel auf den Kopf getroffen. »Ich weiß, dass ich nicht der richtige Mann für dich bin.«

Sie richtete sich auf und beugte sich vor. »Woher willst du das wissen?«

»Das schließe ich aus deinem Verhalten. In meiner Nähe wirkst du immer angespannt. Fast so, als wäre es eine Mutprobe für dich, mit mir zusammen zu sein.«

»Was willst du jetzt hören? Du bist in meinen Kurs gekommen und hast mit mir geflirtet. Und ich bin jetzt hier, um herauszufinden, ob mehr zwischen uns ist. Du weckst in mir den Wunsch, die Frau zu sein, die ich an meinem Geburtstag nur spielte«, erwiderte sie.

Er fuhr sich mit den Händen durch die Haare und drehte sich um. Dabei geriet er ein wenig ins Schwanken, weil er sein verletztes Bein zu sehr belastet hatte. Verdammt, dachte er. Jedes Mal, wenn er glaubte, es ginge endlich ein Stück voran, musste er den nächsten Rückschlag einstecken. Und Hayley wurde jedes Mal Zeuge seiner Schwäche.

»Spiel mir nichts vor«, sagte er schließlich, während er das Gleichgewicht wiedergewann. Er stützte die Hände in die Hüften und versuchte, das Bein ein wenig zu schonen. Ihre

Worte hatten ihm klargemacht, dass auch er sich schon viel zu lange etwas vormachte. Er hatte sich eingeredet, dass sich sein Leben an dem Tag, als er auf Paco schoss, nicht verändert hatte. Und dass er mit Krafttraining seine Gesundheit vollkommen wiederherstellen könnte. Er hatte sich weisgemacht, nur eine Nacht mit Hayley verbringen zu wollen, obwohl er von Anfang an gewusst hatte, dass er viel mehr als das brauchte.

Aber eines hatte er in all der Zeit, in der er zu Hause festsaß, gelernt, nämlich, dass das Schicksal seine eigenen Pläne schmiedete. Und ob er nur eine oder hundert Nächte mit Hayley verbringen wollte, die Entscheidung darüber lag nicht in seiner Hand. Ja, nicht einmal in ihrer. Das Leben war unberechenbar, und Garrett blieb nichts anderes übrig, als es so zu nehmen, wie es kam, und dabei nicht den Boden unter den Füßen zu verlieren.

Ein erschreckender Gedanke für einen Mann mit Gleichgewichtsproblemen.

»Ich versuche es. Aber es ist viel schwieriger als gedacht, alte Ängste zu überwinden«, sagte sie. »Meine Konditorjacke und meine weiten Jeans waren so bequem. Und meine neuen Klamotten trage ich zwar gern, und sie sind sexy, aber ich bin nicht sicher, ob ich das auch bin. Ich will … entschuldige, ich plappere dummes Zeug.«

»Schon gut. Ich bin mir ziemlich sicher, dass es dir nicht so schwerfällt, deine Komfortzone zu verlassen, wie du denkst«, meinte er.

»Warum?«, fragte sie.

»Sonst wärst du heute Abend nicht hier bei mir.«

***

Garrett stand vor ihr, als gehöre ihm die Welt, aber er hatte Hayley bereits preisgegeben, dass er ebenso gebrochen war wie sie. Es war schon lustig, dass es ihnen beiden gelang, dies so gut vor allen anderen zu verbergen und, wenn sie ehrlich mit sich war, auch vor sich selbst. Aber an diesem Abend musste sie sich nicht hinter ihren Schutzmauern verstecken.

Sie hatte mit ihm über Dinge geredet, die sie viel zu lange in sich verschlossen hatte. Unwillkürlich fragte sie sich, warum sie mit Garrett so offen reden konnte. Warum nicht mit einem anderen Mann? Aus unerklärlichen Gründen fühlte sie sich zu ihm hingezogen.

Okay, seine engen Jeans und die muskulösen Arme hatten sicher auch ihren Anteil daran. Aber sie machte sich Sorgen, dass sie ihn nur wegen seines Äußeren so attraktiv fand. Sie wollte nicht zu diesen Frauen gehören, die eine lange Liste an Ex-Freunden vorzuweisen hatten. Das passte nicht zu dem Bild, das sie von sich selbst hatte – dem Bild einer Frau, die kluge Entscheidungen bei ihrer Partnerwahl traf.

Allerdings sehnte sie sich danach, ihn erneut zu küssen. Der gestohlene Moment in der Kammer im Candied Apple Café reichte ihr nicht. Sie fühlte sich leer und ausgelaugt und war zu ihm gegangen, um das zu vollenden, was sie an ihrem Geburtstag angefangen hatten.

Nicht nur der Alkohol machte sie mutig, sondern auch der Wunsch, am Ende ihres Lebens nicht voller Bedauern feststellen zu müssen, dass sie womöglich etwas verpasst hatte. Diese Was-wäre-wenn- und Hätte-ich-nur-Überlegungen, die ihr Leben langweilig wirken ließen, weil sie bei ihren Entscheidungen immer auf Nummer sicher gegangen war.

Außerdem war ihre Mutter bereits mit achtunddreißig

Jahren gestorben. Noch ein Grund mehr, die ihr verbleibenden Jahre voll auszukosten. Und nun, da sie …

»Hey, woran denkst du?«

»Ich suche gerade nach Gründen, um zu rechtfertigen, dass ich dich will.«

Er legte den Kopf in den Nacken und lachte schallend.

Einen Moment lang starrte sie ihn nur an. Lachte er sie etwa aus? Dann erst wurde ihr klar, dass ihre Antwort lustig gewesen war. Emotionen und Sehnsüchte konnte man weder bändigen noch rechtfertigen. Sie sehnte sich nach ihm. Sie hatte versucht, diesem Verlangen alle möglichen Etiketten aufzudrücken. Sie hatte sich eingeredet, dass es schon in Ordnung wäre, ihn zu begehren, weil er so verloren aussah und nicht bereit war für eine feste Bindung.

Aber sie hatte sich selbst belogen. Garrett Mulligan wurde mit allem fertig, was das Leben ihm in den Weg warf. Er konnte sogar mit einer Frau flirten, während er mit einer anderen ein Date hatte. Er war so selbstbewusst, dass nicht einmal eine schwere Verletzung und eine lebensverändernde Entscheidung ihn erschüttern konnten – und genau das fand sie so faszinierend an ihm. Sie wollte herausfinden, wie er sich dieses verdammt selbstsichere Ego bewahrte, denn sie hatte dringend eine Portion Selbstvertrauen nötig. Sie musste herausfinden, wie sie ihr Leben so sicher in den Griff bekam wie er seines. Sie brauchte … ihn.

Sie stand auf und ging zu ihm. Mit jedem Schritt zerstreuten sich die Zweifel und Ängste, die sie seit ihrem achtzehnten Lebensjahr begleiteten, als sie festgestellt hatte, dass sie auf sich allein gestellt war. Ja, ihr Dad liebte sie, aber er arbeitete viel. Er war immer unterwegs.

Sie hatte seine Lebenseinstellung in gewisser Weise übernommen und ebenso hart gearbeitet, um ihr eigenes Unternehmen zu gründen – und ihre eigene Identität zu finden. Niemals hatte sie zugegeben, wie sehr sie sich wünschte, dass ihre Mutter stolz auf sie gewesen wäre. Sie runzelte die Stirn.

Das war das Problem mit Alkohol. Ihre Gedanken machten, was sie wollten. Statt sich auf den heißen Mann vor ihr zu konzentrieren, dem sie so nahe war, dass sie seine Wärme spürte, bekam sie Schuldgefühle. Heftig schüttelte sie den Kopf. Sie wollte diese Nacht für sich. Keine Pläne, keine Hintergedanken. Sie wollte das, was Iona sexuelle Hemmungslosigkeit nannte.

Sie legte Garrett eine Hand auf die Brust und schaute ihm tief in die Augen. Er musterte sie wachsam. Sie vermutete, dass es ihm als Cop zur Gewohnheit geworden war, immer ein waches Auge und alles im Blick zu haben. Aber sie wollte nicht, dass er sie durchschaute. Sie wollte sich vormachen können, dass die Mauern, die sie zu ihrem Schutz aufgebaut hatte, immer noch existierten.

Allerdings war sie sich auch im Klaren darüber, dass es egal war, welche Frisur und welches Make-up sie trug, auch das war nur eine Schutzmauer, die sie jedoch brauchte. Sie stellte sich auf die Zehenspitzen, weil er größer war als sie, aber gerade das gefiel ihr. Er stand einfach nur da, ließ sie das Tempo vorgeben, und auch das gefiel ihr.

Verflixt.

Er gefiel ihr viel zu gut, aber das wusste sie bereits seit ihrer ersten Begegnung. Sie beugte sich vor, ihre Lippen fühlten sich trocken an. Wie konnte das sein? Eben noch waren sie feucht gewesen. Nun prickelten sie jedoch, und sie hätte am liebsten mit der Zunge darübergeleckt, aber sie wollte auch nicht eigenartig oder ungeschickt wirken.

Sie schloss die Augen und ließ sich vom Duft seines Aftershaves betören. Sie nahm seine Wärme in sich auf, atmete seinen Geruch tief ein und wusste, dass sie keinen Rückzieher machen würde. Mit einem Mal war es ihr gleichgültig, ob er hinter die Fassade schauen konnte, die sie sorgfältig errichtet hatte. Das Verlangen nach ihm war stärker als ihr Wunsch, sich selbst zu schützen.

Er würde ihr nicht wehtun. Jedenfalls nicht körperlich. Aber emotional? Sie musste sehr vorsichtig sein, damit sie sich selbst nicht vergaß, und die Art von Mann …

Seine Lippen verschmolzen mit ihren. Eine sanfte, federleichte Berührung, die sie aufschreckte. Sie öffnete die Augen.

»Ich bin ja sehr für Vorfreude, aber verdammt, ich hab gedacht, ich sterbe auf der Stelle, wenn ich dich nicht endlich küsse.«

Sie war froh, dass er die Führung übernommen hatte, denn sie war zu sehr in sich selbst versunken gewesen, um sich zu rühren. Dabei wäre es doch besser, in Garrett zu versinken, oder? Sie erwiderte den Kuss. Nicht sanft, wie sie es vorgehabt hatte, sondern voller Leidenschaft.

Er öffnete den Mund, seine Lippen waren so weich, und sie genoss das Gefühl. Die Hände gegen seine Brust gestützt, kostete sie ihn und vertiefte den Kuss. Ihre Zunge spielte mit seiner, und jede Faser ihres Körpers erwachte zum Leben, als er voller Leidenschaft ihren Mund erforschte. Alle Bedenken und Zweifel verflogen, ihr Herz übernahm die Führung und brachte die Stimme der Vernunft endlich zum Schweigen.

9. Kapitel

Hayley zu küssen gab Garrett das Gefühl, lebendig zu sein, wirklich am Leben und nicht mehr in diesem komatösen Zustand, in dem er die vergangenen sechs Wochen verbracht hatte. Er brauchte das. Er brauchte sie. Als er den Kuss vertiefte und das Verlangen in ihm wuchs, ihr ganz nah zu sein, hörte er endlich auf, sich zu fragen, warum sie an diesem Abend so anders war.

Er umfing ihre Hüften und zog sie an sich, wodurch ihre Hand zwischen ihren Körpern gefangen war. Erregt presste er sich an sie und genoss das Gefühl ihrer Brüste an seinem Oberkörper. Sie seufzte, und der Laut ging ihm unter die Haut. Sanft ergriff er ihre Hand und befreite sie, ehe er seine Finger nach unten wandern ließ zu ihrem wohlgeformten Po und ihn mit beiden Händen umschloss. Himmel, sie hatte wirklich einen süßen Po.

Voller Verlangen drückte er sie an sich, leicht spreizte sie die Beine und schlang ihm eines um die Hüfte, um sich noch fester an ihn zu schmiegen. Er wurde so hart, dass er dachte, er würde noch in seiner Jeans kommen, was ihm seit Teenagerzeiten nicht mehr passiert war. Rasch riss er sich von ihr los und atmete tief durch, aber das half nicht viel.

Ihr Duft hüllte ihn ein, und mit jedem Atemzug hinterließ sie seine Spuren auf ihm, berührte seine Seele.

Ihre Lippen waren feucht und gerötet von seinen Küssen.

Sie öffnete sie leicht, und als ihr Atem über seinen Mund strich, verstärkte sich das Verlangen, sie erneut zu kosten. Er wollte ihre Zunge in seinem Mund spüren, während er seine Finger über ihren Rücken gleiten ließ. Rasch küsste er sie erneut und erschauerte, als sie die Hände unter sein T-Shirt steckte und ihm mit den Nägeln über den Rücken kratzte. Voller Leidenschaft erforschte er ihren Mund, und seine Beherrschung schwand immer mehr. Am liebsten hätte er ihr auf der Stelle das Höschen vom Leib gerissen und sie genommen.

Jegliche Finesse, jegliche Verführungskünste, die er sonst einsetzte, schienen verschwunden zu sein. Die Begierde, mit ihr eins zu werden, gewann die Oberhand. Er wollte sich in ihr verlieren und sie nie wieder loslassen. Du bist kein Tier, mahnte er sich, aber sein Körper folgte seinem animalischen Urinstinkt.

Er schob ihr T-Shirt hoch und ertastete den Verschluss ihres BHs. Sobald der Stoff sich lockerte, löste er seinen Mund von ihrem, streifte ihr mit einer schnellen Bewegung das T-Shirt über den Kopf und warf es auf den Boden. Lächelnd schlüpfte sie aus den Trägern des BHs und ließ ihn fallen.

Die Hände auf ihre Hüften gelegt, ließ er den Blick bewundernd über sie schweifen. Ihre Haut war cremig zart, wie feinste Seide. Ihre Brüste hoben sich mit jedem Atemzug, die rosigen Knospen waren hart wie Perlen. Er fuhr mit dem Daumen darüber und beobachtete, wie sie noch ein wenig härter wurden. Erschauernd zog sie ihn an sich.

»Ich bin mir nicht sicher, ob wir das tun sollten«, sagte sie, doch sie ließ ihn nicht los. Ihre Augen schimmerten im Licht bronzefarben, und entgegen ihren Worten stand ein entschlossener Ausdruck darin.

»Ich schon.« Bereits in jungen Jahren hatte er gelernt, dass man seine Wünsche zielstrebig verfolgen sollte, wenn man etwas – oder jemanden – begehrte. Und es gab keinen Zweifel, dass er mit Hayley zusammen sein wollte. Er begehrte sie seit jener Nacht, als sie versucht hatte, in ihr eigenes Haus einzubrechen.

Ihren Blick festhaltend, senkte er den Kopf und küsste sie. Er wollte es sanft angehen lassen, aber sobald seine Lippen die ihren berührten, brannte er lichterloh.

Adrenalin rauschte ihm durch die Adern, und einen Moment lang vergaß er, dass er nicht mehr derselbe Mann war wie früher. Er hob sie hoch, um sie irgendwohin zu tragen, wo er sie endlich ausziehen konnte, doch nach einem Schritt knickte sein Bein weg, und er stolperte.

Rasch drehte er sich zur Seite, sodass die Wand zwischen Küche und Wohnzimmer den Sturz auffing.

»Alles in Ordnung?«, fragte Hayley.

Verdammt, nein!

Nichts war in Ordnung. Er war angetörnt, total heiß, und sein verfluchtes Bein schleuderte ihn aus heiterem Himmel auf den Boden der Realität zurück. Seit der Verletzung war er nicht mehr mit einer Frau intim gewesen. Gerötete, wulstige Narben zogen sich wie ein hässliches Netz über sein Bein.

»Ja, tut mir leid.«

»Wo wolltest du mich hinbringen?«, fragte sie und ergriff seine Hand.

Er schaute sie an, und plötzlich wurde ein Winkel seines Herzens, den er nie für bedeutsam erachtet hatte, von Hayley besetzt. Er konnte es nicht anders beschreiben.

»Zum Küchentresen. Ich glaube, der hat die richtige Höhe.«

Sie schaute über seine Schulter in die Küche, dann machte sie einen Schritt zurück und musterte ihn von oben bis unten. »Ja, könnte passen.«

Mit wiegendem Gang marschierte sie los und warf ihm einen herausfordernden Blick über die Schulter zu. »Kommst du mit, damit wir das überprüfen können?«

Zum Teufel, ja!

Er musste sich jedoch zunächst vergewissern, dass sein verletztes Bein ihm wieder gehorchte. Vermutlich war ihm zu viel Blut in ein gewisses Körperteil geschossen, was wohl der Grund war, warum er geschwächelt hatte. Aber im Moment wollte er die Verletzung für nichts in der Welt eintauschen. Dieser Moment mit Hayley hatte ihm gezeigt, was er in seinen früheren Beziehungen vermisst hatte, so sexuell befriedigend sie auch gewesen sein mochten. Mit keiner Frau hatte er sich wirklich verbunden gefühlt, die Anziehung war immer nur oberflächlich gewesen.

Doch Hayley, die ihm unverblümt gesagt hatte, dass sie ein ungezogenes Mädchen werden wollte, hatte ihm genau das Gegenteil bewiesen, nämlich dass sie ein guter Mensch war. Eine Frau für etwas Dauerhaftes. Insgeheim beunruhigte ihn dieser Gedanke, denn sein Leben als Polizist war gefährlich. Und eigentlich war er auch nicht dieser Für-immer-und-ewig-Typ.

In dieser Nacht jedoch wollte er ihr Mann sein. Einfach nur er selbst. Seit Hectors Tod hatte er nicht mehr das Gefühl gehabt, dass er gut genug für irgendjemanden war. Ohne es zu wissen, hatte Hayley ihm ein ganz besonderes Geschenk gemacht, und er würde sein Bestes geben, um ihr den gleichen Gefallen zu tun.

***

Hayley stand neben der frei stehenden Kochinsel in Garretts Küche. In der Küche hatte sie sich schon immer am wohlsten gefühlt. Viel wohler als im Schlafzimmer, wo sie immer das Gefühl hatte, dass sie die Erwartungen der Männer, mit denen sie ausgegangen war, niemals erfüllen konnte.

Mit Garrett hatte dieses Posieren und Schauspielern aufgehört, als er gestolpert war. Sie hatte aufgehört, ihn als eine Art Sexgott zu betrachten, und sich klargemacht, dass er auch nur ein Mensch war. Jetzt sah sie ihn mit anderen Augen, und damit war auch ein Teil ihrer Zweifel und Unsicherheit verschwunden.

Er kam auf sie zu wie ein Tiger, der seine Beute umkreist. Allerdings hatte sie den Tiger dazu eingeladen. Sie stützte sich auf dem Tresen hinter sich ab und schenkte ihm ihren besten »Na, los doch«-Blick.

Wenn sie ehrlich war, fand sie dieses Spiel aufregend, weil sie nicht so tun musste, als wäre sie jemand anderes. Bei ihm konnte sie ganz sie selbst sein.

Er legte ihr die Hände um die Taille, drückte leicht zu und streichelte mit den gespreizten Fingern langsam über ihre Beine nach unten und wieder nach oben. Die Berührung war so sinnlich, dass sie erbebte. Ein rastloses Verlangen ergriff von ihr Besitz, als er sich zwischen ihre Beine stellte und sie an sich zog, bis sie seine rauen Jeans an ihrer Haut spürte.

Hätte sie sich in dem Moment nicht an ihm festhalten können, wäre sie wohl gefallen, so puddingweich waren ihre Knie.

Zärtlich streichelte er ihr über den Rücken, seine das Anpacken gewohnten Handflächen hinterließen ein angenehm kratziges Prickeln.

Sie genoss dieses Gefühl, die Liebkosung und schmiegte sich an seine Brust. Er war warm und so stark.

»Nun sind wir wieder da, wo das alles angefangen hat«, sagte er.

»Das erscheint mir passend.« Sie spielte mit den sich kräuselnden Haaren auf seiner Brust und folgte mit einem Finger der dunklen Linie hinunter zu seinem Bauch. Zufrieden stellte sie fest, dass sich seine braunen Brustwarzen verhärteten. Ermutigt davon, ließ sie ihre Finger weiterwandern zu der Stelle, wo der schmale Haarflaum unter dem Bund seiner Jeans verschwand.

Neckend strich sie daran entlang und beschrieb schließlich einen Kreis um seinen Bauchnabel.

Ihm stockte der Atem, als sie sich wie in Zeitlupe an seiner Jeans zu schaffen machte und den Knopf öffnete.

Dann keuchte sie auf, denn er tastete mit den Händen unter ihren Rock, ließ die Finger unter ihren Slip gleiten und zog ihn ihr langsam aus. Achtlos fiel er zu ihren Füßen zu Boden.

Er schob ihren Rock hoch und öffnete den Reißverschluss seiner Hose. Sie schlang einen Arm um ihn und steckte die andere Hand in seine Jeans. Er trug keine Unterwäsche, und sie umfasste ihn zielstrebig, massierte ihn sanft und streifte dabei mit den Fingern über seine Hoden. Das hatte sie mal in einer Zeitschrift gelesen, aber bisher keine Gelegenheit gehabt, es in der Praxis auszuprobieren.

Er schloss die Augen, offensichtlich gefiel es ihm. Sie umfasste ihn ein wenig fester und konzentrierte sich wieder auf seinen Schaft. Langsam glitt sie bis zur Spitze und streichelte darüber.

Er zog sie an sich, die Hände auf ihren Po gelegt, und streichelte über ihre Ritze. Hayley erschauerte und hätte fast den Halt verloren, als er sie feurig küsste, während er sie weiter mit einem Finger liebkoste. Und obwohl sie niemals gedacht hätte, dass diese Berührung sie antörnen würde, tat sie es.

Sie war mehr als bereit für ihn. Erregt führte sie seine Männlichkeit an ihre intimste Stelle, doch er lehnte sich zurück und hob den Kopf. Sein Mund war feucht von dem Kuss und seine Lider halb gesenkt. Sein Atem ging stoßweise, und seine Haut war leicht gerötet.

Ein Kribbeln überlief sie, als er mit einer Hand ihre Brust umfasste. Er rieb die Knospe zwischen Daumen und Zeigefinger und beugte sich über sie, sodass sie sich zurücklehnen musste. Doch er stützte sie mit einem Arm im Rücken, die Hand an ihren Nacken gelegt. Sanft umschloss er ihre Brust mit den Lippen und neckte sie mit seiner Zunge, bis Hayley laut aufstöhnte.

Sie hatte noch nie laut beim Sex gestöhnt, bis jetzt.

Erneut wollte sie ihn umfassen, aber er biss sie leicht, und sie vergaß alles um sich herum. Wie von selbst schlangen sich ihre Arme um seinen Nacken.

Sie spürte, wie er seine Hand zwischen ihre Beine gleiten ließ und sie sanft auseinanderdrängte, ohne sich von ihrer Brust zu lösen. Mit der Handfläche rieb er über ihre Scham, dann ließ er einen Finger in sie gleiten. Sie hob die Hüfte, wollte mehr, die Leidenschaft drohte sie zu verschlingen.

Sehnsüchtig wölbte sie sich ihm entgegen, packte ihn und versuchte, ihn zu sich zu ziehen. So schön seine Berührung mit Händen und Mund auch war, sie wollte ihn in sich spüren.

Doch dann riss der Höhepunkt sie wie eine Flutwelle mit sich, und sie blieb vor Wonne bebend in seinen Armen zurück.

***

Fast wäre Garrett mit ihr gekommen, als Hayley den Gipfel erreichte. Sie war heiß und sexy. Und auch wenn er sie gern zu der Seinen machen wollte, wusste er doch, dass sie vielleicht nie zu ihm gehören würde.

Er betrachtete ihren erhitzten Körper, sah ihre geröteten Lippen, und das Feuer des Verlangens loderte noch stärker in ihm auf. Er drehte sie in seinen Armen um und beugte sich über sie, drängte sich gegen ihren Rücken. Sanft zog er eine Spur aus glühenden Küssen von ihrem Nacken hinunter zu ihren Schultern.

Das Blut rauschte ihm glühend durch die Adern. Er konnte an nichts anderes mehr denken als daran, wie hübsch sie war. Unter dem linken Schulterblatt hatte sie ein kleines Muttermal, und er bedeckte es mit einem federleichten Kuss.

Ihre Haut war makellos und weich, er entdeckte kein Tattoo. Gedanken an das, was sie gesagt und was sie nicht ausgesprochen hatte, kreisten ihm durch den Kopf. Sie hatte erwähnt, wie hart sie hatte arbeiten müssen, um ihren Laden zum Erfolg zu führen, und dass sie sich nie die Zeit genommen hatte, um herauszufinden, was sie als Frau wollte.

Er fühlte sich geschmeichelt und stolz, dass sie nun bei ihm war, dass sie ihn für diese Entdeckungsreise ausgewählt hatte.

Vielleicht lag es bloß an der Erregung und dem dadurch erhöhten Hormonspiegel, aber er hegte tiefere Gefühle für Hayley, als er sich eingestehen wollte.

Er wünschte, er könnte sagen, dass es nur um Sex ging. Dass sie nur irgendeine attraktive Frau war, mit der er es treiben wollte.

Aber so war es nicht.

Schon an dem Abend, als er sie dabei erwischt hatte, wie sie in ihr Haus einbrechen wollte, hatte er sich nicht nur körperlich zu ihr hingezogen gefühlt. Sie war so süß gewesen und unabsichtlich sexy. Das hatte ein Feuer in ihm entfacht, und dieses Feuer war seitdem nicht erloschen.

»An unserem ersten Abend, als du dich vorgebeugt hast, habe ich es mir so vorgestellt.«

»Ach ja?« Sie wackelte mit den Hüften, und er stöhnte auf. »Was genau hast du dir denn vorgestellt?«, fragte sie.

»Das hier.« Er streichelte langsam mit den Händen über ihren Rücken nach unten, umfasste ihren Po und rieb sich an ihr. Er wollte sie nicht von hinten nehmen, aber er genoss das Gefühl.

Erschauernd presste sie sich an ihn.

»Mir gefällt es, dich zu spüren, Hayley«, sagte er. »Dein Rücken ist so weich.«

Er streichelte sie und fand eine kleine Narbe am unteren Rücken, die er küsste. Der Geruch nach Sex und Hayley hüllte ihn ein, als sie nach hinten griff und ihn umfassen wollte.

Er wich ihr jedoch aus. »Nein.«

Sie schaute ihn über die Schulter hinweg an. »Ich will dich.«

»Ich weiß, und ich muss mich auch arg zusammenreißen.«

»Tu das nicht«, sagte sie. »Ich bin bereit für dich.«

Sie sah ihm tief in die Augen, und sämtliche Beherrschung, die er bisher so mühsam aufgebracht hatte, löste sich in Luft auf.

»Wir brauchen ein Kondom?« Der Satz war ihm schon seit langer Zeit zur Gewohnheit geworden, und zum Glück hatte er vorgesorgt. Er öffnete eine der Schubladen und zog eine Packung hervor, aus der er eines der Plastiktütchen zog. Etwas fahrig öffnete er es und zog das Kondom über.

Sie lachte, und er umschloss ihre Brüste mit beiden Händen. Rasch brachte er sich in Position und versank mit einem Stoß tief in ihr. Ihr Körper schmiegte sich so perfekt an ihn, als er sich zurückzog und erneut in sie stieß, wieder und wieder.

Sie bewegte sich mit ihm, ließ die Hüften kreisen und passte sich seinem Rhythmus an. Bald schon verspürte er das federleichte Prickeln an seinem Rücken, das seinen Höhepunkt ankündigte, doch er wollte, dass sie noch einmal, dieses Mal mit ihm, kam.

Er wollte spüren, wie sie sich um ihn anspannte, bevor er die Kontrolle verlor. Er ließ eine Hand nach unten gleiten und umspielte mit den Fingern ihre Klitoris, während er den Mund über ihren Hals wandern ließ und leicht zubiss. Sie stöhnte seinen Namen und drängte sich heftiger an ihn. Tiefer und immer schneller erforschte er sie. Unvermittelt spannte sie sich an, bäumte sich ihm entgegen, und leise Seufzer entrangen sich ihrer Kehle, die dafür sorgten, dass er von einer Woge der Ekstase übermannt wurde.

Tief drang er in sie und ergoss sich in ihr; drei weitere Stöße, dann fühlte er sich völlig leer und sank erschöpft über ihr zusammen, sorgsam darauf bedacht, sie nicht mit seinem Gewicht zu erdrücken.

Nach einem Moment erhob er sich und schloss sie in die Arme. Sorgsam mied er ihren Blick, als er sie zu sich drehte.

Er konnte ihr nicht in die Augen schauen, wollte nicht, dass sie in seinen las, was er gerade erkannt hatte.

Auch wenn er sich so verloren fühlte, wie sie behauptete, hatte er gerade in ihren Armen sein Glück gefunden.

Sie hatte sein Herz berührt und ihm etwas geschenkt, von dem er gedacht hatte, er würde es nie finden. Ihr Kopf lehnte an seiner Brust, direkt über seinem Herzen. Sicher konnte sie hören, wie wild es trommelte.

Er umschlang sie fest und hätte sie am liebsten nie wieder losgelassen. Aber ihm blieb gar nichts anderes übrig, also trat er schließlich einen Schritt zurück.

Sie schaute ihn an, Unsicherheit im Blick, und fast hätte er laut geflucht. All das war nicht geplant gewesen. Vorsichtig hob er sie auf die Arbeitsplatte und wandte sich ab. Sein Knie schmerzte, als er zum Spülbecken ging. Rasch entsorgte er das Kondom im Mülleimer und trat wieder auf sie zu. Erneut flammte Erregung in ihm auf, aber er musste bei klarem Verstand bleiben. Er wollte nicht, dass es bei ihrer Beziehung nur um Sex ging.

Auch wenn es leicht gewesen wäre, es bei einer Freundschaft mit gewissen Vorzügen zu belassen.

Er wandte sich ab, um sich schnell zu waschen und sich zu sammeln. Danach wollte er mit Hayley gemeinsam überlegen, wie es mit ihnen nun weitergehen sollte. Diese eine Nacht war ihm längst nicht genug.

Er wusste jedoch nicht, ob sie das genauso sah. Sie hatte ihm anvertraut, dass sie ihr Leben ändern wollte. Sie wollte ein ungezogenes, draufgängerisches Mädchen sein, nicht die Frau seiner Träume.

10. Kapitel

Hayley hatte sich eingeredet, dass sie sich durch die Änderung ihrer Frisur und ihrer Kleidung auch innerlich verändern würde. Als sie nun halb nackt auf dem Küchentresen saß und auf Garrett wartete, erkannte sie jedoch mit absoluter Gewissheit, dass dem nicht so war.

Ja, der Sex mit ihm war atemberaubend gewesen, und sie fühlte sich wie auf Wolken. Sie hätte nie gedacht, dass sie zu solcher Ekstase fähig wäre, doch sie verspürte auch einen Stich im Herzen.

So guter Sex hätte nur zwischen Seelenverwandten passieren sollen. Zwischen Liebenden. Nicht mit einer Affäre. Und schon gar nicht mit einem Kerl, der eigentlich ein One-Night-Stand sein sollte.

Sie schlang sich die Arme um den Bauch und suchte nach Antworten, die es nicht gab.

Es wurde höchste Zeit, dass sie sich die traurige Wahrheit eingestand: Die Frau, die sie so gern sein wollte, existierte nicht.

»Verdammt!«

Sie schaute auf und entdeckte Garrett im Türrahmen. Die Jeans saß wieder an Ort und Stelle, aber der oberste Knopf stand offen.

»Was ist?«

»Du bereust es. Ich hatte gehofft …«

»Ich bereue es nicht«, erwiderte sie. Ganz gewiss hegte sie keine Schuldgefühle wegen ihres kleinen Abenteuers. Garrett war die Art von Mann, von der sie immer geträumt hatte, aber sie hätte nie gedacht, dass sie so einem Prachtexemplar jemals begegnen würde.

Sie gehörte nun mal nicht zu der Sorte Frau, die ein Mann in seine Küche trug, um mit ihr auf dem Küchentresen zu schlafen. Nun, bis jetzt.

Sie richtete sich auf und schaute ihn an. Seine Haare waren etwas länger, als sie sein sollten. Sie nahm das als Hinweis, dass er sich seiner Zukunft nicht so sicher war, wie er es sein sollte.

Sie krümmte den Finger und winkte ihn zu sich. Langsam kam er zu ihr herüber. Sie hatte beschlossen, dass diese Nacht ihr gehörte, und sie war nicht bereit, sie schon enden zu lassen. Sie wollte jede Stunde bis zum Morgengrauen genießen und sich erst danach Gedanken um die Folgen machen.

Doch, sie hatte sich verändert.

Verflixt.

Aber das lag nicht nur an den neuen Kleidern und dem Make-up. Seit dem Abend, an dem sie sich ausgesperrt hatte, war sie allmählich zu einem anderen Menschen geworden.

Vielleicht lag es daran, dass sie durch das »So tun, als ob« tatsächlich mutiger geworden war. Womöglich lag es auch an Garrett, seiner wie gemeißelten Brust, seinem eindringlichen Blick und den Küssen, bei denen sie förmlich dahinschmolz.

»Ja?«, fragte er und stellte sich zwischen ihre Beine, die Hände auf ihre Oberschenkel gelegt.

»Ich will …«

Doch ihr fehlten die Worte. Was wollte sie wirklich? Nicht einmal im Traum hätte sie sich vorstellen können, was er mit ihr angestellt hatte, und sie wollte mehr davon. Mehr von ihm. So viel, wie er ihr zu geben bereit war, und noch ein bisschen mehr.

Sie wollte ihn auf eine Weise besitzen, wie er sie zu besitzen schien. Aber in ihrem Leben hatte Sex nie eine große Rolle gespielt. Vielleicht in ihren Fantasien, aber im echten Leben war sie bisher eher zurückhaltend gewesen. Ein anständiges Mädchen.

»Ja?«

»Dich«, sagte sie. So, nun hatte sie es ausgesprochen. »Ich will die Art von Frau sein, mit der du die ganze Nacht verbringen willst.«

»Das bist du schon.«

»So fühle ich mich aber nicht. Was zwischen uns passiert ist … Das hat sich wie ein Traum angefühlt. Als wäre es nie wirklich passiert.«

Er schenkte ihr ein verruchtes Lächeln, und sie spürte eine Hitze in sich aufsteigen, die etwas in ihr zum Schmelzen brachte. Kein Dahinschmelzen aus Leidenschaft, vielmehr spürte sie, wie die Eiskristalle um ihr Herz zerflossen. Dabei hatte sie bisher nicht einmal geahnt, dass sie eine Eismauer um ihr Herz errichtet hatte.

Nun aber kam ihr die Erkenntnis, dass es diese Mauer gab, weil sie Angst vor ihren Gefühlen hatte und deshalb niemanden nah an sich heranlassen wollte.

Er streichelte ihre Beine. Sie spreizte sie ein wenig, während sie seine schmale Taille umfasste. Seine Haut fühlte sich warm und glatt an. Wie Seide über gehärtetem Stahl. Hart und stark spürte sie seine Muskeln unter ihren Fingern.

»Ich mag es, wie du dich anfühlst«, gestand sie.

»Ich mag es auch, wie du dich anfühlst, Baby«, meinte er und schaute sie an. »Ist es in Ordnung, wenn ich dich so nenne?«

Sie nickte. Niemand hatte ihr je einen Kosenamen gegeben. Sie war einfach nicht der Typ dafür, oder doch? Für Garrett offenbar schon.

Sie hätte gern geglaubt, dass sie diese intensive Leidenschaft auch mit einem anderen Mann erleben könnte, aber insgeheim wusste sie, dass es nicht so war. Zwischen ihnen herrschte eine ganz besondere Anziehungskraft, die sich nicht duplizieren ließ.

Und genau aus diesem Grund sollte sie schleunigst die Flucht ergreifen. Aber sie tat das Gegenteil und zog ihn an sich, rieb sich an seiner wachsenden Härte, während sie mit den Händen seine Brust erkundete.

Sie schlang ihm die Arme um den Nacken, schob die Finger in seine Haare und drückte ihn an sich. Sein Mund fand den ihren, und ihre Gedanken verstummten.

Ein Sturm der Gefühle flutete über sie hinweg, und ihr wurde klar, dass mit Garrett all ihre Sinne zum Leben erwachten, ganz ähnlich wie in ihrer Küche, wenn sie ein neues Rezept ausprobierte.

Er sorgte dafür, dass sie sich lebendig fühlte.

Sie biss ihm in die Unterlippe, denn sie wollte sich nicht so lebendig fühlen. Diese Art des Erwachens verursachte ihr Unbehagen.

Zärtlich knabberte er an ihrer Unterlippe und küsste sie wieder auf diese überwältigende Art. Die Hände auf ihrem Po, presste er sie an sich, und erschauernd wurde ihr bewusst, dass sie jetzt sowieso nicht mehr hätte schlafen können.

Nicht dass sie es gewollt hätte. Genau nach einer solchen Veränderung in ihrem Leben hatte sie sich gesehnt und sie sich an ihrem Geburtstag erhofft. Eigentlich hatte sie angenommen, dass sie in den vergangenen Wochen vorangekommen wäre, aber als er mit den Händen ihren Körper erkundete, wusste sie, dass sie sich selbst belogen hatte.

***

Garrett ließ seine Hände über Hayley wandern. Ihre Haut fühlte sich so zart und weich an. Sein Körper war mit Narben bedeckt, die seinem Beruf und seinem riskanten Lebensstil geschuldet waren. Er senkte den Mund auf ihre Schulter und biss sie leicht in die Kuhle an ihrem Hals.

Er wollte seine Spuren auf ihr hinterlassen, damit sie ihn nicht vergaß, auch wenn er für sie nur ein schlüpfriger One-Night-Stand war. Sie hatte ihm erzählt, dass sie einen üblen Männergeschmack hatte, und sein früheres Ich, der Mann, der er einmal gewesen war, hätte alles darangesetzt, ihr das Gegenteil zu beweisen.

Aber damals hatte er auch noch eine Zukunft gehabt, jetzt hingegen war alles ziemlich ungewiss. Er verdrängte die Gedanken und konzentrierte sich auf Hayley.

Sie roch besser als jede andere Frau, mit der er zusammen gewesen war. Nach Vanille, Zimt und Schokolade. Hayley war wie ein Aphrodisiakum. Und er wollte ihr gar nicht widerstehen.

Er gab seinem Verlangen nach und verschlang sie langsam mit seinen Küssen, während er ihr sanft über den Rücken strich.

Langsam, verführerisch ließ er seine Zunge mit ihrer tanzen. Die Eile des ersten Mals war verschwunden, nun konnte er die Zeit mit der Frau genießen, von der er nicht sicher war, ob sie je die Seine sein würde.

Schluss damit.

Das musste aufhören.

Er musste aufhören, sich Sorgen über die Zukunft zu machen, und sollte lieber die Gegenwart genießen, die sich genau jetzt, in diesem Moment, in all ihrer Schönheit zeigte. Hayley lebte. Und er auch.

Er war an diesem Tag nicht gestorben so wie Hector, und es war höchste Zeit, dass er sein Leben nicht länger an sich vorbeirauschen ließ und seine Lebensfreude zurückgewann.

Er zog sie zur Kante des Tresens, ehe er sich von ihren Lippen löste. Tief blickte er ihr in die Augen, um ihr zu verstehen zu geben, dass er sich verändert hatte. Dass der verzweifelte Mann von vorhin, der mit ihr geschlafen hatte, verschwunden war.

Mit einem Finger strich er zwischen ihren Brüsten entlang bis hinunter zu ihrem Nabel. Ein kleines Piercing zierte ihn, und er beschrieb einen Kreis um das Schmuckstück. Ihm gefiel der Kontrast zwischen ihrer zarten Haut und dem harten Stecker aus Metall.

Sie ließ die Hände zum Bund seiner Jeans wandern und öffnete den Reißverschluss.

Kühle Luft umschmeichelte seine nackte Haut, gefolgt von der Wärme ihrer Finger, als sie ihn umfasste. Sanft massierte sie ihn, und er wurde hart. Die andere Hand in seinen Nacken gelegt, zog sie ihn zu sich und flüsterte ihm sinnliche Worte ins Ohr, die ihm den Verstand raubten. Seine gelassene Beherrschtheit schwand. Er musste sie haben, wollte sich erneut in ihr verlieren.

Rasch holte er das Kondom, das er nach dem Duschen dort verstaut hatte, aus seiner Tasche. Er hatte nicht gewusst, was diese Nacht noch bringen würde, aber er kannte sich selbst gut genug. In ihm loderte der fast übermächtige Wunsch, Hayley noch einmal in den Armen zu halten und tief in ihr zu versinken. Eins mit ihr zu sein, bis sie gehen wollte.

Sie gehörte zu ihm.

Sie war die Seine.

Noch einmal strich er über ihren Nabel, ehe er sich mit den Fingern weiter nach unten tastete, zu ihrem Schoß. Er fand ihre Perle und glitt leicht mit dem Finger darüber.

Stöhnend stieß sie seinen Namen aus. Seine Liebkosung törnte sie an, machte sie heiß. Der kehlige Laut war ihm inzwischen ebenso vertraut wie das wohlige Gefühl, wenn er in sie eindrang.

Allein der Gedanke daran machte ihn noch härter, und die wachsende Erregung lockte einen Sehnsuchtstropfen hervor.

Sie fing ihn mit dem Finger auf, verrieb die Feuchtigkeit, dann schaute sie ihm tief in die Augen, steckte den Finger in den Mund und leckte ihn ab.

Fast wäre er auf der Stelle gekommen. Er brauchte das Kondom. Sofort. Mit den Zähnen versuchte er, die Packung aufzureißen, weil er Hayley nicht loslassen wollte. Nicht loslassen konnte.

Als sie ihm das Päckchen abnahm, glitt er mit den Fingern in sie. Und als sie es aufriss, rückte er ein wenig ab, damit sie ihm das Kondom überstreifen konnte.

Unsicher sah sie ihn an und nagte an ihrer Unterlippe. Vorsichtig streifte sie das Gummi über seine Spitze.

»Ich habe das zuvor noch nie gemacht«, gestand sie.

»Wenn ein scharfer Kerl das kann, schaffst du das auch.« Seine Stimme klang rau wie Schleifpapier.

Sie lachte. An der Art, wie sie ihn anschaute, erkannte er, dass er sie mit seiner Bemerkung überrascht hatte. »Und was ist mit scharfen Frauen?«

»Für mich zählst nur du«, sagte er.

Und das stimmte. Eine verblüffende Erkenntnis. Er hatte sich eingeredet, dass er ihr dabei helfen wollte herauszufinden, wer sie sein wollte. Dass er gern für sie den Bad Boy spielen und ihr beibringen würde, was ein Bad Girl ausmachte. Aber das entsprach nicht mehr länger der Wahrheit. Sie bedeutete ihm etwas.

Sorgsam rollte sie das Kondom über seine Härte und umfasste seine Hoden, ehe sie ihn zu streicheln begann.

Er schob die Hüften vor, bis er ihre Mitte berührte. Und nun, als er sich eingestand, dass Hayley ihm wichtig war, erschien es ihm so, als wäre es ihr erstes Mal. Langsam drang er in sie ein, ganz tief.

Sie schlang ihm die Beine um die Hüften und hielt sich an seinen Schultern fest, während sie sich im Rhythmus mit ihm bewegte. Die Hände an ihrem Hintern, versuchte er, es langsam anzugehen, doch bei Hayley vergaß er all seine alten Tricks. Wenn er in ihr war, wollte er nichts mehr als den Höhepunkt und dass sie länger und heftiger kam als jemals zuvor bei einem Mann.

Ihr Stöhnen machte es ihm noch schwerer, die Beherrschung nicht zu verlieren. Die ersten Ausläufer des Sturms rollten bereits heran, und er wusste, was ihn erwartete. Er küsste sie wild und fordernd, genau im selben Moment, als sich ihr Körper anspannte und er sich ergoss. Wieder und immer wieder erbebte er, bis er sich völlig ausgelaugt fühlte. Sie sank nach vorn, und er stützte sich mit den Händen neben ihr ab.

Den Kopf an seine Brust gelehnt, streichelte sie langsam über seinen Rücken.

Er fühlte sich so lebendig wie nie zuvor. Furcht einflößend lebendig.

So lebendig, wie er sich sonst nur bei einem Undercover-Einsatz fühlte, kurz bevor er einen Straftäter stellte. Mit einer Frau war ihm das noch nie passiert.

»Zweimal in einer Nacht. Ich denke, das kann ich auf meiner Löffelliste abhaken«, sagte sie atemlos.

»Sex steht auf deiner Löffelliste?«, fragte er. Zum Glück lenkte das Gespräch ihn ab, und die aufsteigende Panik bei dem Gedanken daran, wie sehr er sie brauchte, verebbte wieder.

»Ja, ich war noch nicht mit vielen Männern zusammen. Daher ja.«

Er hatte schon viele Frauen gehabt, doch neben Hayley verblassten sie allesamt. Sie war die Einzige, die für ihn zählte.

Er hätte sie gern mühelos vom Tresen gehoben, aber er war sich nicht sicher, ob sein verletztes Bein mitspielen würde. »Halt dich an mir fest.«

Sie tat es, und er machte vorsichtig einen Schritt zurück, sodass sie an seinem Körper hinabgleiten konnte, bis sie stand.

»Tut mir leid, dass ich dich nicht tragen kann.«

»Das macht nichts. Ich glaube, es käme mir auch komisch vor, wenn du es tätest«, gab sie zu.

»Kommst du mit mir nach oben?«, fragte er.

Sie nickte.

Er verschränkte seine Hand mit ihrer und führte sie die Treppe hinauf ins Schlafzimmer. Im angrenzenden Badezimmer brannte noch Licht. Vor der großen Wanne, die er seit seiner Verletzung öfter benutzte, blieb er stehen.

»Was hast du vor?«, fragte Hayley.

»Etwas, das auf meiner Löffelliste steht«, antwortete er. Was komplett gelogen war, da er gar keine Löffelliste hatte. Bisher hatte er sich nie Gedanken darüber gemacht, aber mit Hayley war es anders.

»Und das wäre?«

»Ein Schaumbad mit meiner Freundin«, meinte er. Insgeheim wusste er jedoch, dass dafür nur Hayley infrage käme, keine andere Frau.

»Das steht auch auf meiner Liste«, sagte sie mit diesem schüchternen Lächeln, das seinen Puls beschleunigte.

Erregung, aber auch Erwartung standen in ihrem Blick, und er wollte Manns genug sein, um ihr alles zu geben, was sie sich wünschte. Allerdings war er sich nicht sicher, ob es ihm gelingen würde.

***

Hayley ließ sich nach dem Bad von Garrett abtrocknen und ins Schlafzimmer geleiten. Eigentlich war sie nicht zu ihm gegangen, um über Nacht zu bleiben. Sie hatte nur der Antwort auf die Spur kommen wollen, ob sie nun eine Beziehung hatten oder nicht. Niemals hätte sie damit gerechnet, dass sie ihre Seele vor ihm entblößen würde, ganz zu schweigen von dem Sex.

Auch in seinem Schlafzimmer gab es, wie in ihrem, ein großes Erkerfenster mit Blick zur Straße. Ein Ledersofa stand davor, das zu beiden Seiten von Bücherregalen flankiert wurde. Eine gemütliche kleine Leseecke.

Sie hätte gern gewusst, welche Bücher er gern las, aber sie fragte nicht danach. Sie war nicht mehr die forsche Frau, die mit einer Flasche Rum und einer gehörigen Portion wagemutigem Leichtsinn über den Zaun zwischen ihren Gärten geklettert war, um ihn zu besuchen.

Ihr Körper schmerzte leicht an Stellen, wo er noch nie geschmerzt hatte. Und als sie sich an ihn kuschelte, während im Hintergrund die Sportnachrichten liefen, fühlte sie sich geborgen.

Verflixt. Er war so anschmiegsam. Sie schien perfekt in die Biegung seines Körpers zu passen. Mit einem Arm umfing er ihren Rücken, und zum ersten Mal seit langer Zeit fühlte sie sich sicher. Nicht dass sie zuvor Sorge gehabt hätte, in Gefahr zu schweben, aber dennoch gab er ihr das Gefühl, dass sie genau dorthin gehörte, wo sie jetzt war.

Garrett war ihr Übergangsmann für die nächste Lebensphase, kein Partner fürs Leben. Das war ihr bewusst. Er war zu unberechenbar, und seine Zukunft lag noch im Ungewissen, weshalb sie sich nicht sicher war, ob sie überhaupt einen Platz darin finden könnte.

»Ich weiß, ich habe dich eingeladen, mich morgen früh zur Arbeit zu begleiten«, sagte sie, bevor es allzu gemütlich wurde und sie womöglich noch einschlief. »Aber ich würde es verstehen, wenn du das jetzt nicht mehr willst. Soll ich gehen?«

Er stellte den Fernseher auf stumm und stützte sich auf einen Ellbogen, damit er sie anschauen konnte. Ein leichter Bartschatten überzog seine Wangen, und sie musste sich arg zusammenreißen, um nicht mit den Fingern darüberzustreichen.

»Nein. Ich würde gern mit dir kommen, damit ich dich in Action sehen kann.«

»So aufregend ist das gar nicht«, meinte sie. Ihr war klar, dass sie einen Rückzieher machte. Sosehr sie seine Gesellschaft auch genoss, am Morgen würde sie bestimmt von ihren Bedenken und Zweifeln eingeholt werden.

Vielleicht sollte sie doch gehen. Es bei einem One-Night-Stand belassen. Das stand zwar nicht auf ihrer Löffelliste, aber vielleicht sollte sie den Punkt noch hinzufügen. Eine unverbindliche Nacht mit einer Menge Leidenschaft und Spaß, ohne Nachwirkungen und Verpflichtungen. Aber es gab bereits Nachwirkungen. Schon jetzt verspürte sie tiefere Gefühle für Garrett als für jeden anderen Mann zuvor. Das konnte sie nicht leugnen.

»Ich glaube, das wird lustig«, sagte er.

»Warum?«

»Weil ich bei dir sein kann.«

11. Kapitel

Hayleys Wecker klingelte um 4:30 Uhr. Stöhnend rollte sich Garrett auf die Seite und zog sie näher an sich, doch sie machte sich los und stand auf.

»Wozu die Eile?«, fragte er. Verdammt, er hasste das Aufstehen, vor allem, wenn er mit einer so warmen und kuscheligen Frau wie Hayley im Bett lag. Allerdings befand sie sich im Moment nicht gerade in Kuschelstimmung.

»Ich muss um fünf los zum Laden, um die Waren für den Tag herzustellen.«

Er stöhnte erneut. »Das Candied Apple Café ist dir wirklich sehr wichtig«, meinte er, als sie sich einfach ein T-Shirt aus seinem Regal schnappte und es überstreifte.

»Ja, das ist es. Kommst du nun mit, oder hast du kein Interesse mehr daran?«

»Verflucht. Der Morgen ist viel zu schnell gekommen, findest du nicht?«

Sie zuckte mit den Schultern. Er war sich nicht sicher, was in ihrem Kopf vorging, ob es Reue war oder ob sie ihre Meinung inzwischen geändert hatte, sie schien sich jedoch von ihm zurückziehen zu wollen. Und vermutlich auch vor sich selbst.

»Ich komme mit. Ich zieh mich schnell an.«

Als er aufstand, schmerzte sein verletztes Bein, und er wusste, dass er viel mehr tun müsste, als sich in einem warmen Bad einzuweichen, um sich von einer Frau wie Hayley zu erholen.

Nackt stapfte er zum begehbaren Schrank und stieg in eine Boxershorts. Dann schlüpfte er in Jeans und Hemd. Als er aus dem Schrank wiederauftauchte, war sie nirgendwo zu entdecken.

Rasch verschwand er ins Badezimmer, putzte sich die Zähne und kämmte sich, bevor er hinunterging. Dort stand Hayley bereits wartend und in den Klamotten vom Vorabend im Flur.

»Ich muss mich auch noch umziehen.«

»Okay. Ich bin fertig.«

»Äh, sollen wir uns um fünf draußen treffen?«

Er nahm sie in die Arme und küsste sie. Das hatte er schon machen wollen, seit sie aufgewacht waren. »Klar. Ich bring Kaffee mit.«

»Ich, also, äh, danke.«

»Gerne.«

Die Tür fiel hinter ihr ins Schloss, und er machte sich auf den Weg in die Küche, um Kaffee zu kochen. Hayley war wirklich ein ziemlich komplizierter Mensch. Je besser er sie kennenlernte, desto klarer wurde ihm, wie wenig er über sie wusste. Jede Schicht, die er enthüllte, offenbarte bloß weitere Schichten, eine komplexer als die andere. Wäre er ein anderer Mann gewesen oder hätte er sie zu einem anderen Zeitpunkt kennengelernt, hätte er sie vermutlich nicht wiedersehen wollen.

Aber sie faszinierte ihn.

Er erinnerte sich an die Tränen in ihren Augen, als sie von ihrer Mutter gesprochen hatte. Sie war so tief ergriffen gewesen, als wären die Wunden ihres Verlustes noch ebenso frisch wie seine Trauer um Hector.

Im Moment ging er anderen Menschen lieber aus dem Weg, doch sie hatte ihn dazu gebracht, dass er sich für sie interessierte.

Er füllte den Kaffee in zwei Thermobecher, auf denen das Logo des Sportausstattungsunternehmens seines Vaters prangte, verschloss sie und verließ das Haus, um draußen auf Hayley zu warten.

Sie trat im selben Moment aus der Tür, in einer ausgebleichten Jeans, Biker Boots und einem dicken Kaschmirpullover. Ihre Haare waren noch feucht, und sie schlang sich eine große Ledertasche über die Schulter.

Er reichte ihr den Kaffee, sie nahm einen großen Schluck und lächelte ihn zum ersten Mal an diesem Morgen an. In ihren braungrünen Augen stand ein schüchterner Blick, als ob sie sich in seiner Nähe plötzlich unsicher fühlte. Ganz und gar nicht das, was er von ihr erwartet hatte.

Aber auch ihm war es nicht leichtgefallen, sein Seelenleben vor ihr zu offenbaren. Sie hatte als Einzige seine Narben gesehen und seine wahre Schwäche erlebt.

»Danke, den hatte ich dringend nötig. Du solltest wissen, dass ich ein Morgenmuffel bin.« Mit raschen Schritten ging sie die Straße entlang.

»Ach nein, wirklich?«

Mr. Kalatkis packte gerade frisches Gemüse in die Körbe vor seinem Laden, als sie daran vorbeikamen. Er wünschte ihnen einen guten Morgen und zwinkerte Garrett zu, als Hayley nicht hinschaute.

Er zwinkerte zurück.

Aber was auch immer Mr. Kalatkis dachte, die Sache zwischen ihnen war weitaus verworrener.

»Warum fängst du so früh mit der Arbeit an, wenn du ein Morgenmuffel bist?«, fragte Garrett, als sie sich ihren Weg durch den frühmorgendlichen Fußgängerstrom bahnten.

»Meine Mutter hat großen Wert auf einen geregelten Tagesablauf gelegt. Bevor sie krank wurde, war sie immer schon um fünf auf und von dem Moment an, in dem sie das Bett verließ, bis abends, wenn sie um sieben ihren Manhattan Cocktail trank, immer aktiv. Wie ein Dynamo.«

Wie mochte es wohl sein, wenn man seine Eltern niemals als Erwachsener erlebte? Hayley gründete ihre Vorstellungen, wie eine Frau sein sollte, auf ein Bild, das sie zu Teenagerzeiten gewonnen hatte.

»Du besitzt ihre Energie«, meinte er.

»Glaubst du wirklich? Das bezweifle ich. Ich bin bloß ein Sturkopf, der nicht zugeben will, dass sie stärker war, als ich es bin.«

Sie überquerten die Straße und betraten den Durchgang, der zum Hintereingang des Candied Apple Cafés führte. Sie tippte den Code in die Alarmanlage und schloss ihnen auf. Die Küche befand sich im Erdgeschoss.

»Bist du hier, um zu helfen?«, fragte sie. Ihre Morgenmuffeligkeit schien allmählich zu verfliegen. Seit sie den Laden betreten hatten, wirkte sie viel entspannter.

»Du hast doch meine Versuche gestern Abend gesehen. Ich glaube, es ist besser, wenn ich bloß zusehe.«

»Du könntest mir die Schokolade vom Block raspeln«, schlug sie vor. »Dafür sind keine besonderen Fertigkeiten nötig.«

Während sie arbeitete, bemerkte er, wie die Nervosität und Anspannung völlig von ihr abfielen und eine Hayley erschien, von der er bisher nur einen kurzen Blick erhascht hatte. Selbstsicher bewegte sie sich in der Küche und erzählte ihm witzige Anekdoten aus ihren Anfängen und ihrer Ausbildung in Paris. Ganz offenbar fühlte sie sich in ihrem Laden zu Hause. Hier musste sie nicht vorgeben, eine andere zu sein. Und das zeigte sich in jeder ihrer Bewegungen.

»Probier mal.« Sie hielt ihm einen Löffel mit Schokolade hin.

Er öffnete den Mund und ließ sich von ihr füttern. Der Geschmack explodierte förmlich auf seiner Zunge. Die weiche Schokolade schmeckte süß und pikant zugleich und erinnerte ihn an Hayleys Küsse.

Eine weitere ihrer Schichten kam damit zum Vorschein; noch ein Rätsel, das er lösen musste. Sie präsentierte ihm so viele verschiedene Puzzleteile von sich selbst, dass er sich bislang kein richtiges Bild von ihr hatte machen können. Sein Instinkt sagte ihm jedoch, dass er auf dem besten Weg war, ihr wahres Ich zu entdecken.

Was würde er tun, wenn er es gefunden hatte? Seine Zukunft lag immer noch im Dunkeln, und er fühlte sich verloren. Warum war es ihm nur so verdammt wichtig, dass Hayley einen Platz in seinem Leben einnahm?

***

»Also dann, pack mal aus«, sagte Iona, als sie um zehn nach neun die Küche betrat. »Was läuft wirklich zwischen dir und dem heißen Cop? Cici hat mir erzählt, dass der Kuss in der Vorratskammer wohl ziemlich stürmisch gewesen war.«

»Heißer Cop?«, fragte Garrett. »Nennst du mich so?«

»Ach du Scheiße«, meinte Iona. »Ist er etwa hier?«

»Ja, ich bin hier«, bestätigte Garrett.

Vielleicht lag es am Schlafmangel, aber Hayley fing unwillkürlich an zu lachen und konnte nicht mehr aufhören. Iona sah so geschockt aus und Garrett belustigt, aber auch nervös. Sie konnte es ihm nicht verübeln. Vermutlich wäre ihm eine Begegnung mit ihrem Vater lieber gewesen als mit einer ihrer besten Freundinnen.

»Iona, das ist Garrett Mulligan. Garrett, das ist Iona Summerlin. Sie ist ein Marketing-Genie und eine meiner Geschäftspartnerinnen.«

»Schön, dich kennenzulernen.« Er streckte ihr die von Kakaopulver überzogene Hand hin.

»Ich behalte mir mein Urteil vor, bis ich über den vergangenen Abend vollständig auf dem Laufenden bin. Cici wollte nicht tratschen«, wandte sich Iona an Hayley. »Ich habe sie mit drei Martinis und dem Versprechen bestochen, dass sie im Urlaub das Sommerhaus meiner Eltern haben kann, bevor sie sich überhaupt dazu überreden ließ, mir zu verraten, dass es so aussah, als wärt ihr euch in der Vorratskammer gleich an die Wäsche gegangen, wenn sie euch nicht in die Quere gekommen wäre. Das ist nicht die Hayley, die ich kenne.«

Hayley musterte Iona. Schaute hinter das makellose Makeup und das modische Outfit, das ein kleines Vermögen kostete. Iona war besorgt. »Du hast mir doch vorgeschlagen, ich soll mein Leben ändern.«

»Ja, aber ich habe damit nicht gemeint, dass du Knall auf Fall deine ganzen bisherigen Prinzipien über Bord werfen sollst. Gibst du uns mal einen Moment?«, bat sie Garrett.

»Ja. Ich muss sowieso noch den Termin bei meinem Physiotherapeuten bestätigen«, meinte Garrett. »Seh ich dich später noch, Hayley?«

»Ja.«

Er küsste sie kurz, fast so, als wollte er Iona etwas beweisen, und verließ dann den Laden durch die Hintertür. Hayley sah ihm nach, und schlagartig wurde ihr klar, dass sie sich den ganzen Vormittag eingeredet hatte, die gestrige Nacht wäre für sie etwas ganz Normales gewesen. Jetzt, mit Iona in der Küche, ging das nicht mehr.

»Okay, also was läuft zwischen euch?«

»Hm. Ich habe keine Ahnung, wo ich anfangen soll. Seit meinem Geburtstag, als er mir geholfen hat, habe ich mich gefragt, ob der Kuss damals nur ein Glückstreffer war.«

»Du weißt doch, dass es keiner war. Du hast ihn noch mal geküsst. Ich nehme an, gestern ist noch mehr passiert?«

»Ja. Es war … ich weiß auch nicht, Iona. Mir ist bewusst, dass er im Moment nicht bereit für eine Beziehung ist, deshalb ist es so, als machten wir einen Schritt vorwärts und zwei zurück. Aber kaum bin ich mit ihm zusammen, lösen sich all meine Zweifel in Luft auf.«

Sie senkte den Blick auf die marmorne Arbeitsfläche und die Schokolade, die sie gerade verarbeitete. Pralinen herzustellen war so viel einfacher, als herauszufinden, was sie von Garrett wollte. Denn ehrlich gesagt hatte sie keine Ahnung, was sie wollte.

»Mit ihm zu schlafen war … Also, ich bereue keine Sekunde. Ernsthaft, ich hätte nicht erwartet, dass er so …« Sie wusste nicht, wie sie es in Worte fassen sollte. Dass er ihre Wahrnehmung von sich selbst auf den Kopf gestellt und ihr klargemacht hatte, dass sie die sinnliche Frau war, die sie so gern sein wollte.

»Okay«, sagte Iona.

»Nett, dass du mir deine Zustimmung gibst«, sagte sie sarkastisch.

»Ich bin mir noch nicht sicher, ob ich das tue. Aber ich sehe, dass du ihm ins Netz gegangen bist und jetzt in der Falle hockst.«

»Genau das ist es«, sagte Hayley und betrachtete ihre Freundin. »Es fühlt sich allerdings nicht wie eine Falle an. Er ist witzig und ziemlich durcheinander. Stark und verletzt. Er ist all das, was ich mir von einem Mann wünsche, und ich bin sicher, dass ich ihm dabei helfen kann, seine Ängste und Sorgen zu überwinden.«

Iona verschränkte die Arme vor der Brust. »Du kannst ihm nicht helfen. Du bist immer noch nicht sicher, wer du selbst eigentlich bist.«

Sie hasste es, wenn Iona recht hatte. Vor allem, wenn sie mit etwas recht hatte, von dem Hayley sich am liebsten eingeredet hätte, dass es unwichtig wäre.

»Ich möchte es aber probieren«, beharrte sie. »Vielleicht mache ich einen Fehler, mag sein, aber im Moment fühlt es sich gut an. Ich habe mich noch nie mit einem Mann so tief verbunden gefühlt.«

»Okay«, wiederholte Iona. »Ich bin für dich da, wenn du reden willst oder von ihm schwärmen willst oder dir Sorgen machst.«

»Danke«, sagte Hayley, froh, dass sie auf wahre Freundinnen in ihrem Leben zählen konnte. »Da du meine Aushilfe in die Flucht getrieben hast, darfst du dir jetzt eine Schürze anziehen und die Pralinen mit Kakao bestäuben.«

»Uh. Marketingpläne liegen mir mehr.«

»Spar dir die Diva, Iona. Ich hab selbst erlebt, wie du um drei Uhr morgens Pralinen in Schachteln einsortiert hast, damit wir diesen Laden eröffnen können«, meinte Hayley. Ihre Freundin würde alles für das Geschäft tun, und da Hayley dieselbe Einstellung hatte, waren sie meistens einer Meinung.

»Was aber nicht heißt, dass es mir Spaß macht. Wo ist überhaupt deine Küchenhilfe?«, fragte Iona.

»Ich habe ihr heute freigegeben. Sie ist am Tag nach meinem Geburtstag eingesprungen«, erklärte Hayley.

Iona betrachtete ihre manikürten Nägel und seufzte. »Und jetzt war's wieder eine Nacht mit dem heißen Cop. Er bringt dein Arbeitsleben durcheinander, Mädchen. Pass auf, dass du keine Dummheiten machst. Du warst sonst immer so konzentriert auf die Arbeit.«

»Wie mein Dad«, erwiderte Hayley. »Und ich will kein Workaholic sein, wenn ich sechzig bin, ohne echte Beziehung zu meinen Kindern. Und die will ich und eine Familie und das hier auch. Ich will alles.«

»Mit Officer Schnittchen?«, fragte Iona.

Sie versuchte, sich eine Zukunft mit Garrett vorzustellen, aber im Moment beherrschte allein die Erinnerung daran, was in der vergangenen Nacht in der Küche passiert war, ihre Gedanken. Als Paar sah sie ihn und sich jedoch nicht. »Ich weiß es nicht. Aber er zeigt mir Dinge, von denen ich gar nicht wusste, wie sehr ich sie bisher vermisst habe.«

»Sex?«, fragte Iona.

»Richtig guten Sex«, erwiderte Hayley. Die langweilige Blümchenvariante hatte sie oft genug gehabt, doch inzwischen wusste sie, dass ihr zukünftiger Traumprinz auf jeden

Fall auch eine starke sexuelle Anziehungskraft auf sie ausüben musste. Sie wusste nicht, ob ihr Mr. Right tatsächlich Garrett sein würde, aber sie musste zugeben, dass sie ihn nach seinem Bild modellierte.

Und das war gefährlich.

Iona hatte recht. Sie musste erst einmal herausfinden, was sie selbst wollte, bevor sie einem anderen helfen konnte. Sie dachte an den Brief ihrer Mutter, der zu Hause auf dem Nachttisch auf sie wartete. Immer noch ungeöffnet. Ungelesen. Sie hatte nicht erfahren wollen, was ihre Mutter sich für sie in diesem Jahr erhoffte.

Bisher waren die Briefe ihrer Mutter immer sehr vage formuliert gewesen. Ihre Mutter hatte Hayley gewünscht, dass sie einen guten Mann in ihrem Leben haben würde, und Hayley hatte immer ihren Vater als diesen Mann gesehen. Das euphorische Gefühl in ihrem Bauch ließ sie jedoch glauben, dass Garrett womöglich der Mann sein könnte, von dem ihre Mutter gehofft hatte, dass sie ihn finden würde.

***

Im Lauf des Tages fiel Hayley auf, dass sie Garretts Handynummer nicht hatte und ihn deshalb nicht anrufen konnte, und auch er meldete sich nicht bei ihr. Zwei Tage lang sahen sie sich nicht, dann fand sie eine Nachricht in ihrem Briefkasten, in der er ihr mitteilte, er müsse erst einige persönliche Dinge erledigen und werde sich danach bei ihr melden.

Sie hatte Verständnis, dass er so bald wie möglich wieder in den Polizeidienst zurückkehren wollte, und vermutlich gab es eine einfache Erklärung, warum er ihr aus dem Weg ging.

Vielleicht hatte er wegen der Physiotherapie oder eines aufwendigen Wiedereingliederungstrainings keine Zeit. Ehrlich gesagt war ihr das herzlich gleichgültig.

Seit ihrer gemeinsamen Nacht fühlte sie sich verletzlicher, als sie sich selbst eingestehen wollte. War sie zu weit gegangen? Hatte sie ihm zu viel von sich gezeigt?

Insgeheim befürchtete sie, dass die Intensität ihrer gemeinsamen Nacht ihm Angst eingejagt hatte. Der Himmel wusste, dass ihr diese Leidenschaft einen Riesenbammel verursachte. Seit sie seine Nachricht erhalten hatte, verkroch sie sich in ihrer Arbeit, blieb von fünf Uhr morgens bis spät in der Nacht im Laden und schimpfte sich eine Närrin.

Kopfschüttelnd gestand sie sich ein, dass sie wohl nur so schlechte Laune hatte, weil ihre Regel fällig war und Iona ihr den halben Arbeitstag mit einem Presseinterview verplant hatte, als Valentinstags-Werbung für das Candied Apple Café.

Sie kam zwanzig Minuten zu früh bei dem Radiosender an, wo sie das Interview geben sollte. Ihr Plan war gewesen, sich mit der U-Bahn-Fahrt abzulenken und dann zu Fuß zu der Adresse zu gehen, die sich in einem Viertel befand, in dem sie vorher noch nie gewesen war.

Anfangs hatte das auch wunderbar funktioniert. Genau zwanzig Minuten lang. So lange dauerte es, bis sie die Karten-App auf ihrem Handy heruntergeladen und die Strecke zurückgelegt hatte. Jetzt saß sie mit einer Flasche Wasser in einem Aufenthaltsraum und wurde allmählich wieder sauer, während sie dem Moderator lauschte und auf ihr Interview wartete.

Ja, Sex war nicht gleichbedeutend mit Liebe. Auch wenn sie dumm genug gewesen war, zuzulassen, dass ihre Gefühle über bloße Begierde hinausgingen. Sie begriff jedoch nicht, wie sie sich so sehr in Garrett hatte täuschen können.

Bevor sie miteinander geschlafen hatten, waren sie sich ständig begegnet. Tatsächlich war es richtig schwierig gewesen, ihm aus dem Weg zu gehen. Also was zum Teufel war passiert?

Sie strich sich eine Haarsträhne hinters Ohr. In den drei Wochen seit ihrem Geburtstag war es nachgewachsen. Noch war es nicht wirklich lang, aber der Pixie war auch nicht mehr so extrem kurz wie an dem Tag nach ihrem Friseurtermin. Inzwischen hatte sie sich an den Kurzhaarschnitt gewöhnt.

Die Produktionsassistentin holte sie für das Interview ab und erklärte ihr das Procedere. Hayley schenkte ihr eine Pralinenbox und hatte auch noch eine für den Moderator in der Tasche.

Sie nahm am Tisch ihm gegenüber Platz. Er schob sich den Kopfhörer vom Ohr und begrüßte sie.

»Hallo, ich bin Thom.«

»Hayley«, stellte sie sich vor und schüttelte ihm die Hand. Der Aufnahmeraum war voller Hightechgeräte, was ihre flatternden Nerven nicht gerade beruhigte. »Die sind für Sie.«

»Meine Frau wird sich riesig darüber freuen. Sie kann es kaum erwarten, an einem Ihrer Workshops teilzunehmen. Ihre Pralinen mag sie am liebsten.«

Hayley errötete. »Oh, danke. Ich lasse Ihnen eine Karte da. Sie können gern mal auf eine Gratisstunde reinschnuppern.«

»Vielen Dank. Hat Ihre PR-Frau Ihnen erklärt, dass die Leute in der Sendung anrufen, um Ihren Beruf zu erraten?«, fragte er.

»Ja. Und Ihre Assistentin hat mich auch eingewiesen«, antwortete Hayley. Sie wurde immer nervöser. In solchen Sachen war sie einfach nicht gut. Aber Iona hatte darauf beharrt, Hayley sei das Gesicht vom Candied Apple Café und habe deshalb gar keine andere Wahl, als das Interview zu machen. Zum Glück war es wenigstens kein Fernsehinterview.

Ein Zettel im Briefkasten. Das war nicht unbedingt das, womit sie gerechnet hatte, aber den Zweck hatte es erfüllt. Er hatte ihr keine Erklärung für sein tagelanges Schweigen geliefert, bis auf den vagen Hinweis, dass sein Dienstantritt noch mal verschoben werden musste. Aber die Botschaft war bei ihr angekommen.

Sie konnte nachvollziehen, dass der Job sein Leben bestimmte. Verdammt, bei ihr war das nicht anders, und sie wusste auch, dass er im Moment herauszufinden versuchte, wie es mit ihm beruflich weitergehen sollte.

Deshalb hatte sie sich selbst ermahnt, es langsam anzugehen, aber irgendwie hatten die Dinge sich verselbstständigt.

Eine große Frau mit rotbraunen Haaren betrat den Aufnahmeraum und schenkte ihr ein Lächeln, als sie sich neben Thom setzte.

»Mona macht die Nachrichten. Wenn sie fertig ist, sind wir mit dem Interview dran.«

Hayley nickte der Frau zu. Mit den riesigen Kopfhörern kam sie sich seltsam vor.

Mit halbem Ohr hörte sie zu, als Mona die Nachrichten verlas, bis eine ihre Aufmerksamkeit erregte. *Der Polizist Garrett Mulligan wurde von der Familie von Paco Rivera wegen Totschlags verklagt, obwohl ein Disziplinarverfahren ihm kein Fehlverhalten nachweisen konnte.*

Ihr zitterten die Hände, als ihr klar wurde, was Garrett ihr verschwiegen hatte. Wenn sie ihn richtig einschätzte, hatte er das getan, um sie nicht mit seinen Problemen zu belasten und sie zu schützen. Sie brachte das Interview hinter sich und schickte eine Nachricht an den Laden, dass sie sich den Nachmittag freinehmen würde.

Anschließend kehrte sie in ihr von Bäumen gesäumtes Wohnviertel zurück und klingelte an Garretts Tür. Die Tür öffnete sich jedoch nicht, deshalb kramte sie in ihrer Handtasche nach einem Block. Rasch kritzelte sie ihre Telefonnummer darauf und schrieb »Ruf mich an« darunter.

»Oh, hallo«, sagte ein Mann hinter ihr.

Er kam ihr vage bekannt vor, und sie überlegte, ob sie ihn schon mal mit Garrett gesehen hatte.

»Hallo.«

»Pete Mulligan«, stellte er sich vor. »Garretts Bruder. Wir haben uns im Pralinenkurs kennengelernt.«

»Wie schön, Sie wiederzusehen«, sagte sie.

Er hielt einen Schlüssel in der Hand. Man musste kein Genie sein, um herauszufinden, dass Garrett nicht zu Hause war.

»Können Sie Garrett das bitte geben?«, bat sie und streckte ihm den Zettel hin.

Pete nahm ihn. Er sah seinem Bruder wirklich ähnlich. Beide hatten graue Augen und ein kantiges Kinn. Garrett hatte jedoch dunkelbraune Haare, während Petes aschblond waren.

Er holte einen Umschlag aus seiner Tasche. »Er hat mich gebeten, Ihnen das hier zu geben.«

Sie ergriff den Umschlag und konnte es kaum erwarten, ihn zu öffnen. »Danke.«

Es gab nichts weiter zu sagen, und sie fühlte sich unwohl, einfach so dazustehen. Daher ging sie ohne ein weiteres Wort zu ihrem Haus hinüber und schloss auf. Sie legte den Umschlag auf den Konsoltisch im Flur, direkt neben den ihrer Mutter.

Nun musste sie zwei Briefe öffnen, und beide weckten in ihr eine Mischung aus Aufregung und Angst.

12. Kapitel

Garrett gefiel es nicht, sich zu verstecken. Es ging ihm gründlich gegen den Strich, aber er wollte auch keine Aufmerksamkeit auf sich oder Hayley lenken. Die Zivilklage war nicht ganz unerwartet gekommen, trotzdem hatte Garrett, ebenso wie sein Captain, gedacht, die Familie würde darauf verzichten, weil Paco schließlich Hector erschossen hatte.

Die vergangenen Tage hatte er bei Pete verbracht. Dass er mit Hayley keine Telefonnummern ausgetauscht hatte, war nicht besonders klug gewesen. Zuerst hatte er mit ihr reden wollen, aber als ihm klar wurde, wie hässlich die Sache mit dem Gerichtsverfahren werden konnte, hatte er es für Glück im Unglück gehalten, dass er ihre Nummer nicht kannte. Er wollte nicht, dass sie mit der Angelegenheit in Berührung kam.

»Was machst du da?«, fragte Pete, als er sein Apartment am Central Park West betrat. Pete und Crystal waren nach ihrer Verlobung zusammengezogen. Das Apartment seines Bruders war früher sehr maskulin eingerichtet gewesen, mit reichlich moderner Kunst und schlichten Designermöbeln. Pete bevorzugte klare Linien.

Nun bestand die Wohnung aus einem seltsamen Mix aus Petes moderner Einrichtung und Crystals Antiquitäten. Seiner zukünftigen Schwägerin gehörte ein sehr hipper Antiquitätenladen im Village.

»Ich lese ein Buch, das Hoop mir empfohlen hat«, antwortete Garrett.

»Steht irgendwas Nützliches drin?«, fragte Pete.

»Bisher nicht. Ich habe später einen Termin beim Anwalt, dann werden wir weitersehen.«

Pete ging zum Sofa, auf dem Garrett saß, stellte die Reisetasche aus Leder auf den Tisch und reichte ihm einen Zettel. »Ich hab ihr deine Nachricht gegeben.«

Das Handy seines Bruders klingelte, und Pete schaute aufs Display. »Das ist Crystal. Ich gehe in der Küche ran. Kann ich dir irgendwas holen?«

Garrett schüttelte den Kopf und faltete Hayleys Zettel auf. Es stand nur ihre Nummer und der Satz »Ruf mich an« drauf.

Er hielt das Papier locker zwischen Daumen und Zeigefinger.

Was sollte er ihr sagen?

Er fragte sich, ob sie die Nachrichten schon gehört hatte? Für eine Schlagzeile auf der Titelseite reichte es nicht, weil es keinen Skandal zu dem Vorfall gab. Er hatte das Recht gehabt, sein Leben zu verteidigen.

Er ging ins Gästezimmer. Dort warf er das Buch aufs Bett und trat zum Fenster, das Aussicht auf eine schmale Gasse und das Gebäude nebenan bot.

Der Februartag war heiter, Sonnenstrahlen streiften die Gebäude. Er rieb sich über die Brust und überlegte, was er tun sollte. Wenn er die Nachricht ignorierte …

Wäre Hayley womöglich stinksauer.

Aber wenn er sie anrief, würde der Abschiedsbrief, den er ihr geschrieben hatte, keine Bedeutung mehr haben.

Er hatte immer das Wohlergehen anderer vor sein eigenes

gestellt, immer darauf bedacht, seine Familie, Freunde und die Gemeinde zu schützen. Auch Hayleys Wohl lag ihm am Herzen. Sollte er sie daher überhaupt anrufen?

Aber er konnte nicht anders.

Er zog sein Handy aus der Tasche und wählte ihre Nummer. Es klingelte dreimal, bevor sie ranging.

»Hallo?«

»Ich bin's, Garrett.«

»Ich habe gerade die Nachrichten gehört. Wie geht es dir?«

»Dann hast du meinen Brief noch nicht gelesen?«, fragte er.

Am anderen Ende raschelte etwas. »Nein, ich habe ihn neben den von meiner Mutter gelegt.«

Das bedeutete nichts Gutes.

»Es tut mir leid. Ich hatte deine Nummer nicht und wollte dich bei der Arbeit nicht stören.«

Selbst in seinen Ohren klang das wie eine lahme Ausrede. Er wollte ihr gern sagen, dass seine Zukunft nun noch ungewisser war als zuvor. Die Zivilklage hatte die Zweifel, die ihn seit dem Vorfall quälten, noch verstärkt.

»Schon gut. Das verstehe ich. Wie kann ich dir helfen?«, fragte sie.

»Bist du sicher, dass du in die Sache verwickelt werden willst?«, entgegnete er.

Schweigen füllte die Leitung und zog sich in die Länge, ein Hinweis, dass er die falschen Worte gewählt hatte.

»Hat dir unsere gemeinsame Nacht irgendetwas bedeutet?«, fragte sie schließlich.

Mehr, als er ihr eingestehen wollte.

Rasch überlegte er, was er machen sollte. Die Wahrheit lautete, er brauchte Hayley. Er wollte jemanden an seiner Seite wissen, der nicht mit ihm verwandt war. Die Freundin, zu der Hayley inzwischen geworden war. Aber er wollte sie nicht mit dieser Sache belasten und ihr Sorgen bereiten.

»Ja, aber nun ist eine komplizierte Situation eingetreten, für die ich keinen Notfallplan habe. Und ich finde es nicht fair …«

»Wer sagt, dass das Leben immer fair sein muss?«, fiel sie ihm ins Wort. »Das hat mir meine Mutter mal gesagt. Und damals war es nicht das, was ich von ihr hören wollte, aber es ergibt einen Sinn. Nicht immer läuft alles im Leben so, wie wir es uns wünschen. Das Schicksal hat seinen eigenen Plan. Wenn das Leben fair wäre, hätte ich dich kennengelernt, als du noch im aktiven Polizeidienst warst, aber dann hättest du mich wohl gar nicht bemerkt.«

»Doch, ganz sicher«, meinte er, aber er verstand, worauf sie hinauswollte. Das Leben folgte eigenen Gesetzen, es war eine Aneinanderreihung von Zufällen. Dafür brauchte er keine Beweise mehr, er hatte sie schon. Manchmal passierten Dinge einfach, und es blieb einem nichts anderes übrig, als darauf zu reagieren und anschließend den Blick nach vorn zu richten.

»Wie auch immer. Jedenfalls hast du mich kaum beachtet, bevor du verletzt wurdest«, stellte Hayley fest.

Darin konnte er ihr nicht widersprechen.

»Ich habe versprochen, mein mieses Blind Date mit Nina wiedergutzumachen, und mich bereit erklärt, ihr bei ihrer Tieradoptionssprechstunde zu helfen. Ich bin heute Nachmittag von vier bis sechs in ihrer Praxis. Willst du mitkommen?« Gespannt wartete er auf ihre Antwort.

»Ja«, sagte sie. »Ich wollte sowieso zu ihr, um mich von ihr bei der Anschaffung eines Haustiers beraten zu lassen. Außerdem erhalte ich so die Gelegenheit, dich von einer anderen Seite kennenzulernen.«

Garrett hoffte, dass sie etwas zu sehen bekam, was ihr gefiel. Der letzte Monat hatte ihm ein ziemlich angeschlagenes Bild von sich selbst präsentiert. Aber allmählich entstand ein neues Bild. Der Captain hatte ihm angeboten, ihn fest in die Abteilung für ungelöste Fälle zu versetzen. Garrett hatte vorher nie darüber nachgedacht, in diesem Bereich zu arbeiten. Viel wichtiger aber war, dass Hayley ihm die Chance bot, mehr als nur ein Cop, mehr als nur ein Bekannter zu sein. Sie bot ihm die Chance auf eine Beziehung, und erst nachdem er das Gespräch beendet hatte, wurde ihm klar, wie nötig er das brauchte.

***

Hayley zog sich um und schlüpfte in eine Jeans, eine Tunika und ihre Stiefel. Dann setzte sie ihre neue, schicke Wintermütze auf und streifte ihren Mantel über. Sie leistete sich ein Taxi zur Tierarztpraxis, wo sie sich mit Garrett treffen wollte, und traf fünfunddreißig Minuten vor der vereinbarten Zeit ein.

Eine schlechte Angewohnheit von ihr.

Sie verspätete sich nicht gern, aber auf die Minute pünktlich zu sein war auch nicht gerade leicht. Daher kam sie meistens immer mindestens zwanzig Minuten zu früh.

Sie betrat die Praxis und entdeckte die hübsche Tierärztin, mit der Garrett das Blind Date gehabt hatte. Nina beugte sich gerade über einen Zwinger, in dem zwei kleine Hunde saßen. Hayley kannte sich mit Hunderassen nicht aus, aber für ihr ungeübtes Auge sah der eine aus wie ein Pudelmischling.

»Hallo, Nina. Ich bin Hayley Dunham. Ich weiß nicht, ob Sie sich noch an mich erinnern. Hoffentlich können Sie heute Nachmittag noch eine weitere Freiwillige gebrauchen.«

»Wir können immer Hilfe gebrauchen«, antwortete Nina. »Und natürlich erinnere ich mich an Sie aus dem Pralinenkurs. Ich liebe Ihren Laden und habe inzwischen auch die Pralinen zu Hause ausprobiert, die Sie uns gezeigt haben.«

»Das freut mich. Was kann ich tun?«

»Ich habe hinten in den Zwingern noch mehr Hunde, die nach vorn gebracht werden müssen. Einmal im Monat mache ich keine Termine, sondern versuche, die Tierheimhunde in ein gutes Zuhause zu vermitteln. Kennen Sie sich mit Tieren aus?«

»Ich bin gut darin, sie zu lieben«, gab Hayley ehrlich zu. »Aber von Erziehung und dergleichen habe ich keine Ahnung.«

»Gut. Könnten Sie auf die beiden Kleinen aufpassen, während Mia und ich die anderen Tiere holen?«

»Gerne«, antwortete sie.

»Hat Garrett Sie eingeladen?«, fragte Nina, während Mia bereits in den anderen Raum vorausging.

»Ja, ist Ihnen das unangenehm?«

»Überhaupt nicht.«

Hayley betrachtete die beiden kleinen Hunde. Beide schauten sie mit wedelnden Ruten an. Sie hatte Gehege wie das, in dem sie saßen, schon in der Tierhandlung gesehen. Im Viertel, wo ihr Vater lebte, gab es eine. Manchmal unternahm sie einen Abstecher dorthin, bevor sie ihn besuchte, nur um sich die Hunde anzuschauen. Jedes Mal danach fühlte sie sich traurig.

Sie bückte sich und streichelte die beiden Hunde. Sie leckten ihr die Hand und tänzelten herum. Ein Blick auf die Halsbänder verriet ihr, dass der Pudelmix Daphne hieß und der andere Hund, der noch ein Welpe zu sein schien, Sandy.

Mia und Nina führten weitere Hunde in die aufgestellten Gehege. Im selben Moment öffnete sich die Tür, und Garrett betrat mit seinem Bruder Pete die Praxis. Pete begrüßte sie lächelnd und verschwand dann gleich mit Nina in den hinteren Räumen, während Garrett bei ihr stehen blieb.

»Hey.« Sie richtete sich auf und verschränkte die Hände hinterm Rücken, damit sie nicht in Versuchung geriet, ihn zu berühren. Sie fühlte sich unbehaglich. Immerhin gab es einen guten Grund, warum er in den vergangenen Tagen auf Distanz zu ihr gegangen war, dennoch war sie nervös und unsicher.

»Hallo«, grüßte er.

Zu seiner verblichenen Jeans trug er einen dicken Wollpulli mit Knopfleiste. Die oberen beiden Knöpfe standen offen. Eine Ray-Ban-Sonnenbrille und ein Baseballcap mit dem Schriftzug der New York Mets vervollständigten sein Outfit. Er nahm die Brille ab und schob sie auf den Schirm des Caps.

»Was sollen wir tun?«, fragte er.

Sie atmete tief durch. Keine persönliche Bemerkung. Das war gut. *Ja, wirklich.*

»Ich weiß es nicht. Bisher habe ich die Hunde gestreichelt und versucht, sie ruhig zu halten. Mia hat Wassernäpfe in jede Box gestellt. Vielleicht braucht sie dabei Hilfe«, sagte Hayley.

Der kleine Hund, den sie gestreichelt hatte, stellte sich auf die Hinterpfoten und schaute sie an. Er gab keinen Mucks von sich, obwohl andere Hunde winselten oder bellten. Sie lächelte die Kleine an – Sandy.

»Wissen Sie, was das für eine Rasse ist?«, fragte sie Mia, als sie zurückkam.

»Ein Zwergdackel«, antwortete Mia. »Garrett, können Sie uns mit den größeren Hunden helfen?«

»Klar.« Er folgte Mia zu den Zwingern im Nebenraum.

Hayley konnte nicht anders. Sie hob den Hund hoch. Die Kleine krabbelte auf ihre Schulter und kuschelte sich an ihren Hals.

»Sie mag Sie«, meinte Mia.

»Ich mag sie auch.«

»Freiwillige können auch neue Hundeeltern werden«, sagte Nina, die gerade zurückkam.

Hayley war sich nicht sicher, ob sie einen Hund adoptieren wollte, aber im Laufe des Nachmittags und in den Gesprächen mit den Familien, die vorbeikamen, wanderte ihr Blick immer wieder zu Sandy. Daphne hatte bereits einen netten neuen Besitzer gefunden, und Hayley hoffte insgeheim, dass die kleine Hündin immer noch verfügbar sein würde, wenn die Praxis schloss.

Garrett war richtig gut im Umgang mit den Hunden und den Leuten, die kamen, um ein Tier zu adoptieren. Sie beobachtete, wie er sich mit den Familien unterhielt. Das ließ Rückschlüsse darauf zu, wie er wohl als Cop sein musste. Sie war beeindruckt von ihm. Er blieb ruhig, wenn die Tiere sich aus Nervosität ein wenig unbändig benahmen, und obwohl sie bemerkte, dass er ein paarmal vor Schmerz zusammenzuckte, bückte er sich jedes Mal, um auf Augenhöhe mit den Kindern zu sein, die sich einen Hund aussuchen durften.

Das vage, gesichtslose Bild von dem Traummann, mit dem sie eine Familie gründen wollte, hatte eine weitere Charaktereigenschaft bekommen. Er musste auch gut mit Tieren umgehen können. Sie betrachtete Sandy, die sich in einer Ecke zusammengerollt hatte und so winzig aussah.

»Nina, ich würde Sandy gern behalten«, sagte Hayley. »Ist das okay?«

»Ich will alle Hunde in ein gutes Zuhause vermitteln. Daher hoffe ich, es macht Ihnen nichts aus, wenn ich Ihnen vorher ein paar Fragen stelle«, erwiderte Nina.

Hayley lächelte. »Ich würde mir Sorgen machen, wenn Sie es nicht täten. Meine Familie hat früher schon Hunde gehabt, aber ich wollte warten, bis das Candied Apple Café läuft, bevor ich mir einen anschaffe. Ich stelle ein Körbchen für sie in mein Büro, damit sie tagsüber bei mir bleiben kann. Zwar nicht in der Küche, aber im Laden.«

»Das klingt so, als hätten Sie bereits alles durchdacht«, stellte Nina fest.

»Ja, das stimmt«, meinte Hayley.

»Gut.« Nina nickte. »Ich sage Mia, dass sie den Papierkram fertig machen soll.«

Sich in Garrett zu verlieben war gefährlich. Das wurde Hayley noch bewusster, als sie die Formulare für Sandy ausfüllte und bemerkte, dass er sie beobachtete.

Sie sehnte sich nach seiner Aufmerksamkeit. Nicht nur im Bett, sondern auch als Freund, aber sie war sich nicht sicher, ob sie bereit war, ihr Leben mit ihm zu teilen.

***

Nach seiner Ablösung durch andere Freiwillige machte sich Garrett auf die Suche nach Hayley. Er fand sie im Flur, der zu den Untersuchungsräumen führte, den kleinen Hund im Arm, mit dem sie gespielt hatte.

»Konntest du nicht widerstehen?«, fragte er.

»Nein, das ist Sandy. Aber ich werde sie Lucy nennen. Ich finde, der Name passt besser zu ihr.«

Er kraulte der Dackeldame die Ohren, und sie leckte ihm über die Hand. »Hast du schon mal einen Hund gehabt?«

»Ja. Ich habe gewartet, bis ich den richtigen Hund für mich finde«, sagte sie.

»Wie schön. Brauchst du Hilfe, um all diesen Kram nach Hause zu schaffen?«, fragte er.

»Bist du sicher, dass du dich bei uns in der Straße blicken lassen solltest?«, erwiderte sie. »Ich habe zwar keine Journalisten gesehen, aber ich nehme an, das ist der Grund, warum du im Moment nicht zu Hause bist.«

»Ach, ich glaube, das ist schon in Ordnung. Pete hat auch erwähnt, dass er keine Presseleute gesehen hat. Ich war mir bloß nicht sicher, was passieren würde, wenn die Nachricht von der Klage öffentlich wird«, meinte er.

»Wenn das so ist, würde ich mich über Gesellschaft freuen«, sagte Hayley.

Garrett atmete erleichtert auf. Er hatte das Gefühl gehabt, als hätte er einen Keil zwischen sich und Hayley getrieben, weil er sich nicht bei ihr gemeldet hatte. Und das wollte er nicht. Er griff sich das Hundekörbchen, den Futtersack und den Berg Spielzeuge, die Hayley von der Tierärztin gekauft hatte.

»Manche der Spielzeuge sind ja größer als das Hundchen selbst«, stellte er fest.

»Nina meint, dass sie Lucy bestimmt gefallen werden«,

erklärte Hayley. »Ich bin mit dem Taxi hergekommen, aber eigentlich wollte ich mit ihr nach Hause laufen.«

»Okay.«

»Kommst du damit auch klar? Ich hab gesehen, dass du ein paarmal offenbar Schmerzen hattest.«

Mist.

Jedes Mal, wenn er gerade mal nicht an die Verletzung dachte, bekam er einen Wink mit dem Zaunpfahl, der ihn wieder daran erinnerte. »Mir geht's gut.«

»Okay, ich wollte damit auch nicht sagen, dass es nicht so ist. Ich wollte nur nett sein.«

Nett. Höflichkeiten gingen im Alltag oft unter, daher wusste er ihre Freundlichkeit zu schätzen.

»Danke. Mir geht es schon viel besser. Das Bein heilt gut und ist fast wieder so wie vorher. Die verkürzte Sehne ist das, was mir Sorge bereitet. Aber der Arzt meint, wenn ich mich erst mal daran gewöhnt habe, würde es kein Problem mehr sein.«

»Das freut mich für dich. Als du dich nicht gemeldet hast, habe ich erst gedacht, dass du vielleicht schlechte Neuigkeiten wegen deiner Rückkehr zur Arbeit hast.«

Sie blieb vor der Garderobe stehen und setzte Lucy ab. In einer Hand die Leine, griff sie nach ihrem Mantel. Garrett nahm ihn für sie vom Haken und hielt ihn ihr hin, sodass sie hineinschlüpfen konnte. Anschließend knöpfte sie den Mantel zu, zog eine Wollmütze aus der Tasche und setzte sie auf.

Garrett streifte sich seine Jacke über und verließ mit ihr die Praxis. Inzwischen war es draußen dunkel geworden und ziemlich frostig. Schweigend machten sie sich durch die hell erleuchteten Straßen auf den Heimweg.

Hayley wusste nicht, was sie sagen sollte. So viel war zwischen ihnen unausgesprochen geblieben, und sie war sich nicht sicher, wie es mit ihnen beiden weitergehen sollte. »Ich wünschte, wir hätten nach unserer gemeinsamen Nacht mehr Zeit zum Reden gehabt«, fing sie schließlich an.

Er blieb stehen und zog sie aus dem Fußgängerstrom zur Seite, in das Schaufensterlicht eines Ladens. Lucy senkte die Nase und schnüffelte den Bürgersteig zu ihren Füßen ab.

»Ich auch«, sagte er. »Es kommt mir so vor, als wäre mein Leben inzwischen ein noch größerer Schlamassel als vor ein paar Tagen, aber ich möchte dich wirklich gern besser kennenlernen. Wenn wir bei dir zu Hause sind, können wir uns was vom Lieferdienst bestellen und reden?«

»Ja«, antwortete sie. »Ich muss zwar morgen arbeiten …«

»Ich bleibe nicht lang«, versprach er. Eine Hand an der Wand hinter ihr abgestützt, beugte er sich vor. »Der Brief, den Pete dir gegeben hat … Es sollte ein Abschied sein. Aber ich bin nicht bereit dafür.«

»Gut. Ich nämlich auch nicht. Aber ich werde dir auch keine Versprechungen auf ein Happy End für die Ewigkeit machen«, erwiderte sie rasch.

Er erinnerte sich, dass auch sie einiges in ihrem Leben ändern wollte, und nickte. »Das klingt fair.«

Sie setzten ihren Weg fort und unterhielten sich über die Stadt und deren Wandel, den sie beide erlebt hatten, seit sie hier wohnten. Garrett merkte, dass sie nur über Belangloses reden wollte. Der kleine Hund blieb hin und wieder stehen, um zu schnüffeln, und er fand es süß, wie Hayley ihn immer auf den Arm nahm, wenn sie eine Straße überquerten.

Als sie sich ihrer Straße näherten, fing Garrett an, die Leute auf dem Bürgersteig genauer zu betrachten. Sicher würde die Presse hinter ihm her sein, wenn erst mal bekannt würde, dass er einer der Erben von Mulligan Sports war. Sein Anwalt gab zwar sein Bestes, damit so wenig Informationen wie möglich an die Öffentlichkeit drangen, aber sie wussten alle, dass man nur begrenzt darauf Einfluss nehmen konnte.

Mr. Kalatkis stand vor seinem Laden und winkte sie zu sich, als er sie entdeckte. Aufgeregt zog Lucy an der Leine, um all die verführerischen Gerüche unter der Gemüseauslage zu erschnüffeln.

»Vorhin haben ein paar Leute nach Ihnen gefragt, Garrett«, berichtete Mr. Kalatkis. »Wir haben denen gesagt, dass sie ein guter Kunde sind und wir uns in Ihrer Nähe immer viel sicherer fühlen. Aber Tony hat einen Presse-Van gesehen, der vor Ihrem Haus parkt.«

Genau das, was er vermeiden wollte. »Danke, Mr. Kalatkis.«

»Keine Ursache«, erwiderte Mr. Kalatkis. »Tony hat den Lieferwagen schon beladen und kann so tun, als würde er in Ihrer Straße etwas ausliefern, wenn Sie eine Ablenkung brauchen, um in Ihr Haus zu gelangen.«

Garrett war sehr gerührt. Die Familie Kalatkis hatte ihm immer das Gefühl gegeben, in dieser kleinen Gemeinschaft willkommen zu sein, und nun unterstützten sie ihn sogar. »Danke, aber vermutlich ist es besser, wenn Sie nicht in die Sache verstrickt werden.«

»Warum? Sie gehören doch zur Familie, Garrett, und wir beschützen uns gegenseitig«, meinte Mr. Kalatkis.

Hayley nickte. »Danke, Mr. Kalatkis. Wie lautet Ihr Plan?«

Garretts Blick flog zu ihr.

»Es sei denn, du willst mit der Presse reden oder lieber wieder zurück zu deinem Bruder«, fügte sie hinzu.

Er war es gewohnt, auf andere aufzupassen. So recht gefiel es ihm nicht, dass sich nun die Rollen vertauscht hatten. Gleichzeitig war es ihm jedoch auch ein Trost, dass er Hilfe in seiner momentanen Lage bekam, und einem Plan, der es ihm ermöglichte, mehr Zeit mit Hayley zu verbringen, würde er in jedem Fall zustimmen.

13. Kapitel

Hayley musste zugeben, dass ihr Leben sehr viel interessanter geworden war, seit sie Garrett kannte. Sie fühlte sich lebendiger, als ob sie alle alten Erwartungen, wie sie sein sollte, abgeschüttelt hätte. Mit einem Mal barg jeder Tag neue Überraschungen, und sie wusste nie genau, was passieren würde.

Ihr neues Lebensjahrzehnt hatte tatsächlich so aufregend begonnen, wie sie es sich erhofft hatte, aber ganz und gar nicht so wie erwartet. Sie hatte angenommen, dass sie Spaß haben und sich mit verschiedenen Männern verabreden würde, um das Leben zu genießen, bevor sie ihren Traumprinzen fand. Doch nun war sie mit diesem wahnsinnig attraktiven, komplizierten Mann zusammen.

Garrett trug Mr. Kalatkis' Mantel und hatte seine Baseballcap tief ins Gesicht gezogen. Mit zögernden Schritten lief er neben ihr her. Sein leichtes Humpeln war kaum wahrnehmbar. Die Reporter hatten sich in der Nähe des Eingangs zu seinem Haus aufgebaut. Tony sollte Hayley Lebensmittel bringen und mit dem Lieferwagen die Sicht auf den Bürgersteig versperren, damit sie und Garrett ungesehen ihr Haus betreten konnten. Sie hoffte, dass ihr Plan funktionieren würde.

»Ich komme mir vor wie Trixie Belden«, sagte Hayley.

»Wie wer?«

»Die Heldin meiner Lieblingsbuchserie als Kind. Sie hat Kriminalfälle gelöst und sich an Gauner angeschlichen, während die ihre Pläne schmiedeten, natürlich ohne dass sie dabei entdeckt wurde.«

»Ich fühle mich mehr wie jemand aus Scooby-Doo«, meinte er.

Sie lachte. »Vielleicht hätten wir dich in ein Shaggy-Kostüm stecken sollen.«

»Ich glaube, wenn ich aufhöre, mich zu rasieren, mir ein Unterlippenbärtchen und die Haare wachsen lasse, würde ich locker als sein Doppelgänger durchgehen.«

»So viel Zeit haben wir aber nicht«, meinte sie. Tony fuhr gerade den Van auf den Gehsteig und blockierte damit die Sicht zum Nachbarhaus.

»Stimmt«, bestätigte er. Mit raschen Schritten liefen sie die Stufen zu ihrem Haus hinauf. Sie gab Garrett den Schlüssel, damit er aufschließen konnte, und folgte ihm, nachdem sie sich vergewissert hatte, dass niemand sie beobachtete.

Sie setzte Lucy ab, die an Garrett hochsprang.

Tony klingelte und reichte ihr eine Gemüsekiste.

»Danke, Tony«, sagte sie und bezahlte ihn.

»Kein Problem. Wir sollten aufeinander aufpassen«, erwiderte er.

»Das stimmt.«

»Alles in Ordnung?«, fragte Garrett, nachdem Tony sich verabschiedet hatte.

»Ja. Es scheint, als hätte Mrs. Kalatkis auch etwas fürs Abendessen eingepackt. Willst du mir Gesellschaft leisten?«

»Gerne«, sagte er. »Tatsächlich wollte ich sogar für dich kochen.«

Sie schaute ihn unter gesenkten Lidern an. »Was willst du denn kochen?«

»Frittata. Ich hab gesehen, dass Eier und Käse in der Kiste sind.«

»Frittata? Ich wusste ja gar nicht, dass du solche kulinarischen Fähigkeiten besitzt.« Sie setzte sich an den Küchentresen, während er sich alles, was er zum Kochen benötigte, zusammensuchte.

»Verständlich.« Er schlug die Eier in eine Schüssel und verrührte sie gekonnt mit einem Schneebesen. »Erzähl mir von deinem Tag.«

»Warum?«

»Wenn ich dir von meinem erzähle, sag ich vielleicht Dinge, die ich später bereue.«

»Du musst dich meinetwegen nicht zurückhalten«, sagte sie ihm. »Ich weiß ja, dass du gerade eine Menge durchmachst.«

»Das ist süß von dir, aber ich möchte lieber nicht darüber sprechen.«

Wieder eine kleine Erinnerung, dass sie kein Paar waren. Sie atmete tief durch und richtete den Blick auf ihre Hände. Wie war ihr Tag gewesen? Eigentlich wie jeder andere, seit er in ihr Leben getreten war. Sie dachte viel zu oft an ihn, machte sich Sorgen wegen des ungeöffneten Briefs von ihrer verstorbenen Mutter und hatte Pralinen und Konfekt hergestellt. Über den Laden zu reden erschien ihr am sichersten. »Wir bereiten uns im Laden gerade auf den V-Tag vor.«

»Den V-Tag?«

»Valentinstag. Das ist einer unserer umsatzstärksten Tage, und in diesem Jahr haben wir eine besondere Geschenkbox bestellt, die wir mit einer Liebespralinenmischung bestücken wollen.«

Er schaute vom Schneiden des Parmaschinkens auf. »Was ist denn in dieser Mischung drin?«

»Darüber diskutieren wir noch. Cici möchte unsere beliebtesten Pralinen nehmen, denn das scheint den größten Gewinn zu bringen. Iona ist jedoch der Meinung, wir sollten ein paar exotische Geschmacksrichtungen zusammenstellen, um Paaren ein aufregendes und außergewöhnliches Genusserlebnis zu bieten.«

Er gab geriebenen Parmesankäse, den gewürfelten Parmaschinken und frische Petersilie von ihrer Fensterbank in die Eiermischung und schüttete alles in die heiße Pfanne, bevor er sich zu Hayley umdrehte.

»Das klingt beides gut. Was meinst du dazu?«

Sie hob die Arme über den Kopf und ließ sie wieder fallen, bevor sie sich auf die Ellbogen stützte. »Ich weiß es nicht. Vielleicht wäre eine Mischung aus beidem gut. Aber was soll ich mir denn überhaupt unter einer exotischen Praline vorstellen? Das definiert doch jeder anders. Wir können nicht sagen ›Versuchen Sie das mal, das ist exotisch‹ und damit jedes Mal einen Treffer landen.«

Er behielt die Bratpfanne im Auge und lehnte sich an den Tresen, die langen Beine ausgestreckt.

»Was ist deiner Meinung nach exotisch?«

Sie dachte darüber nach. Das Problem war, dass sie ihn für exotisch hielt. Er war anders und aufregend. So, wie sie es noch nie zuvor erlebt hatte. »Vom Geschmack mag ich einen Mix aus Chili mit süßer Schokolade. Das war schon immer mein Favorit. Aber nicht jeder mag es scharf.«

»Ich schon.«

Er flirtete mit ihr, doch er hatte ihr eine Abfuhr erteilt, als sie ihn bat, ihr von seinem Tag zu erzählen, daher war sie nicht sicher, ob sie darauf eingehen sollte.

Die Vernunft wurde jedoch von ihrem Herzen und ihrem Körper überstimmt. Ihrem Körper ging es nicht um den Austausch tiefer Emotionen. Er wollte ... oder besser gesagt, sie wollte ihn. Sie wollte diese exotisch aufregende Zeit mit Garrett erleben, bis ihre nächste Lebensphase begann, in der sie womöglich ein Abschied von ihm erwartete.

Vielleicht bedrängte sie ihn auch zu sehr und sah etwas in ihm, was er nicht war, weil sie unbedingt ihren Mr. Right finden wollte. Das hieß aber nicht, dass Garrett der Richtige für sie war. Benutzte sie ihn bloß, um eine Lücke in ihrem Leben zu schließen? Oder waren die Gefühle echt?

Es fiel ihr schwer zu glauben, dass sie echt waren, solange sie sich gegenseitig nicht vollständig vertrauten und sich alles sagen konnten. Auch wenn sie wusste, dass es nicht fair war, ihn so hart zu verurteilen, blieb die Tatsache bestehen, dass er sie ausschloss. Früher wäre sie froh darüber gewesen, dass er sie auf einer Armlänge Abstand hielt, aber jetzt nicht mehr.

Vielleicht machte aber auch genau das wahrhaftige Veränderungen aus.

***

Das Abendessen mit Hayley gab Garrett ein Gefühl von Normalität, die er seit seiner Kindheit nicht mehr erlebt hatte, was hauptsächlich daran lag, dass er Freundschaft über die Familie gestellt hatte. In der Gemeinschaft seiner Arbeitskollegen fühlte er sich gewöhnlich am wohlsten, aber als er jetzt neben

Hayley auf dem Sofa saß und ihr zuhörte, wie sie von ihrer Zeit in Paris erzählte, wo sie das Patisserie-Handwerk erlernt hatte, fühlte er sich seltsam zufrieden.

Die wohlige Wärme, die ihn dabei durchströmte, weckte jedoch auch Schuldgefühle. Hector hatte eine Frau und zwei kleine Kinder. Seit Wochen versuchte Garrett die Tatsache zu ignorieren, dass er am Leben war, Hector jedoch nicht. Dass der alleinstehende Cop überlebt hatte, während der verheiratete Familienvater sterben musste, erschien ihm nicht richtig.

Aber in jener Nacht ist nichts so gewesen, wie es sein sollte, dachte er, den Blick zum Fenster gerichtet, das wie seines auf den Garten hinausging. Den Garten einer allein lebenden Person. Ein paar Gartenmöbel, die nun im Winter abgedeckt waren, standen dort. In Hectors winzigem Garten in Queens gab es eine Schaukel und ein Dreirad. Er hatte seinem Sohn nicht einmal mehr das Fahrradfahren beibringen können.

Verflucht!

Er sollte rausgehen und sich der Presse stellen. Die Schuldgefühle quälten ihn. Nicht nur, weil er einen Tatverdächtigen erschossen hatte, den er hätte verhaften sollen. In die Schuldgefühle mischte sich Trauer.

Trauer um Dinge, die nie wieder so sein würden wie früher.

»Alles in Ordnung?«

»Was?« Er schaute zu Hayley und stellte fest, dass sie ihr Weinglas abgestellt und auf dem Sofa nach vorn gerutscht war.

»Du wirkst völlig in deine Gedanken versunken«, erklärte sie. »Möchtest du darüber reden?«

Verdammt.

Nein, er wollte nicht darüber reden. Er wollte, dass dieser Abend weiterhin eine Atempause von der Realität blieb. Aber er wusste auch, dass man so keine Beziehung anfing. Echte Männer verabredeten sich nicht mit Frauen und gaben vor, dass ihr Leben prima war, obwohl es im Chaos versank. Oder doch?

»Es tut mir leid. Ich musste über etwas nachdenken, was du vorhin gesagt hast.« Das war gelogen, aber er ignorierte die spöttische Stimme in seinem Kopf. »Dass die Liebe für uns alle einen anderen Geschmack hat.«

»Ach ja?«, fragte sie.

Es schien, als wüsste sie, dass er gelogen hatte, aber er blieb bei seiner Geschichte. »Ich finde, dass Liebe etwas sehr Persönliches ist. Die Geschäfte bombardieren uns seit Jahresanfang mit Bildern, wie Liebe angeblich aussehen soll, aber in Wahrheit haben wir alle doch unterschiedliche Vorstellungen von Liebe und den Menschen, die wir lieben.«

»Ganz schön tiefsinnig für einen normalen Werktag.« Sie zwinkerte ihm zu. »Aber ich stimme dir zu. Genau das war auch mein Argument bei unserer Liebesbox. Für jeden bedeutet Liebe etwas anderes, jeder nimmt sie anders wahr. Ich zum Beispiel würde mit Liebe niemals das Zuhause in Verbindung bringen, in dem ich aufgewachsen bin«, gab sie zu.

Ihre Mutter. Auch er würde um seine Eltern trauern, wenn er sie verlor, aber wenn man schon vorher wusste, dass ein geliebter Mensch bald sterben würde … Hätten Hectors Söhne besser mit seinem Tod umgehen können, wenn er ihnen vorher Briefe hätte schreiben können, die sie an ihren Geburtstagen lesen konnten? Dann wären sie in gewisser Weise doch noch mit ihm aufgewachsen. Aber sie hätten ihn dennoch in ihrem Alltag vermisst.

»Was bedeutet Liebe für dich?«

Sie zuckte mit den Schultern. »Ich sag es nicht gern, weil alle anderen so klare Vorstellungen davon zu haben scheinen, aber ich bin mir nicht sicher, was Liebe ist. Ich liebe meine Eltern, aber das wurde uns in gewisser Weise auch anerzogen. Was, wenn diese Gefühle nicht echt sind und ich gar keine Liebe verspüren kann? Ich glaube, ich sollte besser die Finger vom Wein lassen«, meinte sie.

Er begriff, dass sie ihm mehr anvertraut hatte, als sie wollte. Er sollte das respektieren, so wie sie es vorhin respektiert hatte, dass er nicht über seine Probleme hatte reden wollen. Aber er konnte es nicht. Er wollte ein Held für jemanden sein. Jedoch nicht für irgendjemanden.

Für Hayley.

»Das stimmt nicht. Um dich herum gibt es überall Anzeichen für die Liebe, die du in dir trägst. Man sieht, wie sehr du dich um deine Freunde sorgst, wie viel Herz du in deinen Laden steckst. Vielleicht kannst du Liebe für dich nicht definieren, aber du bist davon umgeben.«

Sie legte den Kopf auf die Rückenlehne des Sofas. »Ich wünschte, es wäre so.«

»Ich weiß. Geht's dir gut?«, fragte er. »Hast du den Brief von deiner Mutter inzwischen gelesen?«

»Nein«, antwortete sie. »Noch nicht. Aber mir geht's gut. Ich bin heute Abend nur ein wenig melancholisch.«

Das war er auch. »Vielleicht ziehe ich dich runter. Der Fall und all das, was gerade in meinem Leben passiert … Ich bin nicht gerade Traumprinzmaterial.«

Sie musterte ihn mit diesen braungrünen Augen und gab ihm das Gefühl, als könnte sie bis in den hintersten Winkel seiner verletzten Seele sehen. »Du bist mir lieber als jeder andere.«

Das wärmte ihn und vertrieb die Leere in seinem Inneren. Er stellte sein Bier auf den Tisch und drehte sich zu ihr. »Ich hab da was, das dich aufmuntern wird.«

»Wirklich? Oder hast du was, das dich aufmuntern wird?«, fragte sie.

»Ich glaube, es wird uns beide aufmuntern.«

»Okay, ich bin dabei. Was ist es?«

Er stand auf und streckte die Hand nach ihr aus. »Willst du wissen, wie man ein Schloss knackt?«

»Was? Ich dachte, du wolltest Sex«, erwiderte sie.

Ja, zugegeben, er sehnte sich nach ihr. Zum Teufel, es war ihm unmöglich, im selben Raum mit ihr zu sein und nicht mit ihr schlafen zu wollen. An diesem Abend fühlte er sich jedoch so angeschlagen und verletzlich, daher kam Sex nicht infrage.

»Willst du es nicht mehr lernen? Wenn ich mich nicht irre, hast du im Internet sogar schon mal nach Tipps gesucht.«

Sie schenkte ihm ein schiefes Lächeln, von dem er inzwischen wusste, dass sie dahinter ihre wahren Gefühle verbarg. »Okay, aber fairerweise sollte ich dir sagen, dass ich mich womöglich in ein kriminelles Leben stürzen werde, wenn ich es erst mal beherrsche.«

»Zum Glück wohne ich ja gleich nebenan und kann dich auf den rechten Pfad zurückbringen«, entgegnete er.

»Oh, dann hab ich meinen eigenen persönlichen Cop.«

»Ganz genau. Schnapp dir deinen Mantel und am besten auch deine Trittleiter. Ich glaub, anders komme ich nicht über den Zaun.«

Sie holte ihren Mantel und die Trittleiter, und zwanzig Minuten später standen sie vor seiner Hintertür, und er zeigte ihr, wie man ein Schloss aufbrach.

Sie lernte schnell und war obendrein witzig. Immer wieder brachte sie ihn zum Lachen, weil sie sich Notizen über jeden Schritt machte, um sich besser daran zu erinnern. Er hatte zwar angenommen, dass er auf der sicheren Seite wäre, wenn er nicht mit ihr schlief, doch nun musste er feststellen, dass er sich getäuscht hatte. Sie ging ihm immer noch unter die Haut, berührte die Narben in seiner Seele und erinnerte ihn daran, dass er immer noch verletzt war.

***

Hayley wusste, dass es ratsam wäre, sich jetzt nach dem »Einbruch« von Garrett zu verabschieden. Er hatte ihr den ganzen Abend über widersprüchliche Signale gesendet, was sie auch nachvollziehen konnte. Er befand sich in einem mitreißenden Strudel der Ereignisse, und sein Leben stand kopf. Aber ihres nicht auch? Sie wollte aus dem Kokon ausbrechen, in dem sie sich nach dem Tod ihrer Mutter eingeschlossen hatte. Das zumindest war ihr gelungen. Und sie unternahm Dinge, die ihr Angst einflößten. Wie zum Beispiel, Zeit mit Garrett zu verbringen.

»Woher weiß ein Cop solche Sachen?«, fragte sie und lehnte sich in Garretts Haus an die Hintertür, durch die sie gerade hineingekommen waren.

»Ich war nicht immer ein Cop.«

»Nicht?«

»Nein. Ich war auch mal ein Teenager mit zu viel Geld, Eltern, die mir ziemlich schnell verziehen, und ein paar ... nun, sagen wir leicht fragwürdigen Freunden.«

»Ich bin gespannt, erzähl mir mehr. Vielleicht bei einem Drink?«

Er warf ihr einen Blick von der Seite zu, den sie nicht deuten konnte. Wäre es ihm lieber, wenn sie ginge? Sie wusste es nicht, und wenn sie ehrlich war, wollte sie sich darüber auch keine Gedanken machen. Zu lange hatte sie sich nach den Regeln anderer gerichtet. Sie hatte alles Mögliche getan, nur um andere zufriedenzustellen, und Dinge getan, von denen sie glaubte, dass man sie von ihr erwartete. Ab sofort wollte sie nur noch das tun, was vor allem ihr Spaß machte.

Garrett war ein großer Junge, und wenn er wollte, dass sie nach Hause ging, würde er ihr das zweifellos unmissverständlich mitteilen.

»Okay, aber ich hab nur Bier und Scotch.«

Bier hatte sie natürlich schon mal getrunken, aber Scotch noch nie. Ihre Freundinnen liebten bunte Cocktails, und sie wählte meist Wein. Aber sie wollte ja ihre Löffelliste abarbeiten – oder, besser gesagt, die Das-hab-ich-noch-nie-gemacht-Liste. »Dann bitte Scotch«, sagte sie.

Er schenkte zwei Fingerbreit in zwei große Tumbler und ging ins Wohnzimmer.

Sie folgte ihm, setzte sich aufs Sofa und trank einen Schluck. Gleich darauf musste sie husten.

Grundgütiger! Das brannte in der Kehle. Tränen traten ihr in die Augen, und als sie aufschaute, stellte sie fest, dass Garrett sie beobachtete. Sie zwang sich zu einem Lächeln, aber als er lachte, wusste sie, dass ihr Versuch wohl missglückt war.

»Du bist wohl keine geübte Scotch-Trinkerin?«

»Äh …« Ihre Stimme klang kratzig. »Nein, das ist mein erster.«

Sie stellte das Glas auf den Tisch und beobachtete, wie er einen Schluck aus seinem nahm.

»Dein kriminelles Leben«, fing sie an. »Erzähl mal.«

»Ich war sechzehn, und Pete war seit einem Semester auf dem College. Er beeindruckte alle damit, dass er zu den Besten seines Jahrgangs zählte, weshalb Mom und Dad Druck auf mich ausübten, ihn als Vorbild zu betrachten.«

»Das ist der Nachteil an Geschwistern. Ich habe immer gedacht, dass es cool wäre, welche zu haben, aber immerhin musste ich mich an niemandem messen lassen«, meinte sie. Nur an den Erwartungen ihrer Mutter.

»Ja. Während meine Eltern Pete in Berkley besuchten, hab ich neue Freunde gefunden. Ich hab Party mit ihnen gemacht, und nachdem es uns nicht mehr reichte, uns nur zu bekiffen und zu betrinken, sind wir einfach wegen des Kicks in Häuser eingebrochen. Ich hab nie etwas geklaut, deshalb redete ich mir ein, dass es schon nicht so schlimm wäre. Aber dann wurden wir erwischt, und alles hat sich für mich geändert. Der Cop, der uns festgenommen hat, sah mich so verächtlich an, dass ich mir klein und dumm vorkam.«

Sie verschränkte die Arme, um der Versuchung zu widerstehen, ihn zu berühren. Seine Worte hatten ihn in die Vergangenheit zurückversetzt, und er war ein Stück von ihr abgerückt. Sie fragte sich, wo seine Gedanken weilten.

»Jedenfalls«, fuhr er schließlich fort, »hat er zu mir gesagt, dass mir etwas vergönnt sei, wofür die Hälfte der Jungs, die er kannte, morden würden. Ich hätte Eltern, die mich liebten, und genügend Geld für eine gute Ausbildung, doch ich würde mich wie ein Idiot benehmen und all das wegwerfen. Danach steckte er mich in eine Zelle, und ich kam erst am nächsten Morgen wieder raus.«

»Warum hat man dich festgehalten?«

»Ich hab meinen Dad angerufen, aber er und der Polizist beschlossen, dass mir eine Nacht im Knast sicher guttun würde.«

»Hatten sie recht?«

»Ja. Danach wusste ich zwei Dinge: erstens, dass ich nie wieder im Gefängnis landen wollte. Und zweitens, dass ich meinem eigenen Moralkodex folgen sollte. Nicht einem, der mir von meinen Freunden diktiert wurde oder davon, was andere für cool hielten.«

Sie nickte nachdenklich. Er hatte sich in dieser Nacht verändert und seine innere Stärke gefunden. Ein Hauch von Eifersucht stieg in ihr auf, weil sie immer noch danach suchte. Immer mal wieder bekam sie einen Zipfel davon zu fassen, doch nie für länger.

»Ich bin erstaunt, dass eine einzige Nacht dein Leben so grundlegend verändern konnte«, sagte sie schließlich.

»Ich nicht. Eine einzige Nacht reicht oft aus, um alles auf den Kopf zu stellen. Ich wette, wenn du dein Leben betrachtest, wirst du auch erkennen, dass sich schon einmal über Nacht etwas geändert hat«, erwiderte er.

Sie wollte den Kopf schütteln, doch dann hielt sie inne. Die eine Nacht mit ihm hatte ihr klargemacht, dass sie ihr Leben verändern wollte, und den Wunsch gefestigt, ein anderer Mensch zu werden.

»Ist dir das mehr als einmal passiert?«, fragte sie.

»Verdammt.«

»Ich werte das als Ja«, sagte sie.

»Oh ja. Die Nacht, in der mein Partner starb, hat mein Leben erneut verändert. Es ist schon merkwürdig, dass eine Nacht, in der ich das Gesetz gebrochen, und eine, in der ich es vertreten habe, meine Karriere als Polizist praktisch wie Buchstützen eingrenzen.«

»Ist deine Karriere denn zu Ende?«, fragte sie.

»Sagen wir mal so: Die Zivilklage macht es mir nicht leichter, Polizist zu bleiben«, gab er zu. »Ich hab keine Ahnung, wie es weitergehen wird.«

»Deshalb weichst du mir also immer aus«, meinte sie. Sie musste es wissen. Sie fühlte sich fast magisch von ihm angezogen. Von seiner Ausstrahlung und diesem Lächeln, das sich für ihren Geschmack viel zu selten zeigte. In seiner Nähe hatte sie Schmetterlinge im Bauch. Und obwohl sie wusste, dass sie nach Hause gehen sollte, blieb sie bei ihm und unterhielt sich mit ihm. Sie hätte gern geglaubt, dass der Grund dafür Liebe war, aber sie war sich nicht sicher.

Eines wusste sie jedoch mit absoluter Gewissheit: dass sie nicht gehen wollte und sich wünschte, dass er bei ihr blieb.

»Und was geschieht jetzt?«, fragte sie.

»Wegen der Klage treffe ich mich in den nächsten Tagen noch mal mit unserem Familienanwalt. Und mit dir und mir?«

»Ja«, antwortete sie nervös.

»Ich will dich nicht aufgeben«, meinte er. »Ich weiß, es wäre besser, wenn wir uns nicht mehr sehen würden, bis Gras über diese Sache gewachsen ist und mein Leben wieder in ruhigen Bahnen verläuft. Aber ich weiß auch, dass immer irgendwo etwas lauern kann, das alles erneut durcheinanderwirbelt.«

»Also …«

»Also lass es uns langsam angehen. Okay?«

Sie nickte. Es war nicht das, was sie hören wollte. Allerdings war sie auch nicht auf der Suche nach einer dauerhaften Beziehung. Oder etwa doch? Sie gab es nicht gerne zu, aber die Enttäuschung, die sie empfand, war wohl ein Anzeichen dafür, dass sie es sich gewünscht hätte.

14. Kapitel

Schon Montagabend war Garrett wieder bei Hayley. Lucy lag zusammengerollt auf dem Sofa zwischen ihnen. Für einen so kleinen Hund brauchte sie ziemlich viel Platz.

»Wie ist es mit Lucy im Laden gelaufen?«

»Großartig. Ich habe sie im Büro gelassen, und alle Mitarbeiter haben abwechselnd nach ihr geschaut. Ich glaube, das wird gut funktionieren. Iona hat sogar vorgeschlagen, dass wir sie als Maskottchen für unseren Blog verwenden könnten.«

»Interessant«, meinte er.

Sie kaute an ihrer Unterlippe und wandte den Blick ab. Inzwischen wusste er, dass diese komplizierte Frau mehr brauchte als ein bisschen Romantik und belangloses Geplauder. Er wollte ihr so viel mehr geben, etwas, um das sie selbst wohl nie bitten würde.

»Was steht sonst noch auf deiner Löffelliste?« Er streckte sich auf dem Sofa aus. Ihre Füße lagen nebeneinander auf dem Polsterhocker vor ihnen. Sein erster Tag im Dienst war seltsam gewesen. Viele Kollegen behandelten ihn anders als zuvor, doch er redete sich ein, dass es ihm nichts ausmachte.

»Reisen.« Sie stopfte sich eine Handvoll Popcorn in den Mund, das sie in der Mikrowelle gemacht und dann in einer Schüssel mit Karamell geschwenkt hatte. Es war umwerfend. Wie ihr Lächeln.

Lucy regte sich und stieg auf Hayleys Schoß. Sie streichelte den kleinen Hund.

»Wohin willst du reisen? Ich muss gestehen, ich bin eher ein Stubenhocker und gern zu Hause. Wir haben ja auch eigentlich alles in Manhattan«, sagte er.

»Ja, das stimmt schon, aber ich möchte gern exotische Orte besuchen, von denen ich bisher nur gelesen habe, Bali zum Beispiel. Vielleicht auch Dubai«, sagte sie. »Orte, die mir wirklich fremd sind. Ich war schon sehr viel in anderen Bundesstaaten unterwegs, aber irgendwie fühlt sich doch alles gleich an.«

»Ich weiß, was du meinst. Früher konnte man manche Sachen nur an bestimmten Orten bekommen, aber inzwischen haben diese kleinen regionalen Ketten expandiert oder sind aufgekauft worden, und die Marken gibt es landesweit, oder sie sind komplett vom Markt verschwunden.«

»Das stimmt leider. Das Unternehmen meines Vaters hat viele kleinere beliebte regionale Unternehmen aufgekauft und die Marken in sein Sortiment aufgenommen. Allerdings hätte ich ohne seinen Erfolg auch nie das Geld, um zu reisen.«

Er griff sich eine Handvoll Popcorn, warf eine Flocke hoch und fing sie mit dem Mund auf.

Sie lachte. »Ist das dein Partytrick?«

»Einer davon.«

»Einer? Wie viele hast du denn auf Lager?«

»Das wirst du schon selbst herausfinden müssen. An den Reisezielen, die du erwähnt hast, ist es warm. Hat der Winter vielleicht etwas mit deinem Wunsch zu tun, mal rauszukommen?«, fragte er.

Sie nickte. »Unbedingt. Das und all die Interviewtermine

mit der Presse, die Iona mir aufdrückt. Sie ist die Hübsche von uns, sie sollte das Candied Apple Café repräsentieren.«

»Sie ist nicht die einzige Hübsche«, erwiderte Garrett.

»Du weißt schon, was ich meine. Ich fühle mich wohl mit meinem Aussehen, aber ich sehe nicht so fantastisch aus wie Iona. Und ich rede nicht so gern über mich, was ich aber im Prinzip jedes Mal machen muss, wenn ich den Laden vorstellen soll.«

Er streckte einen Arm über der Rückenlehne aus und legte ihr eine Hand auf die Schulter. Er verstand, was sie sagen wollte. Iona entsprach mehr dem Ideal von klassischer Schönheit. Aber Hayley hatte ein Strahlen an sich, das tief aus ihrem Inneren zu kommen schien, und jedes Mal, wenn er mit ihr zusammen war, fand er sie noch schöner.

Er machte sich in Gedanken eine Notiz, ihr das zu beweisen. »Ich stimme Iona zu, dass du am besten geeignet bist, um Werbung für den Laden zu machen. Schließlich trägt er deine Handschrift.«

Sie nahm sich noch eine Handvoll Popcorn, aber sie spielte nur mit den Flocken. Ihre eine Hand war leicht gerötet, weil sie sich beim Zubereiten einer Karamellfüllung im Laden verbrannt hatte. Er ergriff sie und rieb sacht mit dem Daumen über die rote Stelle.

»Ja, schon, aber ich hatte gehofft, dass das nicht auffallen würde. Jedes Mal, wenn ich lese, dass jemand den Laden zu kitschig oder meine Pralinen zu süß findet, möchte ich mich am liebsten verkriechen. Denn das ist schließlich ein Teil von mir. Ich mache keine Pralinen, die ich selbst nicht mag.«

»Wenn du mir verrätst, wer das geschrieben hat, sperre ich denjenigen ein«, sagte er.

»Nein, das würdest du nicht tun. Das entspricht nicht deinen Moralvorstellungen. Wir leben schließlich in einem Land, in dem jeder das Recht hat, seine Meinung frei zu äußern. Wenn du diese Leute deswegen einsperrst, würdest du gegen das Gesetz verstoßen. Außerdem würde man dich für verrückt halten.«

Er betrachtete sie. Ja, er war verrückt. Verrückt nach ihr. Der Konditorin mit den sexy Klamotten und den schönen Augen. Sie vereinte in sich so vieles, was er in seinem Leben ersehnte, doch er hatte keine Ahnung, ob und wie er dafür sorgen sollte, dass ihre Beziehung von Dauer war.

Er wollte die Stimmung nicht verderben und von seinem Tag berichten, denn in der Abteilung für ungelöste Fälle gefiel es ihm längst nicht so gut, wie er sich erhofft hatte. Allerdings blieb ihm wohl kaum etwas anderes übrig, als sich daran zu gewöhnen, denn was sonst sollte er machen?

Etwa als Security-Chef für das Unternehmen seines Vaters arbeiten? Dann blieb er lieber bei den ungelösten Fällen.

»Was ist mit deiner Löffelliste?«, fragte sie. »Ich nehme dir nicht ab, dass du tatsächlich eine hast.«

»Damit liegst du richtig. Ich habe immer dafür gesorgt, dass ich bekomme, was ich will, wenn ich es will.«

»Ach ja?«, fragte sie.

»Ja. Du bist schließlich hier bei mir, oder nicht?«

»Bist du dir wirklich sicher, dass ich das nicht alles eingefädelt habe?« Sie stellte die Popcornschüssel auf den Tisch und setzte sich auf seinen Schoß.

»Oh, da bin ich mir ganz sicher.« Er umfasste ihre Taille mit beiden Händen und suchte ihren Blick.

Sie beugte sich vor, und er hob den Kopf in Erwartung

eines Kusses, aber sie drehte sich unvermittelt nach rechts und biss ihm ins Ohrläppchen. »Du bist ganz schön selbstsicher.«

»Das gefällt dir doch.« Er rutschte ein Stück nach hinten, damit sie es beide bequemer hatten.

»Ja, das stimmt.«

Alle anderen behandelten ihn im Moment wie ein rohes Ei, sie jedoch nicht, und das war genau das, was er brauchte. Himmel, er hatte sie schon gebraucht, bevor sie in sein Leben getreten war. Er hatte es nur nicht gewusst.

»Warum hat es so lange gedauert, bis ich dich gefunden habe?«

»Das war Schicksal«, meinte sie.

»Schicksal.«

Oder die Kugel, die Paco für ihn bestimmt hatte. Er schob den Gedanken beiseite und verführte Hayley auf dem Sofa. Danach hielt er sie in den Armen, bis sie nach Hause musste.

Er begleitete sie nach nebenan, und als er in sein Haus zurückkehrte, fühlte es sich kalt und verlassen an. So hatte er sein Haus noch nie empfunden.

***

Lucy war der neue Liebling im Laden. Laura, Melanie und Peter waren von dem kleinen Hund total hingerissen. Lucy zeigte sich von ihrer süßesten Schokoladenseite und schlief in ihrem Körbchen in Hayleys Büro, während sie arbeitete.

Ihre neue, von Garrett inspirierte Praline wurde zum Verkaufshit, und in der Woche vor dem Valentinstag hatte Hayley das Personal und die Kunden dazu aufgefordert, ihr

Zutaten zu nennen, die sie mit geliebten Menschen in Verbindung brachten.

»Die Abstimmung ist beendet, und unsere Top Ten stehen fest«, erklärte Hayley, als Iona und Cici die Küche betraten. Sie hatte beiden eine Nachricht geschickt und sie zur Besprechung eingeladen.

»Hat es mein Favorit in die Charts geschafft?«, fragte Iona.

»Äh, der Ouzo-Geschmack lief ganz okay, aber leider nicht so gut wie andere.«

»Verrate das bloß nicht meiner Mutter, wenn du am Sonntag zum Brunch kommst, sonst wird sie dich womöglich vom Tisch verbannen.«

»Ich hatte nicht vor, es zu erwähnen«, sagte Hayley. »Ich würde die Anzahl der Pralinen gern für unsere extra entworfene Geschenkbox auf sechs reduzieren«, fuhr sie fort. »Cici, hast du schon die Rechnung dafür bekommen?«

»Ja, und sie ist auch schon bezahlt. Die Boxen werden vermutlich morgen geliefert.«

»Großartig. Jetzt müssen wir uns nur noch entscheiden, welche sechs Pralinen in die Box kommen«, sagte Hayley. »Ich habe die Pralinengitter mit Nummern versehen. Jetzt müsst ihr nur noch sechs Kästchen auf eurer Karte ankreuzen, und dann zähle ich nach, welche Sorten die meisten Stimmen bekommen haben.«

Laura, Melanie und Peter hatten ihr vorher bei den Füllungen geholfen, aber Hayley hatte die Hohlkörper für die Pralinen gemacht und sie fertiggestellt. Deshalb wusste niemand außer ihr, welche Mischung sich in welcher Praline befand und welche Geschmacksrichtungen es in die Top Ten geschafft hatten.

»Das ist so spannend«, sagte Iona. »Ich frage mich, ob wir auch unsere Stammgäste heute Nachmittag noch mal über die Favoriten abstimmen lassen sollten.«

Iona dachte mal wieder mit ihrem Marketing-Ich, was toll war, aber Hayley konnte bis zum Nachmittag auf keinen Fall so viele Pralinen herstellen, nur um sie zu verschenken.

»Und von welchem Budget bezahlen wir das?«, fragte Cici. »Dem Marketingbudget?«

»Oh, vergiss es. Ich glaub, ich bin eh schon etwas drüber, weil ich für uns so ein schönes Oster-Event geplant habe«, erwiderte Iona.

»Dachte ich es mir doch«, meinte Cici.

Das Küchenpersonal durfte zuerst probieren. Nachdem sie gekostet und ihre Stimme abgegeben hatten, machten sie sich wieder an die Arbeit, um das restliche Konfekt herzustellen, das sie für den Tagesverkauf noch benötigten.

Cici schloss bei jeder Praline, die sie kostete, die Augen, was Hayley zum Schmunzeln brachte. Ihre Freundin nahm es mit der Entscheidung sehr ernst.

Iona andererseits hatte jede Praline nur angebissen und machte nun Kreuzchen auf ihrem Stimmzettel.

»Cici, jetzt beeil dich doch mal«, sagte Iona. »Ich will endlich wissen, welche gewonnen haben.«

»Hetz mich nicht. Wir haben unser Budget für diese Idee ziemlich ausgeschöpft. Ich will sichergehen, dass ich keine Praline wähle, die sich dann nicht verkauft«, erwiderte Cici.

»Komm, lass uns nach vorne gehen und einen Kakao trinken, bis sie fertig ist. Du hast doch hoffentlich Zeit für eine Pause, Hayley?« Iona schaute sie fragend an.

Hayley warf Laura einen Blick zu, die ihr mit einem Nicken zu verstehen gab, dass sie alles im Griff hatte. Hayley mochte ihre Küche sehr, die Arbeitsflächen aus Edelstahl auf der einen und Marmor auf der anderen Seite. Der Boden war gefliest, und die Farbe der Wände entsprach denen, die sie auf einem Bild von einer Villa in der Toskana gesehen hatte. Die erdigen Töne passten gut zur Schokoladenmanufaktur. An einer Wand hingen die Kupferformen, mit denen sie ihr beliebtes Konfekt herstellten.

Sie gab zu, dass sie sich von dem Film »Chocolat« hatte inspirieren lassen. Sie hatte es gemütlich und bequem haben wollen. Sie verbrachte schließlich viel Zeit in ihrer Küche, deshalb war ihr der Wohlfühlaspekt ein wichtiges Anliegen gewesen.

Sie legten einen Zwischenstopp in Hayleys Büro ein, um Lucy ein Leckerli zu geben. Die Dackeldame schleppte es zu ihrem Körbchen und rollte sich dann darin zusammen.

Anschließend folgte sie Iona zum Cafébereich im Laden. Dort war viel los, und Hayley war stolz, dass ihre Idee so gut angenommen wurde.

»Es läuft gut, nicht wahr?«, sagte sie zu Iona, als sie sich an einen kleinen Tisch im hinteren Bereich setzten. Sie hielt die Stimmzettel, die alle außer Cici ausgefüllt hatten, in einer Hand.

»Ja, das stimmt.« Iona orderte bei der Bedienung zwei Kakao und stützte die Ellbogen auf den Tisch, nachdem sie sich eine Haarsträhne hinters Ohr geschoben hatte. »Und wie läuft es mit dem heißen Cop?«

»Ganz gut. Ich bin allerdings immer noch nicht sicher, ob wir jetzt eine Beziehung haben oder nur eine Freundschaft mit besonderen Vorzügen«, sagte sie.

Iona schüttelte den Kopf. »Ich überlege noch, ob das gut oder schlecht ist.«

»Ehrlich gesagt weiß ich das selbst nicht. Ich wollte ja aus der Alltagsroutine ausbrechen, das war mein Ziel, aber jetzt wird mir allmählich klar, dass ich mein Leben gar nicht so sehr verändern will. Mit Garrett zusammen zu sein macht mir Spaß. Aber ich mag auch ruhige Abende allein, meine Arbeit hier im Laden, und ich liebe es, mir neue Rezepte auszudenken.«

»Und was genau ist jetzt anders geworden?«

»Ich denke sehr viel an ihn. Und ich verbringe unverschämt viel Zeit damit, mir Gedanken darüber zu machen, was ich anziehen soll und wann ich ihn wiedersehen werde. Das gefällt mir nicht. Ich komme mir vor wie sechzehn und nicht wie dreißig.«

Lachend drückte Iona ihr die Hand. »Ich kenne das. Man nennt es Liebe. Meine Mutter meint, sie sei der große Gleichmacher. Sie trifft die Starken wie die Schwachen und macht uns sowohl stark wie auch schwach. Aber man kann sie nicht kontrollieren.«

»Ich glaube nicht, dass ich ihn liebe«, erwiderte Hayley. *Oder doch?* Mit der Liebe kannte sie sich nicht aus. Sie empfand Zuneigung für ihren Dad und hegte zwiespältige Gefühle gegenüber ihrer Mutter. Sie wollte nicht behaupten, dass sie ihre Eltern nicht liebte, aber ihre Gefühle für sie waren kompliziert.

Wie die für Garrett.

»Er hat im Moment ziemlich viel um die Ohren, und ich verharre irgendwie in Wartestellung und nehme mir so viel Zeit, wie er mir geben kann. Aber so bin ich doch eigentlich nicht. So passiv. Aber ich will ihn auch nicht verschrecken.«

Cici zog sich einen Stuhl heran. »Wen willst du nicht verschrecken? Garrett?«

»Ja. Hast du deinen Stimmzettel ausgefüllt?«, fragte Hayley.

»Klar.« Cici überreichte ihr das Papier. »Wir sollten am Freitag alle zusammen ausgehen. Bring Garrett mit. Auf diese Weise können wir ihn unter die Lupe nehmen und herausfinden, ob er all die Energie wert ist, die du auf ihn verwendest.«

Hayley musste unwillkürlich lächeln. Ihre Freundin ordnete das Leben wie ein Bilanzblatt, in Haben und Soll, immer bemüht, ihr eigenes Leben im Gleichgewicht zwischen roten und schwarzen Zahlen zu halten, was Hayley im Moment sehr erstrebenswert vorkam.

»Okay, ich frag ihn. Wo wollt ihr hin?«

»Ins Olympus«, antwortete Iona sofort. »Der neue DJ ist heiß, und ich will ihn auf mich aufmerksam machen.«

»Ich lass euch wissen, ob Garrett mitkommt«, meinte Hayley. Sie wusste nicht, ob er mit seinem verletzten Bein tanzen konnte oder ob er sie überhaupt begleiten wollte.

»Wie auch immer, wir drei sollten auf jeden Fall mal wieder zusammen ausgehen. Seit deinem Geburtstag haben wir nichts mehr gemeinsam gemacht.«

Tja, und was war an dem Abend alles passiert!

***

Pokerabend. Der erste Abend ohne Hayley, seit sie zusammen waren. Sofern man es so bezeichnen konnte, dass sie sich gegenseitig zu Hause besuchten, um zu reden, gemeinsam fernzusehen und miteinander zu schlafen. Seiner Meinung nach hatten sie jedenfalls eine Beziehung.

Hayley brachte Seiten in ihm zum Vorschein, die er bisher nicht von sich gekannt hatte. Sosehr er sich auf das monatliche Pokerspiel freute, hätte er den Abend doch lieber mit ihr verbracht und mit ihr ihre Lieblings-Gesangsshow gesehen. Hayley strahlte etwas Tröstliches aus, das ihn Hector, Paco und jene Nacht für eine Weile vergessen ließ.

Es klopfte, und er öffnete die Tür, in Erwartung, seine Freunde zu sehen, doch Mr. Kalatkis stand davor.

»Hallo, Garrett. Ich wollte Sie fragen, ob Sie mir kurz helfen können. Es soll Schnee geben, und ich bräuchte jemanden, der mit mir die Waren von draußen in den Laden räumt. Tony ist gerade auf einer Lieferfahrt.«

»Ich hole nur schnell meine Jacke, Mr. Kalatkis, dann komme ich zu Ihnen.«

»Danke.«

Garrett schnappte sich seine Jacke und sein Handy und wählte Hayleys Nummer, nachdem er abgeschlossen hatte.

»Hast du jetzt schon all dein Geld verloren?«, fragte sie statt einer Begrüßung.

»Ha. Nein, noch nicht. Wir haben nicht mal angefangen. Aber ich muss kurz zu Mr. Kalatkis, um ihm zu helfen. Würdest du die Gastgeberin für meine Freunde spielen, bis ich zurück bin?«

In der Leitung herrschte Schweigen, dann hörte er das Klimpern von Lucys Marke. Vermutlich war Hayley aufgestanden.

»Okay. Soll ich bei dir einbrechen?«, fragte sie.

»Ich stehe draußen vor deinem Haus, mit dem Schlüssel in der Hand«, erwiderte er.

Ein paar Sekunden später öffnete sie die Tür. Er warf ihr

die Schlüssel zu und steckte das Handy ein. »Ich bin bald zurück.«

»Okay«, sagte sie. »Kann ich Lucy mitnehmen?«

»Klar, wieso nicht?«, meinte er. »Ich möchte Mr. Kalatkis nicht warten lassen. Bist du dir sicher, dass du das tun willst?«

»Natürlich. Geh und hilf ihm.«

Sie hob den kleinen Hund hoch und trat hinaus zu Garrett in den kalten Februarabend. Er nahm sie kurz in den Arm und küsste sie leidenschaftlich, bevor er die Straße zu dem kleinen Eckladen hinunterjoggte, doch seine Gedanken verweilten bei ihr. Er wusste nicht, wann und warum sie so wichtig für ihn geworden war, aber dass es so war, konnte er nicht länger leugnen.

Insgeheim fragte er sich, ob er dieses Glück mit ihr überhaupt verdiente. Und manchmal wachte er immer noch nachts auf und wunderte sich, warum er überlebt hatte und Hector nicht. Aber er konnte weder die Zeit zurückdrehen noch daran etwas ändern.

Er betrat den kleinen Laden der Familie Kalatkis, in dem wie immer reger Betrieb herrschte. Mehrere Kunden erledigten dort nach der Arbeit ihre Einkäufe.

Mrs. Kalatkis winkte ihm zu, als Garrett mit der ersten Gemüsekiste hereinkam. Mr. Kalatkis folgte ihm. Zügig brachten sie alle Waren ins Innere.

Er wollte sich schon verabschieden, als Mrs. Kalatkis mit zwei Kaffeetassen zu ihnen kam. Mr. Kalatkis nahm ihr eine ab und reichte sie ihm. Unvermittelt schoss Garrett durch den Kopf, dass er sich vor seiner Verletzung wohl keine Zeit für diese nette Geste genommen hätte.

»Angela hat Baklava für Sie und Hayley eingepackt. Wir haben genug davon«, sagte Mr. Kalatkis.

»Danke«, antwortete er und wurde das Gefühl nicht los, dass die beiden versuchten, ihn und Hayley zu verkuppeln. Er war sich nicht sicher, was er davon halten sollte, aber er trank seinen Espresso und nahm das Baklava mit, als er ging.

Auf dem Heimweg fragte er sich, wie seine Freunde und Hayley miteinander auskamen. Musik und Gelächter schlugen ihm entgegen, als er die Tür aufschloss und das Baklava auf den Tisch im Flur legte.

Sein verletztes Bein schmerzte ein wenig, als er zum Spielzimmer ging. Ein schönes warmes Bad mit Hayley wäre jetzt nett, dachte er.

»Sie haben einen Freiwilligen gesucht, der anfangen sollte«, erzählte Ramirez. Er trug ein ausgebleichtes NYPD-Shirt und hielt ein Glas Wein in einer Hand. »Wir rührten uns nicht, da mustert Garrett uns alle nacheinander und sagt: ›Sch...eibenkleister, ich glaub, ich bin der einzige echte Mann hier.‹ Und dann ist er vorgetreten und hat sich gemeldet.«

Hayley lachte. »Und was ist dann passiert, Javier?«

Javier? Alle nannten Ramirez bei seinem Nachnamen. Wären sie nicht zusammen auf der Polizeiakademie gewesen, hätte Garrett seinen Vornamen vermutlich gar nicht gekannt. Er betrachtete seinen Freund forschend und überlegte, ob er sich an Hayley ranmachen wollte. Er hätte es ihm nicht verübeln können, aber Ramirez hatte Pech, denn Hayley gehörte bereits zu ihm.

»Tja, sagen wir mal so. Getasert zu werden ist kein Beweis für Männlichkeit. Es tut bloß verdammt weh. Aber da

Garrett damit angefangen hatte, wollte sich natürlich keiner mehr drücken. Er ist gut in so was«, fuhr Ramirez fort. »Man kann immer darauf zählen, dass er sich kopfüber als Erster in alles reinstürzt.«

»Interessant«, sagte sie und schaute auf, als hätte sie gespürt, dass er sie beobachtete. »Würdest du sagen, er hat mehr Mut als Verstand?«

»Das auf jeden Fall«, meinte Hoop.

»Hey, das stimmt doch gar nicht.« Garrett betrat das Zimmer.

Hayley hatte die Chips in Schüsseln verteilt und eine Kerze angezündet. So stilvoll hatten sie einen Pokerabend noch nie verbracht. »Seit wann trinkt ihr Wein, Jungs?«

»Seit die Dame ihn angeboten hat«, antwortete Maxwell. »Manche von uns haben eben mehr Verstand …«

Er versetzte seinem Freund einen Schlag auf die Schulter und ging zu Hayley, um sie zu küssen. »Danke, dass du dich um meine Freunde gekümmert hast.«

»Kein Problem. Ich verschwinde dann jetzt mal besser. Es war schön, euch kennenzulernen. Hoop, wir sehen uns am Freitag.«

»Warum siehst du ihn am Freitag?«, hakte Garrett nach.

»Weil wir mit meinen Freundinnen ausgehen werden. Javier und Clay müssen arbeiten«, erklärte sie.

Wie nett. So kurz bekannt, und schon duzten sie sich alle. Verdammt, Eifersucht auf seine Freunde stieg in ihm auf, ausgerechnet auf die Jungs, die ihm den Rücken freihielten und die er besser kannte als seinen Bruder. Er musste dieses Gefühl abschütteln. »Prima«, sagte er. »Hey, gebt doch schon mal die Karten aus, während ich Hayley zur Tür bringe.«

Er begleitete sie in den Flur. »Warum gehen wir am Freitag aus?«

»Weil wir noch kein echtes Date hatten und Iona und Cici mich darum gebeten haben, mal wieder was gemeinsam zu unternehmen«, entgegnete sie.

»Und?«

»Ich will wissen, wie es mit uns in einer normalen Dating-Umgebung läuft. Feststellen, wie wir uns verhalten werden«, sagte sie.

»Verständlich.«

Er brachte sie und Lucy nach Hause, holte sich den Kuss, nach dem er sich schon den ganzen Abend gesehnt hatte, und ging wieder zurück. Die Jungs zogen ihn wegen seiner neuen Freundin natürlich auf, und er witzelte mit ihnen und tat so, als wäre es nichts Ernstes. Insgeheim wusste er jedoch, dass Hayley mehr als nur eine Freundin für ihn war. Irgendwie war sie für ihn zum Maßstab aller Dinge geworden.

15. Kapitel

Garrett hasste es, Anzug zu tragen, weil Anzüge und Krawatten ihn unwillkürlich an seinen Vater erinnerten und den Druck, sich anpassen zu müssen. Er zog die Krawatte zurecht, als er aus dem Aufzug stieg. Sein Vater wartete in der Halle von Lionel Fairchilds Büro auf ihn. Solange er denken konnte, war Lionel der Anwalt seiner Familie.

Als man ihn damals aus dem Gefängnis entlassen hatte, war Lionel es gewesen, der ihn abgeholt hatte. Er war der beste Freund seines Vaters und wie ein zweiter Vater für Garrett – oder, besser gesagt, der coole Onkel, denn Lionel setzte ihn niemals unter Druck, so wie sein Vater.

»Dad, ich wusste nicht, dass du auch kommst.«

»Ich bin hier nur als Beobachter, weil deine Mutter und ich uns Sorgen um dich machen, Junge.«

Seit Jahren sorgte Alan sich bereits um ihn, auch wenn Garrett nichts tat, was seinen Eltern dazu Anlass hätte geben können. Es war einfach ihre Art.

»Du musst dir keine Sorgen machen, Dad.«

»Gut.« Alan lächelte leicht. »Die Presse kennt jetzt deinen Namen, aber bisher haben sie dich noch nicht mit unserer Familie oder dem Unternehmen in Verbindung gebracht.«

»Was ist, wenn das passiert?«, fragte Garrett. Er wollte nicht, dass seine Familie unter den Folgen dieser Nacht litt. Er war schließlich auch Polizist geworden, damit er nicht mehr in Schwierigkeiten geriet.

Sein Handy meldete sich mit einer Nachricht, und er zog es aus der Tasche. Sie war von Hayley.

Ich hoffe, ich habe gestern keine Grenze überschritten, weil ich deine Freunde eingeladen habe.

»Dad, ich muss mal kurz telefonieren«, sagte er.

»Gut, aber mach nicht zu lange.«

»Nein.«

Er durchquerte den Flur in Richtung Treppe und wählte Hayleys Nummer.

Sie ging sofort ran. »Garrett?«

»Hey. Ich wollte dir zurückschreiben, aber das ist eine Sache, die man aussprechen sollte, nicht schreiben. Ich möchte eine echte Beziehung mit dir. Ich möchte der Mann sein, mit dem du deine Löffelliste abarbeitest. Ich möchte, dass du meine Freunde kennst, und ich will deine Freunde kennenlernen. Aber du musst wissen, dass mein Leben im Moment ein einziges Chaos ist. Wenn ich mich zurückziehe, liegt das nicht an dir …«

»Sag das nicht. Wir beide versuchen, zu schwimmen und den Kopf über Wasser zu halten, aber das ist schwierig. So ist das Leben eben. Mein Dad sagt immer, dieses alltägliche Ringen erinnere ihn daran, dass er am Leben ist. Bis jetzt wusste ich nicht, was er damit meinte. Ich dachte, ich wüsste es, denn es war richtig hart, meinen Laden zu eröffnen. Aber die Sache mit dir ist eine ganz andere Herausforderung, und … ich will nicht kitschig klingen, aber es ist schön mit dir. Mir gefällt es.

Ich ermahne mich immer, nicht zu ungeduldig zu sein, und dann schreibe ich dir doch eine Nachricht oder lade spontan deine Freunde zu einem Treffen mit meinen Freundinnen ein.«

Er wollte, dass sie all das tat. Er wünschte es sich sehr. Allerdings fühlte er sich auch ein wenig in die Ecke gedrängt, nicht so sehr von Hayley, vielmehr von seinem Gewissen. Er hatte das Glück, sich eine wunderbare Beziehung mit ihr aufbauen zu dürfen, doch zwei Männer waren gestorben. Er begriff einfach nicht, warum er überlebt hatte. Es musste doch einen Grund dafür geben.

Jedenfalls sollte es einen geben.

Er lehnte sich an die kalte Wand und richtete den Blick zur Decke. Vielleicht würde diese Zivilklage ihm Klarheit verschaffen und ihm die Möglichkeit bieten, alles wiedergutzumachen und die Schuldgefühle ein für alle Mal zu vertreiben.

»Garrett?«

»Ja?«

»Ich wollte nur wissen, ob du noch dran bist.«

»Bin ich. Aber ich kann jetzt nicht reden. Ich habe einen Termin mit meinem Anwalt.«

»Okay. Ich hoffe, es geht alles gut aus. Lass mich wissen, wenn ich was tun kann.«

»Werde ich.« Er verabschiedete sich und beendete das Gespräch. Fast wünschte er, sie hätte ihm keine Nachricht geschickt. Er musste sich auf die Klage konzentrieren. Einen klaren Kopf behalten und nicht an Hayley denken und daran, dass er in der vergangenen Nacht wieder von ihr geträumt hatte. Leider war es zu spät gewesen, um sie noch anzurufen, nachdem die Jungs gegangen waren.

In Wahrheit hatte er jedoch gezögert, sie anzurufen, weil alle ihn den ganzen Abend über wegen seiner »Freundin« aufgezogen hatten und er sich selbst etwas beweisen wollte.

Ja, dass er ein Idiot war.

Welcher Mann wollte nicht jede verfügbare Minute mit einer Frau wie ihr verbringen?

Er kannte die Antwort, spürte sie tief in seiner verletzten Seele. Obwohl Hayley ihm guttat, erinnerte sie ihn auch daran, wie verletzlich er war. Und an das Gute, das er sich ersehnte, aber nach dem er bisher nie konsequent gesucht hatte.

»Junge?«, rief Alan und öffnete die Tür zur Treppe.

»Ich komme«, antwortete er.

Sein Dad sah so aus wie immer. Ein Mann, der seine Ziele kannte und wusste, was er vom Leben erwartete. Vielleicht wäre es Garrett leichter gefallen, mit seinem Vater auszukommen, wenn er nur ein Mal das Gefühl hätte, dass auch er Fehler machte und auch nur ein Mensch war.

Garrett wusste, dass er selbst nicht unfehlbar war, aber sein Vater schien fast übermenschlich perfekt zu sein.

»Lionel fragt, ob du mich bei dem Termin dabeihaben willst«, sagte sein Dad.

Garrett dachte kurz darüber nach und nickte dann. Er brauchte jemanden an seiner Seite, der ihm gute Ratschläge geben konnte. Jemanden, der immer den richtigen Weg einschlug, so wie sein Vater.

»Ja, aber nur, um mich zu beraten. Ich möchte nicht, dass du irgendwelche Entscheidungen für mich triffst, Dad.«

»Ich weiß. Du bist erwachsen. Ich bin nur als moralische Unterstützung hier.« Alan nickte.

Moralische Unterstützung. Der Himmel wusste, dass er

welche nötig hatte, denn sein eigener Moralkodex war reichlich angeschlagen. Er stellte sein Handeln infrage und wusste nicht, ob er das Richtige getan hatte.

Bisher hatte er keine Selbstzweifel gekannt, doch jetzt nagten sie an ihm, und das war alles andere als angenehm. Garrett war es gewohnt, dass er sein Leben nach seinen Regeln lebte. Nun saß er jedoch in einem Lesersessel bei einem Anwalt, mit seinem Vater an seiner Seite.

Plötzlich fühlte er sich wieder wie siebzehn, als hätte er nichts dazugelernt. Der einzige Unterschied bestand lediglich darin, dass er inzwischen wusste, wie viel für ihn auf dem Spiel stand. Nicht nur seine Karriere, sondern auch die Chance auf eine Zukunft mit Hayley.

Diese Vorstellung machte ihm klar, dass er zwar so tun konnte, als wüsste er nicht, was er wollte, aber die Wahrheit war, dass er nur sie wollte. Punkt.

***

Hayley trat in den klaren, kalten Morgen hinaus, schloss die Tür ab und machte sich auf den Weg zur Arbeit. Lucy trippelte neben ihr her, die Nase dicht am Boden. Als sie die Ecke erreichte, blieb Hayley erschrocken vor dem Laden der Familie Kalatkis stehen. Die Schaufensterscheibe war zerbrochen und der Laden verwüstet wie nach einem Überfall.

Sie schrieb Laura eine Nachricht, dass sie sich verspäten würde. Dann hob sie Lucy hoch, damit sie sich nicht an den Scherben verletzte, und ging in den Laden, wo Mrs. Kalatkis damit beschäftigt war, die Überreste der Zerstörung zu beseitigen.

»Mrs. Kalatkis, geht es Ihnen gut?« Hayley setzte Lucy ab.

Mrs. Kalatkis stützte sich auf ihren Besen und schaute zu Hayley. Sie wirkte eher wütend als verängstigt. »Mir geht's gut. Was ich von dem, der hierfür verantwortlich ist, nicht sagen kann, wenn wir ihn erwischen.«

»Was ist passiert?«

»Jemand ist gestern Nacht eingebrochen«, erklärte Mrs. Kalatkis.

»Ja, das habe ich mir schon gedacht«, erwiderte Hayley. »Ich meinte eher, wissen Sie schon Genaueres?« Sie bückte sich, um einige größere Teile der heruntergeworfenen und zerschlagenen Kisten aufzuheben.

»Die Polizei glaubt, dass der Kerl den Laden aus Wut verwüstet hat, nachdem er festgestellt hat, dass die Kasse leer ist.«

»Fehlt etwas?«

»Ein paar Flaschen Schnaps und Zigaretten, sonst nichts.«

Was für ein Wahnsinn! Was trieb die Leute zu solch sinnloser Zerstörung? Kaum schoss ihr der Gedanke durch den Kopf, wurde ihr klar, dass diese Bemerkung von ihrer Mutter hätte stammen können. Vielleicht war sie ihr ähnlicher als gedacht.

»Ich helfe Ihnen beim Aufräumen. Haben Sie schon jemanden angerufen, der das Schaufenster repariert?«

»Ja. Aber die Versicherung sagt, wir müssen warten, bis der Gutachter hier war, um Fotos zu machen. Wir sollen möglichst nichts verändern, daher beseitige ich nur das Gröbste. Aber vielleicht dürfen wir später auf Ihre Hilfe zurückkommen«, sagte Mrs. Kalatkis.

»Gerne. Hier ist meine Handynummer. Schreiben Sie mir einfach, wenn Sie mit dem Aufräumen anfangen können. Dann komme ich vorbei.«

»Danke.« Mrs. Kalatkis steckte die Visitenkarte ein. »Das müssen Sie aber nicht.«

»Ich könnte es mit meinem Gewissen nicht vereinbaren, wenn ich es nicht täte. Sie sind doch wie meine Familie, Mrs. Kalatkis.«

Mrs. Kalatkis stellte den Besen an die Wand und umarmte Hayley. »Ich bin so wütend.«

»Ich auch«, erwiderte Hayley. Sie schaute sich in dem kleinen Laden um, der in ihrer Nachbarschaft fast zur Institution geworden war. Es war mehr als nur ein Ort, wo man Milch und Saft kaufte. Hier fühlte sie sich wie zu Hause, und dieses Gefühl der Geborgenheit hatte sie in der kalten Villa in den Hamptons nie verspürt.

»Ist noch irgendwo eingebrochen worden?«

»Nein. Weder im Chinarestaurant gegenüber noch im Blumenladen. Nur bei uns.«

Diese Mistkerle!

Mr. Kalatkis erschien in der Tür des Hinterzimmers, in Begleitung eines Polizisten, der Hayley vage bekannt vorkam. Vielleicht gehörte er zu Garretts Pokerrunde? Sie konnte sich nicht mehr erinnern.

»Ist das zu glauben, Hayley?«, fragte Mr. Kalatkis.

»Nein, ist es nicht. Ich komme später vorbei, um beim Aufräumen zu helfen. Brauchen Sie etwas?«, fragte sie.

»Danke, nein«, antwortete Mr. Kalatkis.

Hayley nickte und verließ mit Lucy den Laden. Die Gerüche des frühen Morgens lagen in der Luft, und der Gestank nach verrottendem Abfall stieg ihr in die Nase, stärker als sonst, was vermutlich daran lag, dass sie einen Blick hinter die Fassade der Stadt geworfen hatte.

Sie lebte zwar in Manhattan, aber manchmal kam ihr das Viertel vor wie ein Dorf, nur auf ihre Nachbarschaft begrenzt. An diesem Tag hatte die Realität sie eingeholt und ihr bewusst gemacht, dass die Großstadt nie weit entfernt war.

Laura arbeitete bereits geschäftig in der Küche, als Hayley ankam. »Alles in Ordnung?«

»Ja«, antwortete Hayley. »In meiner Straße ist eingebrochen worden, und ich wollte nur kurz nach den Ladenbesitzern sehen.«

»Bei uns im Haus ist im vergangenen Monat eingebrochen worden. Ich schwöre, ich habe danach tagelang kein Auge mehr zugetan. Ich schlafe immer noch mit einem Baseballschläger neben dem Bett.«

»Mir tut der Kerl, der bei dir einbricht, jetzt schon leid«, scherzte Hayley, obwohl ihr nicht nach Lachen zumute war. Sie brachte Lucy ins Büro und kümmerte sich anschließend um die Herstellung des Konfekts, das sie für diesen Tag benötigten.

Kein Wunder, dass Garrett sich zum Cop berufen fühlte und die Straßen sicherer machen wollte. Hayley fragte sich, was er wohl zu dem Überfall im Laden der Familie Kalatkis sagen würde. Sie hätte eine Wette darauf abgeschlossen, dass er sich ähnlich fühlen würde wie sie, als ob man sie selbst angegriffen und ihr einen Schlag in die Magengrube versetzt hätte.

»Was soll ich heute machen?«, rief Laura ihr zu.

»Nur das Übliche. Wir verpacken die Pralinen für den Valentinstag in Sechser- und Zwölfersets in die herzförmigen Schachteln«, sagte Hayley.

Sie verdrängte die Gedanken an Mr. und Mrs. Kalatkis und machte sich an die Arbeit. In der Küche versank sie jedes Mal in ihrer eigenen Welt, so auch jetzt. Sie ging zur Tafel und notierte die Mengen, die benötigt wurden. Die beiden Küchenhilfen kamen später noch; eine sollte die Ganachefüllungen zubereiten, die andere die Pralinenhohlkörper aus verschiedenen Schokoladen.

Sie schrieb auch an die Tafel, welche Pralinen aus dem Wettbewerb sie für den Valentinstag herstellen würden, damit die Angestellten im Verkauf und Café die Kunden darüber informieren konnten.

Danach verließ sie die Küche. In der Tür zum Verkaufsraum blieb sie stehen und ließ den Blick schweifen. Alles war sauber und ordentlich. Die Kühltheke, in der sie die Pralinen nach der Herstellung aufbewahrten, summte leise. Himmel, sie wäre so wütend und verängstigt, wenn jemand hier einbrechen und ihren Laden so verwüsten würde wie den kleinen Lebensmittelmarkt der Familie Kalatkis.

Ihre Hände zitterten leicht, als sie sich die Trittleiter holte und zu der großen Schiefertafel ging, um die Tagesspezialitäten anzuschreiben und die Kunden dazu einzuladen, ihre Ideen und Wünsche für Pralinenfüllungen mitzuteilen.

Sie war stolz auf sich, dass es ihr gelang, so zu tun, als wäre nichts geschehen. Aber ihr war klar, dass der Tod ihrer Mutter nicht der einzige Verlust bleiben würde, den sie in ihrem Leben erleiden musste. Was, wenn die Familie Kalatkis beschloss, aus der Stadt wegzuziehen? Was, wenn jemand ins Candied Apple Café einbrach und sie ihren Laden verlor? Sie setzte sich auf die Trittleiter, weil die Wahrheit, die sie bisher erfolgreich verdrängt hatte, sie nun ansprang wie ein Tiger. Was, wenn sie ihr Herz für Garrett öffnete und er sie verließ?

***

Garrett erhielt eine Nachricht von Clay, in der er ihm mitteilte, dass er in der Nachbarschaft sei und fragte, ob sie zusammen frühstücken wollten.

Garrett stimmte zu und traf seinen Freund an der Ecke. Schockiert stellte er fest, dass Clay einen Einbruch im Laden der Familie Kalatkis aufnahm. Er half, so gut er konnte, aber Mr. und Mrs. Kalatkis warteten noch auf den Gutachter, weshalb nichts angefasst werden durfte.

»Haben Sie ein Sicherheitssystem?«, fragte Garrett, während Clay telefonierte.

»Nein. Bisher haben wir keins gebraucht«, meinte Mr. Kalatkis.

»Jetzt schon«, empfahl Garrett. In den vergangenen Wochen hatte er im Internet verschiedene Alarmanlagensysteme recherchiert, für den Fall, dass er das Angebot seines Vaters, als Sicherheitschef im Familienunternehmen zu arbeiten, annehmen musste. »Ich besorge, was Sie brauchen, und installiere es.«

»Danke. Dieser Morgen war hart, aber wir hatten dadurch auch Gelegenheit zu erfahren, wie freundlich unsere Nachbarn sind. Hayley und die Jeffersons waren auch schon hier. Und alle wollen uns helfen. Das bedeutet uns sehr viel.«

»Sie bedeuten hier auch allen viel«, entgegnete Garrett. Es überraschte ihn nicht, dass auch andere Nachbarn ihre Hilfe angeboten hatten. Dieser kleine Laden war das Herz ihres Viertels. Kinder kauften hier ihre Süßigkeiten, und die Mütter kamen nach dem Spaziergang im Park mit ihren Kindern vorbei, um ihnen ein Eis zu kaufen und kurz zu plaudern.

»Ja, das scheint so. Welche Sicherheitsvorkehrungen schlagen Sie vor? Tony wollte eine Waffe besorgen, aber …«

»Ganz bestimmt nicht«, sagte Garrett. »Die brauchen Sie nicht. Ich werde eine Alarmanlage mit Kameras installieren und Bewegungsmelder. Ein Sicherheitsgitter fürs Schaufenster wäre sicher auch ratsam.«

»Gitter? Das wird Angela nicht gefallen«, erwiderte Mr. Kalatkis.

»Mag sein. Aber es ist gut zur Abschreckung«, erklärte Garrett.

»Ich denke darüber nach. Glauben Sie, der Einbrecher kommt noch mal zurück? Jetzt weiß der Kerl ja eigentlich, dass wir kein Geld in der Kasse lassen.«

Garrett war sich nicht sicher, was er antworten sollte. Er wusste nicht, was die Motivation für diesen Einbruch war. Er würde Clay nach der Verbrechensrate im Viertel aushorchen und versuchen, es herauszufinden. »Wer weiß? Aber warum das Risiko eingehen?«

»Das stimmt«, bestätigte Mr. Kalatkis. Der Gutachter betrat den Laden, und Garrett verabschiedete sich mit Clay, um zu frühstücken.

Er wäre gern geblieben, um Mr. und Mrs. Kalatkis zu helfen, aber er musste arbeiten. »Glaubst du, dass der Einbruch eine Spontantat war, Clay?«

»Scheint so. Ich hab gehört, dass du Kameras installieren willst. Das wird eine Hilfe sein. Wir wissen nicht, warum der Dieb sich diesen Laden ausgesucht hat, und wir haben kaum verwertbare Spuren gefunden.«

»Ich vermute, der Täter wohnt hier ganz in der Nähe.«

»Kann sein. Es gab keine anderen Einbrüche im Viertel. Könnte es ein Teenager gewesen sein, dem sie keinen Alkohol verkaufen wollten?«, fragte Clay.

»Ich werde heute Abend noch mal bei ihnen vorbeischauen und nachfragen. Glaubst du, es war jemand, den sie kennen?« Garrett nahm den letzten Bissen seines Frühstücks-Burritos. Er bestellte noch zwei zum Mitnehmen und zwei Kaffee.

»Möglich wär's. Aber seien wir mal ehrlich, im Moment könnte es jeder sein.«

Clay verabschiedete sich, als die Bestellung kam. Garrett nahm sich die Zeit, zum Laden zurückzugehen und Mr. und Mrs. Kalatkis die Burritos und den Kaffee zu geben. Sie bedankten sich überschwänglich dafür, da der Gutachter einen Stapel Formulare mitgebracht hatte, den es auszufüllen galt, was eine Weile dauern konnte, und sie konnten eine Stärkung gebrauchen.

Als er auf dem Revier ankam, rief der Captain ihn in sein Büro. »Die Zivilklage wurde offenbar fallen gelassen. Sie können also weiter in der Abteilung für ungelöste Fälle arbeiten. Was sagt der Arzt? Haben Sie schon einen Termin für die Gesundheitsprüfung in Aussicht, damit wir wissen, wann wir Sie wieder für den Außendienst einplanen können?«

Dass die Zivilklage vom Tisch war, klang nach einer guten Nachricht. Garrett fragte sich allerdings, warum Lionel ihn nicht angerufen hatte. »Wann haben Sie das mit der Klage erfahren?«, fragte er.

»Vor zehn Minuten. Wissen Sie denn nicht, was passiert ist?«

»Nein, was denn?«

»Offenbar gab es eine außergerichtliche Einigung.«

Das gefiel Garrett gar nicht. »Mit wem?«

»Das weiß ich nicht. Ich dachte, Sie wüssten Bescheid.«

Verdammt.

Er hatte eine Ahnung, aber die gefiel ihm noch weniger. »Mein linkes Bein ist immer noch nicht ganz fit. Ich denke aber, dass ich in drei Wochen die Gesundheitsprüfung ablegen kann.«

Garrett verließ das Büro des Captains und ging in den Keller, wo die Abteilung für ungelöste Fälle untergebracht war. Sein »Partner«, Ern, war fünfundfünfzig und hatte vier Kinder und sechs Enkel. Er war jedoch nicht an seinem Platz, als Garrett den Raum betrat. Er wählte die Nummer seines Anwalts und wurde nach ein paar Minuten durchgestellt.

»Garrett, prima! Ich wollte dich auch gerade anrufen. Ich bin sicher, du hast schon gehört, dass Pacos Familie mit der Abfindung einverstanden ist, die ich aushandeln konnte, nachdem mir dein Vater die Erlaubnis dazu gegeben hat.«

»Ich dachte, das wäre als letzter Ausweg gedacht gewesen, Lionel«, sagte Garrett.

»Ja, schon. Aber sobald die Presse Wind von der Verbindung zu deiner Familie bekommen hatte, wollte dein Vater unbedingt, dass wir ein Angebot machen, damit ihr so schnell wie möglich aus den Schlagzeilen verschwindet. Bist du immer noch damit einverstanden?«

»Ja, aber ich hätte die Nachricht lieber von dir erfahren statt von meinem Chef«, erwiderte Garrett. Tatsächlich war er überhaupt nicht damit einverstanden. Es ging ihm total gegen den Strich, Verantwortung für Pacos Tod zu übernehmen, wenn er doch … Aber hatte er wirklich das Recht gehabt, ihn zu töten, auch wenn es Notwehr gewesen war? Seit Wochen quälte ihn diese Frage, und er war sich immer noch nicht sicher, ob er richtig gehandelt hatte.

Das hieß jedoch noch lange nicht, dass er Pacos Familie ausbezahlen wollte.

»Ich hab versucht, dich anzurufen, aber ich habe dich nicht erreicht«, erklärte Lionel. »Und danach musste ich in eine Besprechung. Ich bereite eine Pressemeldung vor, und damit ist die Sache hoffentlich vom Tisch, und es wächst Gras drüber.«

»Gut.«

»Ich halte das für die beste Lösung.«

Natürlich tat er das. Lionel und der Anwalt von Pacos Familie würden eine nette Provision kassieren, die sich nach der Abfindungssumme bemaß, die sein Vater angeboten hatte. Es würde zu keinem Skandal kommen, mit dem sein Vater in Verbindung gebracht werden konnte. Garrett konnte mit dem Vorfall abschließen. Er war sich sicher, dass sein Vater glaubte, er hätte alle Probleme gelöst.

Aber das stimmte nicht. Das war nur wieder ein weiterer Beweis dafür, dass sein Vater keine Ahnung hatte, was in ihm vorging.

Er war versucht, ihn anzurufen, stattdessen wählte er Hayleys Nummer.

Sie meldete sich nach dem zweiten Klingeln. »Hallo. Was für ein verrückter Morgen. Hast du von dem Einbruch im Laden von Mr. und Mrs. Kalatkis gehört?«

Ihre Stimme besänftigte die Wut, die in ihm brodelte. Er plauderte mit ihr über Mr. und Mrs. Kalatkis und tat so, als hätte sich nichts geändert, aber insgeheim wusste er, dass er seine Familie nicht ewig ignorieren konnte. Er musste seinen Vater zur Rede stellen und sich auch Gedanken über seine Zukunft machen.

Hayley hatte nicht viel Zeit, und als Garrett auflegte, merkte er, dass sie ihm wieder einmal das gegeben hatte, was er so nötig brauchte. Sie war Balsam für seine Seele. Doch er war sich nicht sicher, ob er sich so abhängig von ihr machen sollte.

16. Kapitel

Pete nahm Garretts Anrufe nicht an, was bedeutete, dass er über die Einmischung ihres Vaters Bescheid wusste. Nach der Arbeit hatte Garrett also die Wahl: Entweder er stellte seine Eltern zur Rede, oder er half der Familie Kalatkis im Laden. Hayley schickte ihm eine Nachricht, dass sie nach dem Abendessen dorthin wollte, und er schrieb ihr, dass er nachkommen würde.

Es lag nicht in seiner Natur, einer Konfrontation aus dem Weg zu gehen. Vor allem keiner, die längst überfällig war. Daher nahm er sich ein Taxi nach Brooklyn. Es herrschte viel Verkehr, und er kam in ziemlich gereizter Stimmung bei seinen Eltern an. Kurz entschlossen spazierte er zum Ende des Blocks und setzte sich auf eine der Bänke, die den Park überblickten.

Er musste sich erst einmal beruhigen, um einen kühlen Kopf zu bewahren. Sein Training als Polizist kam ihm dabei zu Hilfe. Schließlich schlenderte er zum Haus zurück, in dem er und Pete aufgewachsen waren, und klingelte. Butch, der Beagle seiner Eltern, bellte, als das Läuten durchs Haus schallte, gleich darauf öffnete sich die Tür.

Seine Mutter stand vor ihm und wischte sich die Hände an einem Geschirrtuch ab. »Garrett, Liebling, ich wusste gar nicht, dass du uns besuchen wolltest.«

Er gab seiner Mutter einen Kuss und trat ein, wobei er die

Tür hinter sich schloss. »Ich glaube, Dad erwartet mich bereits.«

»Ich war mir nicht sicher, ob du vorbeikommen würdest«, sagte sein Vater vom Ende des Flurs. »Ich bin auch gerade erst nach Hause gekommen.«

»Wir müssen reden«, meinte Garrett.

»Ich hab deinem Dad gerade einen Martini gemacht. Willst du auch einen?«, fragte seine Mutter.

Er schüttelte den Kopf. »Nein, danke.«

»Lass uns ins Arbeitszimmer gehen«, sagte sein Vater.

»Alan, was ist los?«, fragte seine Mutter.

»Dad hat die Familie Rivera ausbezahlt. Er hat sich in meiner Zivilklage außergerichtlich geeinigt, ohne vorher zu fragen, ob ich damit einverstanden bin«, erklärte Garrett. Er vermutete, dass auch seine Mutter darüber nicht informiert war.

»Alan, wie konntest du das tun? Wir haben doch gesagt …«

»Mir blieb keine andere Wahl. Du warst doch auch der Meinung, dass wir alles in unserer Macht Stehende tun sollten, damit Garrett wieder gesund wird und nach vorne schauen kann. Das konnte er nicht, solange diese Sache wie ein Damoklesschwert über ihm hing.«

»Ich lasse euch allein, damit ihr das bereden könnt. Bleibst du zum Abendessen, Garrett?«

»Nein, Mom. Es tut mir leid, aber ich hab noch was vor.«

Sie nickte, bevor sie das Zimmer verließ. Sein Vater schwieg. Wortlos steuerte er das Arbeitszimmer an. Bücherregale reichten bis zur Decke, und ein schwerer Perserteppich bedeckte den Boden. Der Schreibtisch neben dem Fenster hatte schon vor Garretts Geburt dort gestanden. Er und Pete hatten ihre

Namen in einem Sommer vor langer Zeit auf der Unterseite der Tischplatte ins Holz geritzt, als es mehrere Tage geregnet hatte und sie nicht nach draußen konnten.

Er setzte sich in einen der Ledersessel. Sein verletztes Bein schmerzte, doch er wollte sich nichts anmerken lassen. Er hatte eine privilegierte Kindheit gehabt und führte auch jetzt ein privilegiertes Leben. Das wusste er, doch der sehnliche Wunsch, dass sein Vater seine Entscheidungen akzeptierte und respektierte, würde wohl niemals in Erfüllung gehen.

»Ich hatte dich gebeten, dich nicht einzumischen«, sagte Garrett. »Als du vorgeschlagen hast, dass ich mich mit deinem Anwalt beraten könnte, habe ich dein Angebot nur angenommen, weil Lionel mich gut kennt und weiß, was mir wichtig ist.«

Sein Vater stand hinter dem Schreibtisch, den Blick aus dem Fenster gerichtet, doch Garrett wusste, dass er auch ihn im Blick hatte.

»Ich weiß, und ich wollte mich auch raushalten, aber als ich feststellen musste, dass die Presse die Verbindung zu unserer Familie und unserem Unternehmen hergestellt hatte, blieb mir keine andere Wahl.«

Das konnte Garrett nachvollziehen. »Ich hätte nicht zugelassen, dass die Firma in diese Sache mit reingezogen wird. Ich weiß, wie wichtig dir das ist …«

»Das Unternehmen ist mir nicht so wichtig wie du«, unterbrach sein Vater. »Die Riveras haben erfahren, dass du nicht nur Cop bist, sondern auch mein Sohn. Deshalb haben sie bei Lionel angerufen und eine höhere Abfindungssumme verlangt und ihm gleichzeitig mitgeteilt, dass sie sich einen anderen Anwalt besorgt haben. Er hatte immer noch ihr ursprüngliches Angebot auf dem Tisch, das erst um Mitternacht ablief. Lionel hat zuerst versucht, dich anzurufen, aber er hat dich nicht erreicht. Erst danach hat er sich bei mir gemeldet. Eine Einigung, bevor der neue Anwalt übernahm, war die einzige Möglichkeit, um die Entschädigungssumme im Rahmen zu halten.«

Garrett lehnte sich zurück. Dagegen konnte er kaum etwas einwenden. Sein Vater hatte nur sein Bestes im Sinn gehabt. »Ich finde das nicht okay.«

»Ich weiß, mir ist es auch zuwider. Wenn du tatsächlich so ein fahrlässiger Polizist und Frauenheld wärst, wie es in der Klageschrift heißt, wäre ich auch sicher nicht für dich eingetreten. Aber du bist einer der ehrenhaftesten Männer, die ich kenne, Junge. Ich konnte nicht zulassen, dass diese Sache sich noch weiter hinzieht und dass sie in ihrer Gier deinen Namen und guten Ruf beschmutzen.«

Er glaubte auch, dass die Familie Rivera alles darangesetzt hätte, um zu beweisen, dass er ein schlechter Cop war und Paco aus Heimtücke erschossen hatte. Und sein Vater hatte, wie immer, alle Hebel in Bewegung gesetzt, um seine Familie zu schützen.

»Ich glaube, ich sollte mich bei dir bedanken«, meinte Garrett.

»Das könntest du. Aber ich an deiner Stelle wäre auch wütend. Lionel hat mich nur angerufen, weil er dachte, das ginge in Ordnung, da ich auch bei der letzten Besprechung dabei war. Sonst …«

»Sonst hätte ich es jetzt mit einem Spitzenanwalt zu tun, der vor einer Schlammschlacht nicht zurückschreckt, richtig?«

»Ja«, antwortete sein Vater.

»In dem Fall danke.« Garrett beugte sich vor und fuhr sich mit den Händen durch die Haare. Er war es so leid, immer wieder mit den Folgen dieses Vorfalls konfrontiert zu werden. »Eine Nacht sollte nicht so viel ändern.«

»Nein, aber oftmals braucht es nur eine Kleinigkeit.«

Er betrachtete seinen Dad. Gewöhnlich sah er ihn nur als Vater, doch nun schwang etwas in seinem Ton, das ihn aufhorchen ließ.

»Ist dir auch mal so etwas Einschneidendes passiert?« Bisher hatte Garrett sich nie gefragt, wie seine Eltern zusammengekommen waren. Natürlich kannte er die Geschichten über das Debattierteam am College, in dem sie sich begegnet waren, aber viel mehr wusste er nicht. Wer wollte schon bis ins Detail erfahren, wie sich seine Eltern verliebt hatten? Er jedenfalls nicht. Bis jetzt.

»Ja, an dem Abend, als ich deiner Mutter zum ersten Mal begegnet bin«, sagte er. »Ich wusste damals sofort, dass ich die Frau gefunden habe, mit der ich den Rest meines Lebens verbringen will.«

»Woher wusstest du das, Dad?«, fragte er. »Wie konntest du dir so sicher sein?«

Sein Vater drehte sich wieder zum Fenster und schaute in den kleinen Garten. Sein Schweigen hielt so lange an, dass Garrett sich schon wunderte, ob er überhaupt antworten würde. Schließlich wandte Alan sich ihm wieder zu. »Ich war mir gar nicht sicher. Ich wusste bloß, dass ich den Gedanken an ein Leben ohne sie nicht ertragen konnte.«

An diese Worte erinnerte Garrett sich später, als er Hayley beobachtete, wie sie mit Mrs. Kalatkis lachend den Laden fegte. Sie machte ihm jede Kleinigkeit so bewusst. Er war sich jedoch unsicher, ob seine Gefühle für sie zur dauerhaften »Ich will mein Leben mit dir verbringen«-Sorte gehörten oder ob es nicht doch nur Lust war.

***

Hayley spürte, dass irgendetwas passiert sein musste, denn Garrett ging auf Abstand, während sie Mr. und Mrs. Kalatkis beim Aufräumen im Laden halfen. Das Schaufenster war inzwischen durch ein neues ersetzt worden, und Gitter waren davor angebracht, auch wenn Mrs. Kalatkis Einwände dagegen erhoben hatte.

Hayley hatte Pralinen mitgebracht und ein paar Kekse, die sie nach der Arbeit gebacken hatte, während sie auf Garrett wartete. Sie hatte gehofft, dass sie gemeinsam zu Abend essen würden, bevor sie zum Laden gingen. Aber er war nicht aufgetaucht. Und auch jetzt schien er sie zu meiden. Sie war schon oft genug abserviert worden, um zu wissen, wie sich das anfühlte. Versuchte auch er, ihr unauffällig einen Korb zu geben, oder lag es nur an dieser Zivilklage, die ihm Sorgen bereitete?

Sie war sich nicht sicher, was mit ihm los war. Aber sie wollte auch nicht so tun, als wäre nichts.

Sie waren kein Paar, darüber war sie sich im Klaren, denn sie hatten bisher kein einziges Date gehabt. Gut, sie hatten miteinander geschlafen und sich persönliche Details aus ihrem Leben erzählt, aber sie waren nie gemeinsam ausgegangen.

Spielte das überhaupt eine Rolle? War es nicht einfacher, sich einem Fremden anzuvertrauen, weil er genau das war – ein Fremder?

Sie war mit vielen Männern ausgegangen, die selbst nach Monaten trotz Einladungen zu Basketballspielen, Konzerten und teuren Abendessen Fremde geblieben waren. Ein Date war vielleicht nicht unbedingt die beste Methode, um jemanden wirklich kennenzulernen.

Allerdings versetzte es ihr auch einen Stich, dass Garrett sie ausschloss. Sie spielten ein seltsames Spiel, bei dem sie abwechselnd einen Schritt nach vorn machten und sich dann wieder zurückzogen, und Hayley wollte keine Spielchen mehr spielen.

Sie hatte sich verändert, aber falls das bei ihm anders war, musste sie es wissen, bevor sie sich weiter auf ihn einließ.

Die Handwerker waren fast fertig mit dem Anbringen der neuen Türen und Schlösser im Laden von Mr. und Mrs. Kalatkis, und Hayley hatte das Gefühl, dass sie alles Nötige getan hatte, um den beiden zu helfen. Mr. und Mrs. Kalatkis wollten sich ein paar Tage freinehmen, während Garrett ein neues Alarmsystem installierte. Ihre Kinder hatten auf einer Auszeit bestanden. Außerdem würde es eine Weile dauern, den Laden wieder auf Vordermann zu bringen und neue Ware aufzufüllen. In zwei Wochen war jedoch eine große Wiedereröffnungsfeier geplant.

Garrett redete mit dem Polizisten, der den Einbruch aufgenommen hatte. Bald darauf verabschiedete er sich, und Garrett war allein.

»Bringst du mich nach Hause?«, fragte sie.

»Ich glaube, es lauern keine großen Gefahren dort draußen«, erwiderte er.

Die wahre Gefahr bestand tatsächlich darin, dass er ihr viel zu wichtig geworden war. Und dass er sich immer noch nicht im Klaren war, was er vom Leben wollte, und sie immer wieder von sich stieß.

»Gut.« Sie hatte sich bereits von allen verabschiedet, daher wandte sie sich einfach um und verließ den Laden. Im Laufen knöpfte sie sich die Jacke zu. Es schneite wieder, und sie tat so, als ob sie sich darüber freute, während sie nach Hause lief.

Warum gab sie sich überhaupt noch mit Männern ab? Dann jedoch erinnerte sie sich daran, wie gut Garrett in dieser ausgeblichenen, engen Jeans aussah, und stöhnte auf.

»Hayley!«

Sie blieb nicht stehen und drehte sich auch nicht um. Er sollte sich bloß nicht einbilden, dass er sich wie ein Vollpfosten benehmen und erwarten konnte, dass sie alles brav schluckte. Vielleicht tat er aber genau das. Besser, sie fand es heraus, bevor sie sich noch tiefer in ihre Gefühle verstrickte. Im Moment war er nur ein Mann, den sie mochte. Ein Mann, mit dem sie geschlafen hatte. Kein Mann, den sie liebte.

Lügnerin.

»Verdammt, Hayley.« Garrett hatte sie eingeholt und legte ihr eine Hand auf die Schulter, um sie zum Stehenbleiben zu zwingen.

Sie schüttelte seine Hand ab und machte einen Schritt zurück. Den Blick auf die Straßenlampe gerichtet, sah sie zu, wie die Schneeflocken im Licht tanzten. »Selber verdammt, Garrett. Ich weiß nicht, was mit dir los ist, aber so grob lasse ich nicht mit mir umspringen …«

»Es tut mir leid.«

»Was?«

»Du hast mich gehört. Ich hatte heute keinen guten Tag. Ich mache mir Sorgen wegen Mr. und Mrs. Kalatkis, und ich weiß nicht, was ich von meinen Gefühlen für dich halten soll«, erklärte er.

»Das ist aber eine ziemlich bunte Mischung«, sagte sie. Es klang fast so, als hätte er all diese Dinge nur aufgezählt, um nicht zugeben zu müssen, was ihn wirklich beschäftigte. Ihr Timing ließ echt zu wünschen übrig.

Er seufzte. »Ich weiß. Möchtest du mit reinkommen? Ich mach dir einen Drink, und dann reden wir.«

»Okay, aber lass uns zu mir gehen.« Er hatte nie etwas im Haus, außer irgendwelche Reste und Bier.

»Einverstanden«, sagte er.

Schweigend gingen sie weiter. Vor ihrem Haus zog er sie rasch zur Seite, damit sie nicht von einem Schneeball der Jefferson-Zwillinge getroffen wurde.

Die beiden Sechsjährigen bewarfen sich gegenseitig. »Entschuldigung, Miss Dunham!«, rief Andy. »Haben wir Sie erwischt?«

»Nein, habt ihr nicht«, erwiderte sie lächelnd. Kinder. Sie wollte irgendwann auch mal eigene, warum verschwendete sie also ihre Zeit mit einem Mann wie Garrett? »Viel Spaß noch, Jungs.«

Sie stieg die Treppe hinauf und schloss auf. Der Schnee lag überall zentimeterhoch, und sie hörte das Lachen der spielenden Jungs.

»Das weckt ein paar schöne Erinnerungen«, meinte Garrett.

»Ach ja? Ich hab das noch nie gemacht«, gab sie zu. Womöglich hatten ein paar ihrer Freunde sich Schneeballschlachten geliefert. Sie war jedoch nie dabei gewesen. Sie war mit ihnen Schlitten gefahren, hatte Schnee-Engel gemacht, aber Schneebälle … Damit wäre ihre Mutter niemals einverstanden gewesen.

»Niemals?«, fragte er.

»Nein.«

»Als Kinder haben Pete und ich uns jedes Mal Wettkämpfe geliefert, wer sich zuerst hinausschleichen und den anderen mit einem Schneeball überraschen kann«, erzählte Garrett. Ein seltenes, freudiges Schmunzeln schwang in seiner Stimme. Garrett hatte offenbar eine schöne Kindheit gehabt. Er hatte Glück. Sie war zwar kein armes reiches Mädchen, aber sie konnte spüren, dass er froh war, einen Bruder zu haben.

»Das war sicher lustig. Ich bin Einzelkind, daher gab es so was bei mir nie«, sagte sie. »Mom hat mir verboten, mit Schnee zu werfen, und Dad war nie da.«

»Sollen wir eine Schneeballschlacht machen?« Er wackelte mit den Augenbrauen.

Sie überlegte. Das wäre eine völlig neue Erfahrung für sie. Etwas, das ihre Mutter nicht gutgeheißen hätte. Warum hatte sie es eigentlich noch nie ausprobiert? »Ja, aber lass uns in den Garten gehen.«

»Ganz wie du willst.«

Hayley öffnete die Tür und legte Tasche und Schlüssel auf den Tisch. Lucy kam angeflitzt, und sie nahm den kleinen Hund auf den Arm. Auf dem Weg durch die Küche prüfte sie, ob noch genug Wasser und Futter in den Näpfen war.

»Gibt es irgendwelche Regeln, die ich kennen sollte?« Sie setzte Lucy wieder ab, um die Terrassentür zu öffnen.

Die Dackeldame trottete hinaus und kam sofort wieder rein. Misstrauisch betrachtete sie den Schnee, der ihr bis zum Bauch reichte.

»Das Gesicht ist tabu«, entgegnete Garrett. »Sonst ist alles erlaubt.«

»Klingt gut«, meinte sie.

»Das ist dein Bereich und das dort drüben meiner. Da das für dich neu ist, gebe ich dir ein paar Minuten Zeit, um ein paar Schneebälle zu formen.«

Lucy folgte ihnen nach draußen. Wie ein Storch stolzierte sie umher, während Hayley eine Handvoll Schnee zusammendrückte und das Gefühl hatte, dass ihr die Finger abfroren.

Sie schaute zu Garrett, der auf dem Boden kniete und ebenfalls Schnee zu kleinen Kugeln formte. Sie atmete tief durch und schleuderte ihre Kugel in seine Richtung. Sie traf ihn an der Schulter.

Überrascht schaute er auf. »Dann geht's jetzt wohl los.«

Er bewarf sie mit einem Schneeball, und sie drehte sich gerade noch rechtzeitig um, sodass der Schnee sie am Rücken traf. In den nächsten fünfzehn Minuten tobten sie sich aus, und Hayleys gereizte Stimmung verflog. Auch Garrett schien sich zu entspannen. Sie schlich sich an ihn heran, eine Hand auf dem Rücken.

»Frieden?«

»Klar«, sagte er und ließ seinen letzten Schneeball fallen.

Grinsend drückte sie ihm den Schnee in ihrer Hand in den Nacken, bevor er reagieren konnte. Er schrie auf und packte sie, als sie weglaufen wollte.

Sie verloren beide das Gleichgewicht und stürzten. Garrett drehte sich im Fallen so mit ihr, dass er unten lag. Und ihr wurde klar, dass er das immer so machte. Bei jedem Sturz, den sie gemeinsam bisher hingelegt hatten, hatte er immer darauf geachtet, dass sie nicht verletzt wurde.

***

Die Schneeballschlacht täuschte darüber hinweg, dass Garrett und Hayley Probleme hatten und dass er ihr erst hatte hinterherlaufen müssen, um mit ihr zu reden. Die Wahrheit war jedoch, dass das Problem bei ihm lag. Er mochte sie, aber seine Abhängigkeit von ihr wuchs von Tag zu Tag. Ihr hatte sein erster Gedanke gegolten, als er erfuhr, dass die Zivilklage fallen gelassen worden war. Nach der Aussprache mit seinem Dad hatte er zuerst mit ihr sprechen wollen. Aber dass er jemanden so sehr brauchte, flößte ihm Angst ein.

Sie legte ihm die Hände auf die Brust und stemmte sich hoch. Dabei presste sich ihr Schoß gegen seinen Schritt, und Garrett stöhnte auf.

Wie konnte er plötzlich so angetörnt sein, wenn er doch im kalten Schnee lag? Sein Körper sollte mal besser seine Prioritäten überdenken. Warm werden sollte an erster Stelle stehen, nicht flachgelegt zu werden.

Aber sie fühlte sich so gut an.

Zum Teufel, sie fühlte sich immer gut an.

Und deshalb lag er hier bei ihr im Schnee, auch wenn ihm der gesunde Menschenverstand zu etwas anderem riet.

»Du hast mich wütend gemacht«, sagte sie.

»Ich weiß.«

»Warum hast du dich so verhalten?«, fragte sie.

»Kann ich dir das drinnen erzählen?«

»Vielleicht.«

Lucy bemerkte, dass sie sich auf Dackelhöhe befanden. Sie lief zu ihnen, stellte sich auf die Hinterbeine und schaute sie erwartungsvoll an.

»Was, glaubst du, will sie?«, fragte Hayley.

»Keine Ahnung. Aber da sie weiblich ist, ist es nicht verwunderlich, dass ich im Dunkeln tappe.«

Hayley blickte ihn schweigend an, und er wusste, dass er sie wieder einmal enttäuscht hatte. Es entsprach jedoch der Wahrheit, dass er nur raten konnte, was sie sich wünschte, und eben nur für begrenzte Zeit so tun konnte, als wüsste er es.

Bevor ihr auffiel, dass er nur so tat.

»Wirklich?«

»Ja.« Er umfasste ihre Hüften mit beiden Händen und hielt sie fest, als er sich aufsetzte. Sie schlang die Beine um ihn, und er genoss das Gefühl, sie so nah an sich zu spüren.

Verdammt.

»Ich würde mich gern cool geben und so tun, als ob ich verstünde, was dich so wütend gemacht hat, aber mir geht gerade so viel durch den Kopf, und ich wollte nur ein paar Minuten mit dir Spaß haben, denn aus irgendeinem Grund brauche ich dich …«

Sie schlang die Arme um ihn und bettete den Kopf an seine Schulter. »Das ist schlimm, nicht? Ich bin sauer, weil mir deine Bemerkung so wehgetan hat. Ich war wie verrückt glücklich und bin auf Wolke sieben geschwebt, und dann kommst du daher und lässt meine Seifenblase mit einem Mal zerplatzen.«

Er wusste nicht, was »verrückt glücklich« für sie bedeutete, aber es beschrieb ziemlich gut auch seine Gefühle. Dass es ihm unerklärlich war, warum er sie so gern in seinem Leben haben wollte, aber es sich trotzdem richtig anfühlte. Vielleicht jagte genau das ihm Angst ein.

Lucy wurde es leid zu warten, und sie legte ihm eine Pfote auf die Brust. Garrett hob den kleinen Hund hoch zwischen sie. Lucy drehte sich im Kreis und versuchte, eine bequeme Position zu finden, was Hayley zum Lachen brachte.

»Wenn wir nur auch so leicht zufriedenzustellen wären«, sagte sie. Eine Hand auf seine Schulter gestützt, stand sie auf, dann nahm sie Lucy auf einen Arm und streckte den anderen nach ihm aus.

»Wohl wahr.« Er ergriff ihre Hand und ließ sich von ihr hochziehen. Ihm war kalt und seine Jeans pitschnass.

»Wir hatten bis jetzt kein Date«, sagte sie, als sie das Haus betraten.

»Okay.«

»Tut mir leid. Ich hab überlegt … Warum duschen wir nicht, ziehen uns um, und dann treffen wir uns hier wieder zu einem Picknick vor meinem Kamin?«

»Als Date?«

»Ja. Ich lade dich dazu ein. Du hast gesagt, dass du noch nicht bereit bist, dich von mir zu verabschieden.«

»Das bin ich auch immer noch nicht«, gab er zu. »Okay. In einer halben Stunde?«

»Prima«, sagte sie.

Er lief schnell zu sich rüber. Sein Haus kam ihm plötzlich anders vor. Er duschte, zog sich an und holte eine Flasche Wein. Dabei fiel ihm auf, dass nicht sein Haus, sondern er sich verändert hatte.

Er hatte bisher ein erfülltes Leben geführt, doch durch seine Verletzung und diese alles verändernde Nacht hatte er das vergessen.

Er hatte sich allein auf das konzentriert, was ihm verwehrt blieb oder verloren gegangen war, und so konnte man nicht leben.

Hayley hatte seine Einstellung verändert. Mit ihrem unschuldigen Lächeln und ihrem verführerischen Körper hatte sie ihm klargemacht, dass er das Leben an sich vorbeirauschen ließ.

Das war ihr Verdienst.

Er hatte gesagt, dass er nicht bereit war, sich von ihr zu verabschieden. Das war er auch nicht, denn er wollte mit ihr zusammen sein. Er wollte, dass sie noch einen größeren Platz in seinem Leben einnahm. Aber konnte er das auch wagen?

Der Alltag eines Cops konnte recht gefährlich sein. Hectors Tod hatte dies schließlich mal wieder bewiesen. Zwar befand er sich jetzt sozusagen nicht mehr in der Schusslinie, da er am Schreibtisch ungelöste Fälle bearbeitete, aber diese Arbeit war nicht sein Ding.

Er wollte wieder in den Außendienst zurückkehren, sobald seine Gesundheit es zuließ. Sein Leben auf der Straße riskieren, um für Sicherheit zu sorgen. Auch wenn er nicht wusste, ob man dies einer Frau überhaupt zumuten konnte.

Aber war seine Zeit mit Hayley vielleicht nur eine andere Art von Schwebezustand? Eine Atempause, um sich vorzumachen, dass er sich eine neue Zukunft aufbaute, auch wenn diese nicht seinen wahren Wünschen entsprach?

Er stellte den Wein ab und lehnte sich gegen den Küchentresen. Er wollte eine einfache Antwort. Er wünschte, er könnte mit Hayley schlafen, ohne sich Gedanken über die Zukunft zu machen, aber seine Gefühle für sie waren nicht so oberflächlich. Sie gingen tiefer.

Er wollte immer noch Polizist sein, und dass Hayley in seine Überlegungen hineinspielte, bereitete ihm Sorgen. Die Bemerkung seines Vaters kam ihm in den Sinn. Sein Dad hatte behauptet, er hätte sofort gewusst, dass er den Rest seines Lebens mit seiner Mutter verbringen wollte, und Garrett fragte sich, ob er es riskieren konnte, dieselbe Entscheidung zu treffen wie er.

Andere Polizisten hatten auch Familie. Nun aber hatte er ein kaputtes Bein, und nur Gott allein wusste, ob er je wieder hundertprozentig fit sein würde. War es fair, die Beziehung mit Hayley zu vertiefen, bevor er sich seine eigene Schwäche eingestehen konnte?

17. Kapitel

In Hayleys Kamin flackerte ein Feuer. Es in Gang zu bringen war keine große Sache gewesen, da es sich um einen Elektrokamin handelte und man die Flammen einfach einschalten konnte. Dadurch wurde es zwar kaum wärmer im Raum, aber es sorgte für eine gemütliche Atmosphäre.

Sie hatte den Sofatisch umgestellt und die Picknickdecke aus dem Schrank geholt. Die breitete sie nun auf dem Boden aus, und Lucy, die ihr auf Schritt und Tritt hinterhertrippelte, rollte sich sofort darauf zusammen, was Hayley ein Lächeln entlockte.

Sie schaltete ihre relativ altmodische Stereoanlage ein, eine CD-Jukebox, die sie unglaublich gern mochte. Gut hundert Alben befanden sich darin, die sie aus Zeit- oder Speicherplatzgründen nie auf ihren iPod übertragen hatte.

Ein Song von Anita Baker, der Lieblingssängerin ihrer Mutter, lief zuerst, und Hayley blieb im Flur stehen, den Blick auf den Brief ihrer Mutter gerichtet.

Unschlüssig griff sie danach. Sie wollte wissen, was drinstand, und dann auch wieder nicht.

Es klingelte, und sie legte den Brief zur Seite. In der Erwartung, dass Garrett zurückgekommen war, öffnete sie die Tür und stellte fest, dass sie mit ihrer Vermutung richtiglag.

Es schneite immer noch, und seine Haare und Jacke waren mit Schneeflocken bedeckt. Er sah gut aus und ein wenig müde.

Auch er hatte, wie sie, eine Schutzmauer um sein Herz errichtet. Sie hatten beide geliebt und verloren, nicht auf romantische Art, aber … Nun, sie hatte ihre Mutter verloren und Garrett wohl seine Karriere.

»Ich habe Wein mitgebracht.« Er streckte ihr die Flasche entgegen.

»Prima. Ich habe unser Picknick im Wohnzimmer schon vorbereitet. Ich hatte noch Blätterteig im Gefrierfach, den habe ich mit Schinken, Artischocken und Senf aufgepeppt.«

»Klingt lecker«, sagte er. »Kann ich helfen?«

Sie ging ihm voraus in die Küche. »Du kannst den Wein einschenken.«

Sie reichte ihm einen Korkenzieher und stellte fest, dass er an die Schiefertafel neben dem Kühlschrank starrte. Sie hatte die Botschaft darauf mal wieder geändert.

»Einfach atmen?«

»Ja. Ich hatte Stress im Laden. Iona würde gerne expandieren, und Cici meint, dass wir uns einen Laden in Lower Manhattan leisten könnten, aber ich bin noch nicht bereit dafür. Ich mag meine Küche und mein Personal. Entschuldige mein Gejammer, du willst sicher nichts von meiner Arbeit hören.«

Sie richtete die Teller an. Zu den Blätterteigtaschen hatte sie noch einen grünen Salat mit Walnüssen, Cranberrys und Blauschimmelkäse gemacht.

»Doch, ich will das hören. Ich nehme das Tablett und du die Weingläser«, sagte er.

Sie nickte und ging mit den Gläsern ins Wohnzimmer. Lucy sprang von der Decke auf und begrüßte Garrett freudig. Er stellte das Tablett auf das Sofa, um den Hund zu streicheln.

Hayley legte ein paar Sofakissen auf die Decke und setzte

sich. Inzwischen lief ein Blues-Song. Stevie Ray Vaughan sang »Look at Little Sister«. Sie ließ sich von der Musik davontragen. Stevie Ray half ihr beim Atmen. Der Sound war wie eine Seelenmassage und entspannte sie sichtlich.

Als Lucy sich neben Hayley zusammenrollte, stellte Garrett das Tablett auf die Decke. Dann packte er ein Kissen auf seine linke Seite und nahm Hayley gegenüber Platz.

»Ihr wollt also expandieren?«, fragte er.

Sie war froh, dass er sich über ihre Arbeit unterhalten wollte. Das fiel ihr leichter, als sich irgendetwas Romantisches auszudenken. Sie war nie gut im Flirten gewesen, vor allem, weil sie bei einem Date alles perfekt machen wollte, weshalb sie immer ziemlich nervös war. Und wenn sie sich anstrengte, das Richtige zu sagen, war das gewöhnlich die Garantie dafür, dass ihr irgendetwas Peinliches herausrutschte.

»Ja. Finanziell läuft es gut, und unsere Investoren sind der Ansicht, dass der Zeitpunkt für eine Expansion günstig wäre. Ich bin dagegen, weil ich glaube, dass wir dadurch die Einzigartigkeit unserer Marke riskieren. Erinnerst du dich noch an unser Gespräch darüber, dass alle Städte in den USA irgendwie gleichförmig wirken?«

Er nickte. »Ihr müsst also dafür sorgen, dass die Location wirklich einzigartig bleibt. Bei meinem Besuch im Candied Apple Café hatte ich sofort das Gefühl, dass es den Laden schon seit Ewigkeiten gibt. Es fühlte sich nicht so aalglatt und neu an.«

Das Lob war genau das, was sie hören wollte. Sie hatte bei der Renovierung vor zwei Jahren hart daran gearbeitet, um den Charakter des Gebäudes zu erhalten. Und genau deshalb wollte sie auch keine Filiale in Lower Manhattan eröffnen. Sie kannte sich in diesem Viertel nicht so gut aus und wusste nicht, wie ihr Laden … okay, es war auch der von Iona und Cici … wie also ihr gemeinsamer Laden sich dort einfügen würde.

»Wir haben überlegt, einen Laden in der Nähe des Piers zu suchen. Das fände ich schon interessant. Aber ich bin monatelang an unserem jetzigen Laden vorbeigelaufen, als ich noch als Patissière in einem Restaurant gearbeitet habe, bevor wir uns zum Kauf entschlossen haben.«

»Warum ist das wichtig?« Er nahm einen Schluck Wein.

»Dabei habe ich eine Vision von dem Laden bekommen. Ich habe mir das schmiedeeiserne Schild ausgemalt, das ich für draußen haben wollte. Ich wusste, dass der Laden für mich bestimmt war, bevor ich ihn kaufte. Und wenn wir expandieren, wird es nicht mehr nur meine Vision sein. Es wird ein größeres Unternehmen entstehen, und davor habe ich Angst.«

Es laut auszusprechen erleichterte sie. Schon seit einer Weile trug sie diese Gedanken mit sich herum. Mit Iona und Cici konnte sie darüber nicht reden, weil sie die Gefühle ihrer Geschäftspartnerinnen nicht verletzen wollte, aber sie wollte auch nicht die Zügel aus der Hand geben.

»Ich weiß nicht, was ich dir raten soll«, meinte Garrett. »Ich an deiner Stelle würde das Design für den Laden entwerfen und es dann von jemand anderem umsetzen lassen.«

»Ach ja?«, fragte sie. »Das klingt vernünftig, aber ich kann mir nicht vorstellen, dass du jemals die Kontrolle an jemand anderen abgeben würdest.«

Er schüttelte den Kopf und verzog das Gesicht. »Nein. Es klingt vernünftig, das stimmt, aber du hast recht, ich behalte gern das Heft in der Hand.«

»Das ist mir schon aufgefallen.«

»Wirklich?«

»Ja. Deshalb wollte ich, dass du mich nach Hause bringst.« Vorsichtig lenkte sie das Thema auf die Frage, die ihr auf der Seele brannte. »Aber du wolltest das nicht, warum nicht?«

***

Garrett wusste nicht, wie er die Frage beantworten sollte. Daher biss er in eine der Blätterteigtaschen, die sie vorbereitet hatte. Es schmeckte hervorragend. Zum Teufel, er hätte auch eine Schuhsohle mit Vergnügen verspeist, wenn ihm dadurch die Antwort erspart geblieben wäre. Das Problem bei Hayley bestand darin, dass sie etwas an sich hatte, was in ihm den Wunsch weckte, ihr einfach alles anzuvertrauen.

Sich vor ihr nackt auszuziehen hatte ja auch durchaus seinen Reiz, vorausgesetzt, es war körperlich, aber emotional … Puh, das wollte er auf keinen Fall. Er wusste aber auch, dass er irgendetwas sagen musste. Wenn er zu viele Ausflüchte machte, bestand die Gefahr, dass sie ihn aus ihrem Leben verbannte.

Und – wäre das so schlimm?

Sie erschütterte ihn bis ins Mark, stellte sein vermasseltes Leben auf den Kopf und sorgte dafür, dass ihm alles andere zweitrangig erschien. Zu gern wollte er glauben, dass er sich gut genug kannte, um diese Gefühle in den Griff zu bekommen. Er mochte sich einreden, dass seine Empfindungen echt waren, aber weil er sich ebenso gut kannte, zweifelte er daran, dass das stimmte.

Der Schusswechsel hatte sein Leben in einen Scherbenhaufen verwandelt. Und es wurde mit der Zeit auch nicht leichter, sondern mit jedem Tag ein wenig schwerer.

Sein verletztes Bein heilte allmählich, die albtraumhaften Erinnerungen an Hectors und Pacos Tod verblassten, aber sein Leben war trotzdem aus der Spur geraten. Und Hayley war eine willkommene Ablenkung.

Sie vertrieb die Einsamkeit und die Schuldgefühle ein wenig.

Er war froh gewesen, dass sie über ihren Laden reden wollte, wie sie ihr beliebtes Café nannte. Das hätte er den ganzen Abend tun können, denn dabei konnte er die Gedanken und Fragen ignorieren, die in seinem Kopf kreisten.

Doch als sie ihn so erwartungsvoll anblickte, mit den tanzenden Flammen im Hintergrund, blieb ihm gar nichts anderes übrig, als den Bissen hinunterzuschlucken und ihr eine Erklärung zu liefern.

»Ich war … ich meine … Ich habe keine Ahnung, Hayley. Ich kann dir nicht mehr sagen als vorhin auf der Straße. Ich will dich nicht verlieren, aber jedes Mal, wenn du mir näherkommst, zweifle ich an mir, und der Drang, mich zu verkriechen, wird übermächtig.«

Sie verschränkte die Arme vor der Brust und hob eine Augenbraue. »Blödsinn.«

»Was?«

»Du hast mich gehört. Du bist Polizist. Wenn du deinen Zweifeln wegen dieser Schießerei nachgegeben hättest, wärst du daran zerbrochen. Aber das bist du nicht. Deshalb frage ich dich noch mal: Wo liegt das Problem?«

Das Problem?

Nun, das bestand darin, dass er noch nicht bereit war, wieder etwas für einen anderen zu empfinden. Er verstand es selbst nicht so richtig, aber er erklärte es sich selbst damit, dass er noch nicht bereit war, so tiefe Gefühle für eine Frau zu hegen, weil seine Zukunft immer noch im Ungewissen lag.

Und dann war Hayley in sein Leben getreten.

Der einzige Mensch, in dessen Gegenwart er sich so unglaublich lebendig fühlte, und er hatte keine Ahnung, wie er mit ihr umgehen sollte. Er hoffte inständig, dass seine Gefühle für sie echt waren, denn einer Frau wie ihr begegnete man sicher nur ein Mal im Leben. Gleichzeitig fürchtete er aber auch, dass seine Empfindungen für sie nur deshalb so stark waren, weil er sich an jemandem festhalten wollte. Sich festhalten musste.

Damit es wenigstens so aussah, als wäre sein Leben nicht völlig trostlos und er auf dem richtigen Weg.

»Du gehst mir echt auf die Nerven.«

»Weil ich dich nicht mit billigen Ausreden davonkommen lasse?«, fragte sie.

»Ja.«

»Tut mir leid, Garrett, aber ich mag dich. Mehr als die anderen Männer, mit denen ich in letzter Zeit zusammen war. Und ich kann es mir nicht erlauben, mich in dich zu verlieben, wenn es dir nicht ernst ist.«

Er richtete sich auf. Darum ging es ihr also. »Warum kannst du es dir nicht erlauben?«

»Du meinst, abgesehen davon, dass ich keine Masochistin bin?«

»Ja, genau«, sagte er.

Verdammt, diese Offenheit machte ihn an. Jedes Mal, wenn er dachte, er wüsste langsam, wie sie war, tat sie etwas Überraschendes und zeigte ihm damit, dass er längst noch nicht alle Facetten von ihr kannte.

»Meine Mutter starb mit nur achtunddreißig Jahren«, sagte Hayley. »Mit fünfunddreißig wurde der Krebs bei ihr diagnostiziert. Ich gehe regelmäßig zur Vorsorge, aber meine Ärztin kann mir natürlich keine Garantie geben, dass ich verschont bleibe. Das bedeutet, dass mir womöglich nur noch acht Jahre bleiben. Die will ich nicht vergeuden.«

Vergeudete Jahre.

Auch er wollte keine Zeit verschwenden. Aber wie sie so zutreffend erwähnte, hatten sie gerade ihr erstes Date. Und auch wieder nicht. Sie war keine Fremde mehr für ihn. Sie bedeutete ihm etwas. Zu gern hätte er ihr versprochen, dass er bei ihr blieb und die ihnen verbleibenden Jahre zu etwas Besonderem machen würde, aber er war sich nicht sicher, ob er dieses Versprechen würde halten können. Sie wollte einen zuverlässigen Mann an ihrer Seite.

Er jedoch versuchte, immer noch herauszufinden, ob er derselbe bleiben würde, falls er sich wegen seines Beins mit Schreibtischarbeit begnügen musste. Das mochte für andere keine große Sache sein, für ihn allerdings war es das schon.

»Das kann ich nachvollziehen. Ich mag dich, Hayley«, sagte er. »Ich wäre nicht hier, wenn nicht. Aber meine Zukunftspläne wurden gerade erst zunichtegemacht. Ich habe keine Ahnung, wie es jetzt weitergehen soll.«

Er kniete sich hin. »Aber eins weiß ich. Dass ich mit dir zusammen sein möchte. Du bist die Einzige, die mich im Moment zum Lächeln bringt. Die mir das Gefühl gibt, mir stünden alle Möglichkeiten offen. Ich kann es nicht besser erklären.«

Sie beugte sich vor. »War das jetzt so schwer, das auszusprechen?«

»Ja«, brummte er.

»Gut. Du bestrafst dich selbst«, stellte sie fest.

»Wie kommst du darauf?«, fragte er.

Sie drückte mit beiden Händen gegen seine Brust, aber er ließ sich nicht von ihr umschubsen. Er war nicht der Ansicht, dass er sich selbst bestrafte, deshalb wollte er wissen, wieso sie das so sah.

»Ich bin mir nicht sicher, ob es an Hectors Tod liegt oder weil du Paco erschossen hast, aber ich kann es in deinen Augen erkennen. Du hast Schuldgefühle. Du hast das Gefühl, als ob du deine Zukunftsträume deswegen aufgeben solltest, und ich glaube, deshalb bist du dir meinetwegen auch nicht sicher.«

Er setzte sich auf die Fersen. Das gefiel ihm gar nicht. Sie musste sich irren. Quälte er sich etwa nur selbst, weil er Schuldgefühle hatte?

»Du täuschst dich«, sagte er.

»Gut«, meinte sie. »Aber solange du die Vergangenheit nicht akzeptierst, wirst du nicht nach vorne blicken können. Ganz egal, ob es dabei um deine Arbeit geht oder um mich.«

***

Hayley hatte ihre Vermutung nicht so unverblümt aussprechen wollen. Aber sie war es leid, sich vor der Wahrheit zu verstecken, und wollte sie auch vor sich selbst nicht mehr leugnen. Er sollte wissen, dass sie nicht länger um den heißen Brei herumreden würde.

Das war sie sich selbst schuldig.

Und Garrett schuldete ihnen beiden Aufrichtigkeit. Er hatte den Kontakt zu ihr gesucht. Sie hätte sich damit zufriedengegeben, wenn es bei der einen aufregenden Nacht geblieben wäre, doch dann hatte er sie in der Vorratskammer im Candied Apple Café geküsst und damit alles verändert.

Einfach alles.

Sie hatte sich dazu entschlossen, ihm eine Chance zu geben, doch dann hatten die von ihm ausgelösten Gefühle erneut das Bedürfnis in ihr geweckt, sich zu verkriechen.

Sie hatte das Gefühl, dass in ihrem Hinterkopf eine Uhr tickte und ihre Zeit ablief. Sie wollte dasselbe wie die meisten Frauen. Eine Familie. Kinder. Aber sie wollte auch den beruflichen Erfolg.

Sie hatte hart gearbeitet, um so weit zu kommen. Und nun steckte sie fest.

Den Gedanken an eine Familie hatte sie zwar schon vor Jahren aufgegeben, doch nun, mit dreißig, fiel ihr umso deutlicher auf, wie schnell die Zeit verging. Und plötzlich wollte sie alles auf einmal. Aber sie wusste nicht, ob sie es je bekommen würde.

»Tut mir leid, wenn das hart klang«, sagte sie.

»Das tat es, aber ich hab es auch verdient. Es fällt mir so schwer, das Gedankenkarussell in meinem Kopf zu stoppen. Ich versuche mich daran zu erinnern, dass ich Glück habe, noch am Leben zu sein, aber du hast den Nagel auf den Kopf getroffen, als du sagtest, ich hätte Schuldgefühle. Die habe ich tatsächlich. Stündlich frage ich mich: ›Warum ich?‹ Warum bin ich nicht in dieser Nacht gestorben?«

Damit sie einander begegnen konnten? Das hätte sie gerne

geglaubt. Es fühlte sich an, als hätte das Schicksal seine Hand im Spiel gehabt und sie zueinandergeführt, aber sie wusste auch, dass sie nicht seine Retterin sein konnte.

Der nächste Song lief, »Intergalactic« von den Beastie Boys.

Er lachte überrascht. »Das ist echt eine verrückte Playlist.«

»Meine alte CD-Jukebox. Darin sind Moms CDs und meine gemischt. Manchmal ist es schön, alte Songs zu hören.«

»Und wem gehört diese CD?«

»Mom. Sie hat die Beastie Boys geliebt. Ich mag sie aber auch. Das war so ungefähr das Einzige, worin wir uns einig waren.«

Sie lächelte und dankte ihrer Mutter insgeheim. Es tat nicht weh, wenn alltägliche Dinge sie an ihre Mutter erinnerten. »Was ist im Laden vorhin passiert? Habe ich irgendwas getan, wodurch du dich bedrängt gefühlt hast?«

»Nein, überhaupt nicht. Ich hatte einen anstrengenden Tag, und als ich dich heute Abend sah, wurde mir klar, wie sehr ich dich brauche. Und das hat mir Angst eingejagt.«

Das konnte sie nachvollziehen.

»Willst du mir davon erzählen?«, fragte sie. »Ich bin erleichtert, dass die Zivilklage fallen gelassen wurde.«

Seit dem Tag, an dem sie sich ins Haus geschlichen hatten, um den Reportern ein Schnippchen zu schlagen, hatte sie sich Sorgen um ihn gemacht.

»Dir wollte ich es zuallererst erzählen.«

»Wirklich?«

»Ja. Heute Abend musste ich mit der Realität klarkommen und hab ein wenig in Selbstmitleid gebadet. Kein Mann erzählt der Frau, in die er sich verliebt hat, gerne solche Sachen.«

In die er sich verliebt hat?

Nach und nach gab er kleine Puzzleteile von sich preis, doch er versuchte immer noch, sich selbst zu schützen. Und wer hätte es ihm auch verdenken können? Sie machte genau dasselbe. Beide schlichen sie um ihre Gefühle herum wie die Katze um den heißen Brei.

Warum auch nicht? Sie waren beide alt genug, um zu wissen, dass eine gemeinsame Nacht nicht gleich die große Liebe bedeutete. Es wäre einfacher, wenn sie bloß eine Affäre miteinander hätten, aber zumindest für Hayley war es seit dem Tag, an dem sie über seinen Zaun geklettert war, mehr als das.

»Okay. Und wie soll es jetzt weitergehen?«, fragte sie.

Er lehnte sich mit dem Rücken an das Sofa und zog Hayley an sich. Sie schaute ihn erwartungsvoll an, als er nicht antwortete, und stellte fest, dass er den Blick ins Feuer gerichtet hatte.

Auch sie schaute in die Flammen. Dort fand sich jedoch keine Antwort. Damit verhielt es sich ähnlich wie mit dem immer noch ungeöffneten Brief ihrer Mutter. Ihn zu betrachten brachte nichts. Was darin stand, würde sie erst erfahren, wenn sie handelte. Sie wollte die Entscheidung, wie es weitergehen sollte, nicht allein Garrett überlassen. Sie musste handeln. Ihre eigenen Entscheidungen treffen.

Lucy war es wohl zu warm am Feuer geworden. Sie stand auf und lief in die Küche.

»Ich will weiter Zeit mit dir verbringen. Ich will mit dir ausgehen und herausfinden, ob diese Sache zwischen uns sich vertieft oder sich erledigt«, sagte sie. »Was ist mit dir?«

Er drückte sie an sich, hob ihr Kinn mit einem Finger an und blickte ihr tief in die Augen. Im dunklen Raum, der nur von den tanzenden Flammen erhellt wurde, konnte sie seine

Miene nicht deuten, aber seine Absichten waren offensichtlich.

»Ich will das auch.«

Er senkte den Kopf und küsste sie. Leidenschaftlich erwiderte sie den Kuss. Darin lag das Versprechen, nach dem sie sich nicht zu fragen getraut hatte, und als sie sich vor dem Kamin liebten, stellte sie fest, dass sie jeden Moment mit ihm genoss, obwohl die Zukunft vollkommen unklar war.

Das Schicksal hatte sie zu diesem Augenblick und diesem Mann geführt. Und was immer auch passierte, sie würde nichts bereuen. Garrett gab ihr das Gefühl, dass sie lebendig und eine verführerische Frau war. Vor allem, als sie sich rittlings auf ihn setzte und ihn in sich aufnahm.

Mit ihrer Zurückhaltung war es endgültig vorbei. Sie nahm sich Garrett. Sie nahm sich ihren Orgasmus und sorgte voller Glut dafür, dass auch er den Höhepunkt erreichte. Und als sie schließlich erschöpft auf ihm zusammenbrach, schlang sie die Arme um ihn und legte ein Bein über ihn, hielt ihn umfangen.

Ergriff von ihm Besitz.

Ganz egal, was auch geschehen würde, sie machte sich nicht länger vor, dass er ihr nichts bedeutete. Sie hatte es sich eingestanden.

Garrett Mulligan gehörte zu ihr.

Sie stützte sich auf, damit sie seine Miene betrachten konnte. »Du gehörst jetzt zu mir.«

Er nickte. »Und du zu mir.«

Sie wusste nicht, was die Zukunft für sie bereithielt, aber das machte ihr nichts aus, denn wer wusste das schon? Es reichte ihr, dass er an ihrer Seite war.

Für den Moment.

18. Kapitel

Sich für ein Date zu verabreden, war für Garrett und Hayley neu. Gut, sie hatten gemeinsam in einer Bar im Rockefeller Center gesessen, aber das war eine Zufallsbegegnung gewesen. Selbst zu dem Picknick vor dem Kamin hatten sie sich spontan getroffen. An diesem Abend hatten sie jedoch ein echtes Date.

Garrett freute sich darauf, obwohl er müde war. Seine Versetzung hatte ihm einen Tisch voller ungelöster Fälle präsentiert, aber wie er Hayley schon einmal erklärt hatte, ging er nicht gern Kompromisse ein. Für ihn gab es keine Zwischentöne, nur ein Richtig oder Falsch. Bei manchen Fällen lag die Sache jedoch nicht so einfach.

An diesem Abend wollte er jedoch die Arbeit vergessen und, wie alle anderen Paare, einfach nur Spaß haben. Es war höchste Zeit für eine Tour durch die Clubs, um sich daran zu erinnern, dass sie jung und lebenslustig waren. Er hatte das dringend nötig und vermutete, dass es Hayley ganz ähnlich ging.

Sie betrat das Wohnzimmer, wo er auf sie wartete, und ihm stockte der Atem. Sie trug ein silberfarbenes, ärmelloses Kleid, das unten weiter geschnitten war und ihr bis zu den Oberschenkeln reichte. An ihrem linken Handgelenk klimperten mehrere Armreife, und in ihren Haaren glitzerte eine Spange, die ihren Pony aus dem Gesicht hielt. Ihr Make-up verlieh ihr ein völlig anderes Aussehen. Immer noch wunderschön und faszinierend, aber anders.

»Du siehst … zauberhaft aus«, sagte er.

Sie knickste leicht. »Danke. Du siehst auch gut aus. Ich glaube, wir haben ungefähr noch zehn Minuten, bis das Taxi uns abholt. Kommt dein Freund her?«

»Ja«, antwortete Garrett. »Er ist schon aus der U-Bahn ausgestiegen und sollte gleich hier sein.«

»Woher weißt du das?«

»Er hat mir eine Nachricht geschickt, während du dich umgezogen hast.«

»Das ist gut. Iona und ihr Bruder sind bereits im Olympus. Wir müssen dem Türsteher nur ihren Namen nennen«, sagte Hayley.

»Das wird bestimmt lustig.« Zumindest hoffte er es. Sie hatten beide einen schönen Abend verdient. Obwohl er die Zeit mit Hayley immer genoss, schien das Leben in letzter Zeit für sie beide eine Achterbahnfahrt gewesen zu sein. Ja, er konnte endlich wieder arbeiten, und die Klage war vom Tisch, aber wie seine berufliche Zukunft letztendlich aussehen würde, war immer noch nicht geklärt.

Es klingelte, und Hayley schnappte sich ihre Handtasche – eine schicke kleine Clutch mit ihrem Monogramm. »Ich glaube, ich verzichte auf einen Mantel, weil wir ja nur schnell vom Haus ins Auto und vom Auto in den Club huschen werden.«

»Wenn du meinst. Falls dir später doch kalt werden sollte, kann ich dir auch meine Jacke geben.« Als er das sagte, musste er unwillkürlich an seine Eltern denken. Sein Vater überließ seiner Mutter auch immer seine Jacke, wenn sie fror. Zumeist machten ihm seine Gefühle für Hayley Angst, aber an diesem

Abend fühlte es sich gut an, sich um sie zu kümmern. Wenn sie es ihm gestattete, würde er das gerne tun.

Was hatte das zu bedeuten? Musste er sich endlich eingestehen, dass sie die Traumfrau war, auf die er immer gehofft hatte? Oder war es sicherer, wenn er die Frage weiterhin ignorierte?

Er öffnete die Tür für sie und schob die Gedanken beiseite. An diesem Abend stand Spaß auf dem Plan.

Es war Hoop mit Schneeflocken in den Haaren. »Komm rein«, begrüßte Hayley ihn. »Ich glaube, ich hole mir doch lieber noch einen Mantel. Das Taxi sollte gleich hier sein, aber falls du vorher noch einen Drink möchtest … Garrett weiß, wo alles steht.«

Hoop winkte ihr nach, als Hayley die Treppe hochging. Garrett schloss die Tür.

»Danke für die Einladung«, meinte Hoop. »Wir waren schon länger nicht mehr mit Frauen aus.«

»Wenn du es so formulierst, klingt es, als wären wir total verzweifelt. Was wir natürlich nicht sind«, erwiderte Garrett. Aber die Tatsache blieb bestehen, dass sie in den letzten Jahren beide viel gearbeitet hatten. Mit zwanzig hatte das noch anders ausgesehen. Da hatten sie zwar auch schon viel gearbeitet, aber danach noch Party gemacht. Es mochte am Alter liegen, jedenfalls war es ihnen irgendwann wichtiger geworden, beruflich voranzukommen, als auszugehen.

»Du vielleicht nicht. Ich hätte jedoch nichts gegen eine Frau in meinem Leben.«

»Und warum ist es nicht so?«

Hoop zuckte mit den Schultern. »Zu viel zu tun. All die Überstunden und … Das klingt wie eine Ausrede, oder?«

»Das kannst nur du wissen. Aber hätte ich mir keine Kugel eingefangen, hätte ich Hayley nie kennengelernt. Vielleicht ist ja doch was an der Weisheit dran, dass wir ein wenig entschleunigen sollten.«

Hoop nickte.

»Wer soll entschleunigen?«, fragte Hayley, die die Treppe herunterkam. »Ich habe gerade eine Nachricht vom Taxidienst erhalten. Der Fahrer steckt im Stau. Und Cici will laufen, da sie nur einen halben Block entfernt vom Club wohnt. Wir müssen also vorher nicht noch bei ihr vorbei.«

»Wollt ihr was trinken, während wir warten?«, fragte Garrett.

Hayley tippte eine Nachricht in ihr Handy. »Ja. Ich nehme ein Glas von dem Sauvignon blanc, den wir gestern aufgemacht haben.«

»Habt ihr auch Bier?«, fragte Hoop.

»Ja, schon«, antwortete Garrett. »Aber nur die Mädchensorten. Blue Moon und Corona.«

»Hey, ich bin ein Mädchen«, meinte Hayley schmunzelnd. »Garrett hält es bloß für mädchenhaft wegen der Scheibe Obst, die reingehört.«

»Das klingt wirklich mädchenhaft. Ich glaube, ich nehme auch lieber einen Wein«, sagte Hoop.

»Ich habe noch Tequila, aber der ist schon älter. Ich habe ihn letztes Jahr gekauft, um ein paar Margarita-Pralinen für den *Cinco de Mayo* zu machen.«

»Wein ist schon okay«, meinte Hoop.

Sie gingen in die Küche, und Garrett war froh, dass Hoop und Hayley sich so gut miteinander verstanden. Es kam ihm so vor, als ob verschiedene Bereiche seines Lebens miteinander verschmolzen. Er musste an Petes Bemerkung denken über das Finden der richtigen Frau. Hayley machte sein Leben komplett.

Ein Anfall von Panik überflog ihn bei dem Gedanken. Sein Leben durfte sich nicht ausschließlich nur um sie drehen. Es gab keine Garantien, und er wollte sein Glück nicht zu sehr von ihr abhängig machen. Die Kehle schnürte sich ihm bei dem Gedanken daran zu, und er musste sich der Tatsache stellen, dass ihm das Angst einjagte. Mehr, als er sich hatte eingestehen wollen.

Hayley schenkte ihnen Wein ein.

»Auf gute Freunde und gute Zeiten.« Hoop hob sein Glas.

Garrett stieß mit ihm an und trank einen großen Schluck. Er konnte nur hoffen, dass er nicht alles ruinierte. Aber dieses Gefühl des Kontrollverlusts, das er tief in sich spürte, war kein gutes Omen.

***

Das Olympus war ein moderner Club mit einem Sitzbereich im ersten Stock, von dem aus man die Massen schwitzender Körper auf der Tanzfläche beobachten konnte. Da Ionas Bruder die Eigentümer kannte, bekamen sie dort eine kleine Nische mit Tisch.

Hayley nahm einen Schluck von ihrem Wein, bei dem sie auch im Club geblieben war. Sie mochte Cocktails nicht so sehr. Ihre Freundinnen zogen sie deshalb manchmal auf, aber an diesem Abend schien jeder die Realität vergessen zu wollen.

Sie auf jeden Fall. Garrett und sie trafen sich nun zwar öfter, aber ihr erschien es so, als bewegten sie sich auf dünnem Eis.

Seit dem Abend, an dem sie sich über Löffellisten unterhalten hatten, hatte er sich immer wieder von ihr zurückgezogen.

Sie fand es bezeichnend, dass sie eine Liste führte, während er immer spontan das tat, was er wollte.

Allerdings war sie sich nicht sicher, was genau er damit gemeint hatte. Und auch wenn sie sich danach geliebt hatten, hatte sie nicht mehr diese Seelenverwandtschaft und Nähe verspürt wie beim ersten Mal.

Vielleicht lag es ja auch an ihr.

Sie war müde, weil es vor dem Valentinstag im Candied Apple Café so viel zu tun gab. Sie nahm noch einen Schluck Wein und genoss das wunderbare Gefühl eines leichten Schwipses. Der neue Song von Pitbull lief, und Cici sprang begeistert auf.

»Ich liebe diesen Song!«, rief sie. »Lasst uns tanzen.«

Sie ergriff Hayleys und Ionas Hände, und Hayley zog Garrett mit sich. Auch Hoop folgte ihnen nach unten. Der Beat pulsierte durch Hayleys Körper, und sie wiegte die Hüften im Takt.

Cici blieb auf der Treppe stehen und sang den Refrain mit. Eine Welle puren Glücks durchströmte Hayley.

Die Sorgen über ihre Zukunft mit Garrett und die Expansion des Ladens rückten in den Hintergrund. Das alles schien an Bedeutung zu verlieren, als sie sich mit Garrett und ihren besten Freundinnen zu der Menge auf der Tanzfläche gesellte.

Er war kein geübter Tänzer, aber er bewegte sich geschmeidig zum Rhythmus, ohne ihre Hand loszulassen. Jemand schob sie näher an Garrett, und sie stieß gegen seine Brust.

Er schlang beide Arme um sie, bis sie das Gleichgewicht wiedergefunden hatte, und sie küsste ihn zum Dank aufs

Kinn. Jeden Tag schien er körperlich stärker zu werden. Sie wusste, dass er viel trainierte, weil er schnell wieder in Form kommen wollte, damit er die Gesundheitsprüfung für den aktiven Dienst bestand.

»Du stehst inzwischen viel sicherer auf den Beinen«, stellte sie fest. »In den ersten Wochen unserer Bekanntschaft wärst du in so einer Situation gestürzt.«

Er schüttelte den Kopf. »Vielleicht hab ich den Sturz damals auch nur vorgetäuscht, weil ich gern wissen wollte, wie du dich auf mir anfühlst.«

Er scherzte. Sie sah es in seinen Augen. Zum ersten Mal schien er unbekümmert zu sein, wenn er seine Verletzung erwähnte. Sie überlegte, ob er sich allmählich damit abgefunden hatte und akzeptierte, dass sein verletztes Bein Zeit für die Heilung benötigte. Vielleicht war er nun bereit, seine nächste Lebensphase anzugehen.

Mit ihr?

Sie wollte es so gern. Sie tanzte näher an ihn heran und schmiegte sich an ihn, als die Musik von Pitbull zu Usher wechselte. Cici tanzte selbstvergessen und voller Begeisterung, und Hoop schien völlig fasziniert von ihr zu sein. Er stand neben ihr, bewegte sich leicht zu der Musik, wirkte aber irgendwie fehl am Platz.

Die Liebe ist seltsam, dachte sie.

Es war offensichtlich, dass Hoop ihre Freundin attraktiv fand, aber wenn man die beiden zusammen sah, machte es den Eindruck, als würden sie überhaupt nicht zueinanderpassen. Wie sahen sie und Garrett wohl zusammen aus?

Sie hatte das Gefühl, als gäben sie ein ebenso merkwürdiges Paar ab wie Cici und Hoop. Garrett mit seinen vorgefassten

Ansichten über die Zukunft und seinem Moralkodex. Und sie, die immer noch gegen ihre verstorbene Mutter rebellierte. *Verdammt.*

Sie brauchte mehr Wein. Ihre Gedanken schlugen eine Richtung ein, die ihr nicht behagte. Sie zog Garrett hinter sich her und verließ die Tanzfläche.

»Alles in Ordnung?«, fragte er.

»Ich brauche entweder mehr Wein oder Abwechslung«, erklärte sie.

»Warum?«

»Das will ich nicht sagen«, gestand sie und schaute in seine grauen Augen.

Sie wollte gern auch innerlich die Frau sein, die sie nach außen zeigte. Eine, die wusste, was sie wollte, und es sich nahm. Eine, die keine Macken hatte und nicht von ihrer Vergangenheit verfolgt wurde.

An diesem Abend wurde ihr klar, dass sie sich selbst belog. In Wahrheit hatte sie sich seit ihrem Geburtstag nicht verändert. Sie hatte sich bloß hinter diesem sexy Mann und seinen leidenschaftlichen Küssen versteckt. Und sich vorgemacht, dass sie echte Gefühle verbanden.

Garrett trat in die dunkle Nische unter der Treppe und zog sie in seine Arme. Die Musik war leiser hier, aber immer noch so laut, dass der Bass in ihrem Körper vibrierte.

Er musterte sie, und sie sah die Fragen in seinen Augen, aber sie wollte jetzt wirklich nicht reden. Daher legte sie ihm die Hände auf die Hüften, presste sich an ihn und küsste ihn. Überrascht hielt er kurz inne, bevor er den Kuss erwiderte. Er schmeckte nach dem Bourbon, den er vorhin getrunken hatte, und nach einem nicht deutbaren Geschmack, der so typisch für ihn war. Er stützte sich an der Wand hinter ihr ab, sodass sie sich nur mit den Lippen und durch ihre Hände auf seinen Hüften berührten.

Dennoch kam es ihr so vor, als wäre sie ganz von ihm umfangen. Sie fühlte sich sicher und geborgen. Diese Wildheit, die in ihr zu einem Sturm aufgebrandet war, verebbte, doch dann umspielte seine Zunge die ihre, und ein anderer Sturm begann in ihr zu toben.

Leidenschaftlich und heiß. Ein Sturm, der nichts mit der Vergangenheit und Fehlern zu tun hatte. Sie konnte nur hoffen, dass sie sich nicht wieder selbst belog, doch diese Umarmung fühlte sich nach Zukunft an. Nach einem Sturm, in dem sie sich verlieren und loslassen konnte.

Garrett hob den Kopf. »Reicht dir die Abwechslung?«

Sie leckte sich über die Lippen, um ihn noch einmal zu schmecken, und lehnte den Kopf gegen die Wand.

»Fürs Erste.«

***

Hayley wirkte verändert. So voller Energie und Lebensfreude, dass Garrett ihr so nahe wie möglich sein wollte, um zu sehen, ob es auf ihn abfärben würde. Er konnte es nicht benennen, aber wenn er sie küsste, spürte er es. Ihre Umarmung fühlte sich stürmisch an, als ob sie kurz davorstünde, wegzulaufen.

Hatte sie beschlossen, dass sie genug von ihm hatte?

Schließlich hatte ihre »Beziehung« keine echte Chance, sich weiterzuentwickeln. Er verwendete eine Menge Energie darauf, die Fassade aufrechtzuerhalten und locker und lässig zu wirken, obwohl sein Leben den Bach runterging.

Sein Job hauptsächlich.

Er beugte sich zu ihr. Hayley war im Moment das einzig Gute in seinem Leben. Das Einzige, was er bewahren wollte. Wenn er bei ihr war, kam es ihm nicht so vor, als hätte Paco sein Leben gestohlen.

Nein, das war ungerecht.

Er hatte Paco das Leben genommen, nicht umgekehrt. »Verdammt.«

»Was ist?«, fragte sie.

»Jetzt brauche ich wohl eine Ablenkung.«

»Was zu trinken oder Sex?«, fragte sie. Ihre Augen funkelten, und diese Wildheit, die er in ihrem Kuss gespürt hatte, kehrte zurück.

»Sex.«

Er war nie ein großer Fan davon gewesen, seine Probleme im Alkohol zu ertränken. Er hatte erlebt, wie dieser Weg einen Mann in den Abgrund stürzen konnte, und das war kein hübscher Anblick.

Sie umschlang sein Handgelenk und zog ihn mit sich. »Ich weiß, du bist kein großer Fan von Löffellisten, aber dieser Punkt steht auf meiner Ungezogene-Mädchen-Liste.«

Sie öffnete eine Tür mit der Aufschrift »Privat« und ging ihm voran den Flur hinunter. Nach ein paar Metern blieb sie stehen und schaute ihn an.

»Wenn du schnell machst, könnte das funktionieren.«

»Ähm …«

Er wollte es. Allein beim Gedanken daran wurde er hart, aber damit würden sie mindestens drei Gesetze brechen.

Sie schaute ihn unter halb gesenkten Lidern verführerisch an, und er wusste, wenn er nun nicht rasch handelte, würde er den Moment ruinieren und sie womöglich für immer verlieren.

Rasch sah er sich um und entdeckte eine Personaltoilette. Er zog sie mit sich dorthin. Zum Glück war der Raum verlassen und sauber.

Sie kicherte, als er die Tür verschloss.

»Was hast du jetzt mit mir vor, Officer?«

»Ich fürchte, ich werde eine Leibesvisitation vornehmen müssen«, sagte er.

Sie zog einen Schmollmund, dann streckte sie die Hände zur Seite. »Wenn es sein muss.«

In diesem Moment erkannte er, wie sehr er Hayley tatsächlich mochte. Wenn er nicht aufpasste, könnte er sich glatt in sie verlieben. Sie wollte also spielen, und er war bereit, ihr den Gefallen zu tun.

Zum Teufel, er brach bereits das Gesetz für sie.

Langsam ließ er die Hände über ihre Seiten gleiten, und sie fasste nach seinem Schritt, doch er wich ihr rasch aus.

»Behalten Sie Ihre Hände bei sich, Ma'am.«

»Tut mir leid, Officer.«

Er bückte sich und packte ihren linken Knöchel. Sie trug mindestens fünf Zentimeter hohe Absätze, und ihre Waden waren wohlgeformt. Bisher hatte er sich nie Zeit genommen, ihre Beine genauer zu betrachten, aber sie waren wirklich schön.

Absichtlich langsam ließ er die Finger hinauf zu ihren Oberschenkeln gleiten und weiter nach innen wandern, um kurz ihre Mitte zu streifen. Sie seufzte leise auf und spreizte die Beine etwas.

Er wandte sich ihrem anderen Bein zu, legte die Hände

um ihren Oberschenkel und tastete sich nach unten zu ihrem Knöchel vor.

Dann stand er auf, wobei er darauf achtete, dass sein Knie sich allmählich an die Last seines Gewichts gewöhnte, aber an diesem Abend bereitete ihm das Bein kaum Probleme. Er umfasste ihre Handgelenke und hob ihre Arme über ihren Kopf. »Die Hände oben behalten, während ich Sie durchsuche.«

»Ja, Officer.«

Ihre Stimme klang rauchiger, noch sinnlicher als zuvor in seiner Küche. Er war über alle Maßen erregt, und wusste nicht, wie lange er dieses Spiel noch durchhalten würde. Langsam streifte er über ihre nackten Arme nach unten, spreizte die Finger und streichelte mit den Daumen über ihre Brüste. Er spürte, wie sich die Knospen verhärteten, ehe er mit den Fingern weiter zu ihrer Taille glitt.

Sanft legte er ihr die Hände auf die Schultern und küsste sie. Ihre Zunge fand begierig die seine und begann einen neckenden Tanz. Mit den Daumen zog er langsam Kreise um ihre Knospen, bis sie ihm ein Bein um die Hüften schlang.

Voller Verlangen rieb er sich an ihrem Schoß. Er war hart vor Erregung und wollte nur noch in ihr sein.

Rasch öffnete er den Reißverschluss seiner Jeans und holte das Kondom aus seiner Tasche. Er hob den Kopf und suchte ihren Blick, als er das Päckchen aufriss und sich das Gummi überstreifte.

Erneut verschmolzen seine Lippen mit den ihren, während er ihr unters Kleid griff und ihr den Slip auszog. Er steckte ihn in seine Tasche, bevor er sie um die Hüften fasste und in ihr versank.

Sie keuchte seinen Namen, als er sie immer wieder erfüllte, und flüsterte ihm verruchte, fordernde Worte ins Ohr, die ihn schier in den Wahnsinn trieben.

Der Höhepunkt näherte sich heftig und schnell. Er ließ eine Hand in ihren Schritt wandern und massierte sie geschickt, bis er spürte, dass auch sie kurz vor dem Gipfel stand. Immer tiefer, schneller stieß er in sie, füllte sie aus, dann schlugen die Wogen der Ekstase über ihm zusammen und trugen ihn davon. Er kostete den Moment aus, bis er sich ganz in ihr ergossen hatte. Einen Arm um sie geschlungen, stützte er sich mit einer Hand an der Wand ab. Sie umfing ihn und legte den Kopf an seine Brust, lauschte, wie sich sein Puls langsam beruhigte. Als er sie schließlich anschaute, wusste er, dass das, was sie miteinander hatten, niemals bedeutungslos sein würde. Seine Gefühle für sie waren anders, aufregend und wild.

Und er hatte keine Ahnung, wie er sie kontrollieren sollte.

19. Kapitel

Im Verlauf der nächsten Woche entstand eine Art Routine zwischen Hayley und Garrett. Es schneite ziemlich oft in diesem Winter, und sie genossen es, im Schnee herumzutoben. Hayley kam es so vor, als würde sie all die Jahre nachholen, die sie so auf die Arbeit konzentriert gewesen war und kaum gelebt hatte.

Ohne dass sie es bewusst abgesprochen hätten, lebte Garrett im Prinzip bei ihr. Im Laden gab es viel zu tun, und sie verbrachte viel Zeit dort, weil sie länger arbeiten musste als sonst.

Sie wusste nicht, ob es damit zusammenhing, dass Garrett die Nächte bei ihr verbrachte, aber plötzlich hatte sie Angst davor, sich zu sehr auf ihn einzulassen.

Die Fragen, die ihr im Kopf herumschwirrten, über Liebe und woher man wissen sollte, ob man füreinander bestimmt war, wurden immer drängender.

Kurz vor dem Valentinstag fand fast an jedem Abend ein Pralinen-Workshop statt, und Iona schenkte jedem teilnehmenden Paar eine Champagnerflasche. Die Kurse waren sehr beliebt, auch Pete und Crystal nahmen am Valentinstag noch einmal teil. Hayleys Welt wurde größer. Zuvor hatte es nur sie, ihre Freundinnen und die Confiserie gegeben. Nun hatte sie einen Hund und unterstützte Nina gelegentlich immer noch freiwillig an den Tieradoptionstagen. Sie hatte Pokern gelernt und mit Garretts Freunden gespielt und war zu einem Taco-Abendessen im Haus seiner Eltern in Brooklyn eingeladen gewesen.

Die Valentinstags-Pralinenschachteln verkauften sich rasant, und Iona, Cici und sie hatten beschlossen, solche Mottoboxen auch nach dem Valentinstag anzubieten.

Der nächste Feiertag, den Iona für eine groß angelegte Marketingkampagne ausgesucht hatte, war allerdings der Muttertag, und das brachte allerlei Probleme für Hayley mit sich.

Sie verabschiedete die letzten Kursteilnehmer und ging nach unten. Im Laden machte Carolyn gerade die Kassenabrechnung. Sonst war es still, da der letzte Kunde bereits gegangen war. Carolyn war die Geschäftsführerin des Ladens.

»Soll ich dich zur Bank begleiten?«, fragte Hayley.

»Ja, bitte. Ich habe Casey früher freigegeben, weil du noch hier warst. War das okay?«, fragte Carolyn.

Hayley nickte. Vielleicht war es eine alte Gewohnheit aus den frühen Tagen ihres Unternehmerinnenlebens, aber es erschien ihr nicht sinnvoll, eine Aushilfe für Extrastunden zu bezahlen, wenn es nichts zu tun gab. »Ich hole nur schnell meinen Mantel, dann können wir los.«

»Ist gut, ich mache noch die Notiz im Kassenbuch«, sagte Carolyn.

Hayley ging in ihr Büro und holte ihren Mantel. Als sie ihn zuknöpfte, vibrierte ihr Handy. Der Blick aufs Display offenbarte ihr, dass Garrett ihr eine Nachricht geschickt hatte.

Möchtest du auf dem Heimweg Gesellschaft?

Lächelnd tippte Hayley ihre Antwort.

Klar, gerne. Ich muss aber erst noch zur Bank, um die Tageseinnahmen einzuzahlen.

Eine Sekunde später vibrierte ihr Handy erneut.

Lucy und ich stehen draußen.

Hayley kehrte in den Laden zurück, wo Carolyn bereits auf sie wartete. »Da draußen lungert ein Kerl rum. Soll ich die Polizei rufen?«

»Nein, das ist … mein Freund«, entgegnete Hayley. *Freund.* Es klang so teenagermäßig, aber wie hätte sie ihn sonst bezeichnen sollen? Sie gingen miteinander aus, schliefen miteinander, lebten im Prinzip miteinander, aber ihn »Partner« zu nennen, kam ihr dennoch falsch vor. Sie achteten immer noch beide sehr sorgfältig darauf, ihr restliches Leben voreinander fernzuhalten. Sie sprachen übers Essen, über Sport, aber nie über wichtige Dinge.

Garrett wollte nicht über die Arbeit oder seine Physiotherapie reden, die, wenn sie es nach der Menge Eis beurteilte, die er auf sein Knie packte, sicher anstrengend war.

Und sie sprach nicht über den immer noch ungeöffneten Brief von ihrer Mutter oder dass sie bis jetzt noch keinen Termin ausgemacht hatte, um nach Kalifornien zu fliegen und diese Desserts zu entwickeln, um die ihr Vater sie gebeten hatte.

Die komplizierten Sachen rührten sie nicht an. Und für sie war das auch völlig in Ordnung gewesen, bis sie ihn nun im Licht der Straßenlampe stehen sah. Schneeflocken tanzten um seinen Kopf. Einen Moment lang betrachtete sie ihn. Sie hatte das Gefühl, dass sie ihn gut kannte, spürte aber gleichzeitig, dass sie ihn nie ganz kennen würde.

Er trug eine verwaschene Jeans und Motorradstiefel. Sie wusste, dass er eine orthopädische Einlage trug, um den Längenunterschied seines linken Beins auszugleichen. Seine Lederjacke hatte schon bessere Tage gesehen, und er hatte eine Mütze gegen die Kälte auf dem Kopf. Er hatte sich die Zeit genommen, um Lucy ihr Mäntelchen anzuziehen, und der kleine Dackel tänzelte im Schnee um seine Füße.

»Er sieht heiß aus.«

»Das ist er auch«, gab Hayley zu. Aber er war so viel mehr für sie als ein heißer Cop. Wieder überflutete sie dieses seltsame Gefühl, und sie fragte sich, ob es Liebe war.

Was, wenn ja?

Woran würde sie das erkennen?

Und konnte sie es wagen, ihn hinter ihre Schutzmauern zu lassen? Konnte sie sich so weit fallen lassen, dass nicht mehr dieser merkwürdige Schwebezustand zwischen ihnen herrschte? Sie wusste, dass sie nicht als Einzige dafür sorgte, dass dieser Zustand anhielt. Am nächsten Tag hatte Garrett seine Gesundheitsprüfung; womöglich war er deshalb gekommen, um sie abzuholen. Er hatte eingestanden, dass er deswegen nervös war und dass er angriffslustig wurde, weil sein Testosteronspiegel stieg, wenn man ihn zu lange mit seiner Trainingsausrüstung allein ließ.

»Und mutig ist er auch«, meinte Carolyn. »Mein Freund würde sich nie mit einem so kleinen Hund in der Öffentlichkeit zeigen.«

Hayley musterte Carolyn von der Seite. Wenn das stimmte, hatte ihr Freund wohl echt ein Problem. Und ihr wurde klar, dass Garrett womöglich auch Probleme hatte, die ihr noch nicht aufgefallen waren. Er war stark. Es spielte keine Rolle, dass sein linkes Bein ihm manchmal Schwierigkeiten bereitete oder dass er mit einem Schoßhund spazieren ging. Er strahlte auf der Straße dennoch Autorität aus.

»Solche Sachen machen ihm nichts aus.«

»Das sehe ich«, meinte Carolyn.

Hayley öffnete die Tür, verließ mit Carolyn den Laden und schloss ab, ehe sie die Alarmanlage einschaltete.

»Hallo, Garrett. Das ist Carolyn. Sie kommt mit uns zur Bank«, erklärte Hayley.

»Schön, dich kennenzulernen, Carolyn. Bist du auch Patissière wie Hayley?«, fragte Garrett. Er reichte Hayley einen Thermobecher, und sie nahm einen Schluck.

Es war eine kleine Geste, ein warmes Getränk an einem kalten Abend, aber sie wusste sie zu schätzen und schenkte ihm einen Luftkuss als Dankeschön.

Er wandte seine Aufmerksamkeit wieder Carolyn zu. Hayley fragte sich, ob man daran wohl die Liebe erkannte, wenn jemand einem mit kleinen Gesten bewies, wie viel man ihm bedeutete. Ihr bedeutete es jedenfalls mehr, als sie vor sich selbst zugeben wollte.

»Nein, ich esse und verkaufe sie nur«, sagte Carolyn und lachte perlend. »Ich habe vorher in einer Boutique gearbeitet.«

»Carolyn hat uns mit ihrem Wissen sehr geholfen, die Abläufe im Laden zu optimieren. Ich hatte ehrlich gesagt null Ahnung von einigen Dingen, um die sie sich gekümmert hat, wie zum Beispiel die Innengestaltung des Ladens. Es ist eine echte Wissenschaft, wie die Waren am besten präsentiert werden sollten.«

Garrett zog eine Augenbraue hoch, da Lucy stehen blieb. »Ich glaube, die kleine Diva hat genug vom Spaziergang.«

Er hob den Hund hoch. Carolyn erläuterte inzwischen, dass Kunden instinktiv eine gewisse Laufrichtung durch den Laden wählten, die man mit besonderen Anziehungspunkten steuern konnte. »Deshalb haben wir das Café im hinteren Bereich eingerichtet. Und sobald ich Hayley so weit hatte, T-Shirts mit dem Logo des Ladens drucken zu lassen, haben wir sie direkt daneben platziert.«

»Das war eine gute Entscheidung«, sagte Hayley. »Ich glaube, den Leuten gefällt es wirklich, dass sie sich ein Stück vom Apple mit nach Hause nehmen können. So lautet nämlich die Aufschrift.«

»Ich glaube, sie …« Carolyn hielt inne, weil Lucy laut bellte und sich zappelnd aus Garretts Armen zu winden versuchte. Als Hayley aufsah, entdeckte sie eine Gruppe junger Männer, die vor ihnen aus der Dunkelheit trat.

Sie griff nach Carolyns Hand und sorgte dafür, dass sie stehen blieb. Garrett reichte ihr Lucys Leine.

»Wir nehmen das Geld«, sagte einer der Männer.

»Heute Abend nicht«, erwiderte Garrett.

Der junge Mann war etwa genauso groß wie Garrett, aber Garrett war körperlich eingeschränkt. Und konnte er es überhaupt mit drei Kerlen aufnehmen, ohne weitere Verletzungen davonzutragen? Die Angst um ihn jagte ihr einen eisigen Schauer über den Rücken. Sie wollte nicht, dass ihm etwas passierte. Er bedeutete ihr mehr als sonst irgendjemand.

Sie liebte ihn.

Liebe.

Die Vorstellung tanzte schon viel zu lange durch ihr Unterbewusstsein. Nun, im Angesicht dieser Straßenräuber, konnte sie es nicht länger leugnen.

Auch wenn es sich nicht gerade um wenig Geld handelte, war die Summe auf keinen Fall so hoch, dass sie dafür sein Leben aufs Spiel setzen wollte. Sie nahm Carolyn die Tasche mit den Einnahmen ab.

»Garrett, nicht!«

Er schenkte ihr einen kalten, finsteren Blick, packte ihre Hand und schob sie mit Carolyn hinter seinen Rücken. »Auf keinen Fall gebe ich denen das Geld.«

»Ändert das vielleicht deine Meinung?«, fragte der Anführer und zog eine Waffe hervor.

***

Garrett war stinksauer. Er drängte jedoch seine Wut beiseite und nutzte die Techniken, die er in der Ausbildung gelernt hatte. Rohe Gewalt gehörte nicht dazu. Seine Erfahrung sorgte dafür, dass er die Situation gut einschätzen konnte. Er ignorierte Hayley; warum sie an ihm zweifelte, konnte er auch später noch herausfinden.

»Lass die Waffe fallen!«, befahl er. Seine Bedenken, ob er noch geeignet für den Job war, verflogen. Er war durch und durch Polizist, ob er nun hinter einem Schreibtisch saß oder nicht.

»Gib mir die Tasche, oder ich drück ab«, sagte der Junge.

»Keine Chance!«, entgegnete Garrett. »Waffe fallen lassen und Hände hoch!«

»Ja, klar«, meinte der Kerl verächtlich.

»Komm schon, Joe, lass uns abhauen«, sagte ein anderer.

»Nein. Ich mache jetzt keinen Rückzieher«, erwiderte Joe.

Garrett bemerkte, dass die Hand, in der der Junge die Waffe hielt, zitterte. Kurz schossen ihm Erinnerungen durch den Kopf vom letzten Mal, als er einem bewaffneten Angreifer gegenübergestanden hatte. Paco war nicht nervös gewesen. Paco hatte davor schon gemordet und hätte wieder getötet. Und auch dieser Junge, Joe, war offenbar bereit abzudrücken. Im selben Moment, als ihm diese Erkenntnis kam, stürmte Garrett nach vorn. Er packte das Handgelenk des Jungen mit einer Hand und drehte ihm den Arm nach oben. Ein Schuss löste sich, ging in die Luft, durch den Rückstoß schlug ihm der heiße Lauf gegen den Arm und versengte ihn.

»Lauft!«, rief einer der anderen.

»Schlappschwänze!«, brüllte der Junge mit der Waffe.

Garrett ließ sich davon nicht ablenken. Er hielt den Kerl weiter fest. Er war dünn und drahtig und verzweifelt. Dadurch entwickelte er eine enorme Kraft. Dennoch konnte er es mit Garrett nicht aufnehmen, was nicht zuletzt seinem intensiven Fitnesstraining geschuldet war.

Lucy winselte, und eine der Frauen schrie, aber Garrett konzentrierte sich allein auf den jungen Mann. Joe versuchte immer wieder, den Lauf erneut auf Garrett zu richten, und boxte ihn hart in den Bauch. Garrett zuckte zusammen und drehte sich zur Seite weg. Sein linkes Bein schmerzte, als er dem Jungen ins Gesicht schlug. Joe taumelte nach hinten, und Garrett konnte ihm endlich die Waffe entwenden. Er warf sie hinter sich, irgendwo in Hayleys Nähe.

Sie bückte sich und hätte sie fast aufgehoben.

»Hayley, nicht anfassen!«, rief er. »Pass auf, dass niemand sie aufhebt«, wies er sie an. Die beiden anderen Jungen rannten davon, aber er hielt Joe im Klammergriff fest.

»Ruft die Polizei!«, kommandierte er, und Hayley kramte eilig in der Tasche nach ihrem Handy.

Als dem Jungen klar wurde, dass ihm die Festnahme drohte, boxte er Garrett noch mal heftig in den Bauch und versuchte, sich zu befreien, doch Garrett hielt ihn eisern fest. Mit einem gut gezielten Tritt holte er den Jungen von den Beinen. Sobald er auf dem Boden lag, beugte sich Garrett über ihn und hielt ihm die Hände auf dem Rücken fest.

Er nahm vage wahr, dass Hayley im Hintergrund redete, aber seine Aufmerksamkeit galt Joe. Sein Knie tat verflucht weh, und vermutlich würde es gar nicht so leicht werden, wieder aufzustehen.

»Wie heißt du weiter, Joe?«, fragte er den Jungen. Der Boden war kalt, und es fiel immer noch Schnee.

»Leck mich.«

»Einen interessanten Nachnamen haben deine Eltern«, meinte Garrett. »Ich bin Officer Mulligan. Hast du schon von mir gehört?«

Joe verharrte reglos unter ihm. »Ja, Sie sind der Cop, der diesen Jungen getötet hat.«

»Er war kein Junge mehr, außerdem hat Paco Rivera zuvor meinen Partner ermordet«, gab Garrett zurück. »Eine Waffe macht nur Scherereien. Ich bin mir sicher, daran hast du nicht gedacht, als du sie gezogen hast, aber wenn du auf mich geschossen hättest, wärst du den Rest deines Lebens auf der Flucht gewesen. Polizistenmörder kommen nicht so einfach davon, hast du das verstanden?«

Der Junge murmelte etwas und wand sich, um sich zu befreien. Wenn die Verstärkung nicht bald auftauchte, würde er sich etwas überlegen müssen, um Joe die Hände zu fesseln.

»Was hast du gesagt?«

»Ja, ich hab's verstanden«, antwortete Joe. »Ich brauch keine weitere Lektion von einem Typen, der auch nicht besser ist als ich.«

Mit heulenden Sirenen hielt ein Streifenwagen neben ihnen, bevor Garrett antworten konnte. War er nicht besser als dieser kleine Mistkerl?

»Hände dorthin, wo ich sie sehen kann«, sagte der Teamleiter, als er aus dem Wagen stieg.

Garrett hob die Hände über den Kopf, aber er ließ sein unverletztes Knie auf Joes Rücken und hielt ihn so weiter fest. Sein Bauchgefühl sagte ihm, dass der Kerl flüchten würde, sobald er die Chance dazu bekam, und Garrett wollte kein Risiko eingehen.

»Er ist Polizist!«, rief Hayley. »Er hat verhindert, dass dieser Mann uns ausraubt.«

»Steh auf, Cop, aber mit erhobenen Händen. Du, auf dem Boden, halt die Hände dort, wo ich sie sehen kann.«

Garrett folgte der Anweisung, ebenso wie Joe, und kämpfte sich vorsichtig auf die Füße.

»Mein Dienstausweis ist in meiner Tasche«, sagte er.

Der Polizist nickte. Sein Partner zog derweil Joe vom Boden hoch und legte ihm Handschellen an. Garretts schmerzende Rippen taten gleich weniger weh, als er das getrocknete Blut im Gesicht des Jungen sah. Das Training hatte sich ausgezahlt.

Der Polizist durchsuchte ihn, griff in seine Tasche und holte den Ausweis heraus. »Mulligan?«

»Ja.«

»Ich bin Derek Long, und das ist Harry Miller«, stellte Officer Long sich vor. »Was ist passiert?«

»Er hat eine Waffe gezogen, Geld von den beiden Frauen verlangt, und ich hab ihm die Waffe abgenommen.« Garrett nickte zu Joe. »Und ihn festgehalten, bis Verstärkung kam.«

»Ich muss Ihre Zeugenaussagen aufnehmen«, erklärte Long.

»Kann ich zuerst?«, fragte Carolyn. »Ich verpasse sonst den letzten Zug nach Jersey.«

»Gut.« Officer Long nickte und stellte Carolyn seine Fragen.

Garrett lehnte sich an ein Schaufenster, denn sein linkes Bein tat verdammt weh, und er wusste nicht, ob es sein Gewicht noch viel länger tragen würde. Hayley kam zu ihm, Lucy in den Armen. Sie hatte Tränen in den Augen, wirkte aber auch wütend.

»Du bist nicht in der Lage …«, fing sie an.

»Lass es«, unterbrach er sie.

Entschlossen ergriff sie seine Hand und zog ihn ein Stück von den Polizisten weg. Aber er stolperte, weil sein Knie nachgab. Fluchend stützte sie ihn, einen Arm um seine Hüfte gelegt.

»Ich bin stinksauer auf dich«, stellte sie fest.

»Warum? Weil du gedacht hast, ich könnte euch nicht beschützen?«, fragte er.

»Sei kein Esel«, erwiderte sie und drückte ihn so fest an sich, wie es ihr mit Lucy auf ihrem anderen Arm möglich war.

Vielleicht war sie gar nicht so wütend, wie sie behauptete.

War er ein Esel? Es gelang ihm kaum, sich zusammenzureißen, wenn es um sie ging. Von ihrer ersten Begegnung an hatte er gehofft, dass sie ihn in einem gewissen Licht sah, und an diesem Abend musste er feststellen, er hatte sich getäuscht.

»Dass du an mir zweifelst, ist nicht gerade schmeichelhaft.«

»Deine Dummheit aber auch nicht. Eine Tasche mit Bargeld ist es nicht wert, dass du dafür dein Leben riskierst.«

»Oder deins«, sagte er. »Du weißt nicht, was in dem Kopf des Jungen vorgegangen ist, und ich bin nicht dafür ausgebildet, tatenlos bei einem Verbrechen zuzusehen.«

Sie nickte. »Das weiß ich.«

»Hey, Mulligan. Ich brauche noch Ihre Zeugenaussage!«, rief Officer Long.

Garrett zwang sich, auf eigenen Beinen zu stehen, und ging langsam zu dem Polizisten hinüber. Er würde mit dem Physiotherapeuten über die Einlage reden müssen. Sie glich die Längendifferenz zwar aus, drängte aber gleichzeitig seine Hüfte in eine seltsame Position, die seinem Knie schadete.

Er machte seine Aussage und unterschrieb sie. Danach stellte er fest, dass auch Hayley und Carolyn fertig waren.

Der Junge saß in Handschellen im Polizeiauto. Die Waffe war bei einem Raub vor zwei Tagen verwendet worden, bei dem ein Verkäufer erschossen worden war.

»Ich habe über Sie in der Zeitung gelesen«, sagte Officer Miller.

»Ja, ich weiß«, antwortete Garrett. »Wie wohl fast jeder.«

»Ich halte Sie für einen Helden. Wenn mein Partner und ich jemals in eine solche Notlage geraten würden …«

»Es war eine harte Nacht«, gab Garrett zu. Er fühlte sich nicht wie ein Held, und das würde wohl auch nie so sein. Er hatte Hector nicht retten können, und Paco war tot. Keiner hatte gewonnen.

Und diese Nacht würde wohl genauso lang werden. So leicht kam er da jetzt nicht mehr raus. Er hatte Hayley sehen wollen, weil am nächsten Tag seine Gesundheitsprüfung anstand, die darüber entschied, ob er in den aktiven Dienst zurückkehren konnte.

Dieser Abend hatte ihm jedoch klargemacht, dass er sehr wohl noch immer dazu in der Lage war, auf der Straße seinen Dienst zu verrichten. Und mit solchen schwierigen Situationen würde er ja auch nicht jeden Tag konfrontiert werden. Wenn es darauf ankam, würde er wieder den Abzug drücken können. Er wusste, dass Paco schon seit Jahren kaltblütig gemordet hatte. Seine Opfer waren meist Büroangestellte, Verkäufer und andere Kriminelle gewesen.

Der Junge in Officer Longs Wagen war noch nicht so abgebrüht. Aber womöglich würde er es bald sein. Und Garrett hoffte, dass er ihm nicht noch einmal begegnen würde.

Das war aber nicht das Problem. Das eigentliche Problem war Hayley. Der Abend hatte ihm auch unmissverständlich bewusst gemacht, dass er sie nicht so gut beschützen konnte, wie er es wollte. Hieß das, dass er nicht der Mann sein konnte, der er gerne für sie wäre?

20. Kapitel

Hayley wechselte auf dem Heimweg kein Wort mit Garrett. Die Cops hatten Joe mitgenommen, und Carolyn hatte ihr eine Nachricht geschickt, dass sie den Zug noch erwischt hatte. Lucy lag fröhlich in Garretts Armen, und er drückte den kleinen Hund an sich. Er fand es tröstlich, dass die Dackeldame sich an ihn schmiegte und sich offenbar geborgen und sicher bei ihm fühlte.

Hayley dachte darüber wohl anders.

Es nagte an ihm, dass er zum ersten Mal einer Frau die Welt zu Füßen legen wollte und sie ihm nicht zutraute, dass er sie beschützen konnte. Er war immer der Starke gewesen, Herr jeder Situation und derjenige, der die Führung übernahm, wenn andere es nicht konnten oder wollten, und nun … Tja, nun war Hayley der Ansicht, dass er nicht in der Lage dazu war, an vorderster Front zu stehen.

Offen gestanden war er sich dessen auch nicht sicher.

Inzwischen hatte es aufgehört zu schneien, und die Streufahrzeuge waren unterwegs, aber sonst herrschte Stille. Selbst Lucy gab keinen Mucks von sich. Als sie vor ihren Häusern ankamen, überlegte Garrett, ob er sich verabschieden und Hayley in Ruhe lassen sollte. Aber das wollte er nicht. Dieser Abend hatte unangenehme Fragen aufgeworfen. Fragen, von denen er nie gedacht hätte, dass er sie sich mal stellen müsste. Er hatte angenommen, dass sein Widerwille, nach vorn zu schauen, aus einer Kombination von Schuldgefühlen und Trauer entstanden war. Aber nun musste er sich eingestehen, dass auch Angst eine Rolle spielte.

Er war zwar nicht wie gelähmt gewesen, als Joe die Waffe zog, aber die Erinnerung hatte seine Reaktionen verlangsamt, und nur die Tatsache, dass er Hayley beschützen wollte, hatte ihn in der Realität verankert. Er überreichte Hayley den kleinen Dackel. Sie küsste den Hund auf die Nase, bevor sie ihn auf den Boden setzte.

Lucys Hundemarke klimperte, als sie ihrem Frauchen die Treppe hinauf folgte. Den Schlüssel schon im Schloss, drehte Hayley sich noch einmal zu ihm um. Sie trug einen dicken roten Wollmantel, der ihr bis zu den Oberschenkeln reichte, und die Stiefel mit den Nieten an den Absätzen, die offenbar ihre Lieblingsstiefel waren. Ihr Rock war einen Fingerbreit länger als ihr Mantel, und eine Wollmütze verdeckte ihre Haare. Nur der Pony lugte hervor.

»Kommst du noch mit rein?« Sie bückte sich, um Lucy von der Leine zu lassen, die fröhlich ins Haus tapste, zweifellos, um sich in ihr warmes Körbchen zu kuscheln.

»Bin ich denn willkommen?« Er war sich nicht sicher, ob sie ihn bei sich haben wollte. Erst recht war er sich nicht sicher, was passieren würde, wenn er ihre Einladung annahm. Er war nervös und hatte das Gefühl, als hätte er das letzte bisschen Selbstbeherrschung und Gelassenheit an diesem Abend aufgebraucht. Während der Konfrontation mit dem kleinen Dreckskerl hatte er sich noch zusammengerissen, aber nun holte der ganze emotionale Müll, der ihm so zu schaffen machte, ihn wieder ein und forderte ihn auf, sich damit auseinanderzusetzen.

Es gab Dinge, die er schon längst hätte tun sollen. Zum Beispiel Hectors Witwe und ihre Kinder besuchen. Daran musste er denken, während Hayley auf seine Entscheidung wartete.

Er zuckte mit den Schultern.

Sie stemmte eine Hand in die Hüfte. »Manchmal gehst du mir echt auf die Nerven.«

»Kann ich nachvollziehen.«

Auch sie brachte ihn gelegentlich auf die Palme. Dabei ignorierte er die Tatsache, dass sie diesen Kriminellen das Geld einfach so überlassen hätte. Wieso eigentlich? Wollte er die Antwort darauf nicht erfahren?

Doch, wollte er.

Gleichzeitig fürchtete er sich aber auch davor.

»Willst du denn überhaupt noch, dass ich mit reinkomme?« Er wollte von ihr gebraucht werden. Hoffte, sie würde sich an diesem Abend genauso sehr nach seiner Gesellschaft sehnen wie er sich nach ihrer. Er wusste nicht, ob er eine einsame Nacht aushalten konnte. Jedenfalls nicht diese Nacht.

Sein linkes Knie schmerzte immer noch, und es war der pure Macho-Selbsterhaltungstrieb, der ihn noch auf den Beinen hielt.

»Ja, auch wenn ich immer noch sauer auf dich bin«, antwortete sie.

»Gut.« Angestrengt erklomm er die Stufen und betrat ihren Flur. Es roch nach Vanille und Zimt und all jenen Dingen, die ihm wie ein sicherer Hafen waren. All den Dingen, die ihm ein Gefühl von Geborgenheit vermittelten, weil sie zu Hayley gehörten.

Seufzend schloss sie die Tür hinter ihm. »Schaffst du es, die Treppe in den ersten Stock hochzusteigen?«

Er würde sich bemühen, aber er war sich nicht sicher, ob sein verletztes Knie das aushalten würde. »Vielleicht.«

»Das heißt Nein. Kommst du einen Moment allein klar, während ich dir ein Bad einlasse?«

»Nein.«

Besorgt musterte sie ihn. Ihm genügte es, dass sie bei ihm war.

»Was ist los?«, fragte sie.

»Ich glaube nicht, dass ich je wieder allein klarkomme, Hayley. Dieser Überfall hat die Scheinwerfer auf ein paar Probleme gerichtet, von denen ich nicht mal wusste, dass ich sie habe. Und ich habe dich in Gefahr gebracht«, erklärte er. »Ich lasse mich zu sehr von dir ablenken. Ich hätte auf die Straße achten sollen und nicht darauf, wie kurz dein Rock ist und wie hübsch deine Beine aussehen.«

»Dir gefallen meine Beine?« Ein neckender Ton schwang in ihrer Stimme mit. Sie tat es wieder. Sie zog sich vor ihm zurück und vor den emotionalen Verwicklungen, die sein Geständnis vielleicht auslösen könnte. Das war typisch Hayley. Sobald die Beziehung ernster zwischen ihnen zu werden drohte, packte sie ihn wieder in die oberflächliche Freunde-mit-besonderen-Vorzügen-Ecke.

»Egal. Ich komme schon zurecht«, sagte er.

Sie ging zu ihm und stützte eine Hand an der Wand hinter ihm ab. Nachdenklich senkte sie den Blick darauf, seinem Blick wich sie aus. »Ich bin sauer auf dich, weil ich dachte, du würdest sterben, als er dich mit der Waffe bedrohte. Ich habe bereits einen großen Verlust erlebt, aber bei meiner Mutter wusste ich wenigstens, dass sie sterben würde, und hatte genügend Zeit, mich darauf einzustellen, soweit das überhaupt möglich ist. Aber vorhin, da bestand die Gefahr, dass du ermordet wirst und ich dabei zusehen muss und …« Ihr brach die Stimme, und sie schnappte nach Luft. Ihr Mund stand offen, aber kein Ton kam heraus.

»Ich will so etwas nie wieder erleben«, sagte sie schließlich. Ihre Stimme war nur noch ein Flüstern, und Tränen strömten ihr übers Gesicht, von denen er nicht wusste, ob sie sie überhaupt bemerkte.

***

Hayley war sich im Leben noch nie so unsicher gewesen. Ihre Sorge um Garrett mischte sich mit einer unbändigen Wut, und ihr war klar, dass es ab diesem Punkt keine gemeinsame Zukunft mehr für sie geben würde. Als sie den Männern gegenüberstanden, hatte der wahre Garrett sein Gesicht gezeigt. Nicht der freundliche Kerl von nebenan.

Der Kerl, der verletzt war und sich langsam ins Leben zurückkämpfte, war verschwunden. An seine Stelle war dieser Mann getreten. Ein kämpferischer Cop, der sich niemals damit zufriedengeben würde, Schreibtischdienst zu verrichten.

Er hatte das bereits mehrmals angedeutet, aber sie hatte ihn nur mit ihren Augen gesehen und ausgeblendet, dass er nicht der Mann war, zu dem sie ihn gemacht hatte.

Ja, er war verdammt sexy.

Ja, er hatte dafür gesorgt, dass sie sich nicht länger vor dem Leben verkroch.

Ja, er hatte ihr klargemacht, dass sie sich tatsächlich verlieben konnte.

Liebe.

Sie hatte noch keine Gelegenheit gehabt, darüber nachzudenken, was dieser Begriff für sie bedeutete. Und sie war sich auch nicht sicher, ob sie überhaupt darüber nachdenken wollte. Die Furcht war zu überwältigend. Sie gab ihr etwas, worauf sie sich stattdessen konzentrieren konnte.

Sie wusste jedoch auch, dass die Liebe eng an ihre Furcht und Wut gekoppelt war. Würde sie ihn nicht lieben, hätte sie Reißaus genommen. Auf der Stelle. Das wäre viel leichter, als sich mit der Tatsache auseinanderzusetzen, dass er hätte verletzt werden können.

Verdammt!

Er hätte direkt vor ihren Augen sterben können, und sie hätte hilflos dabei zusehen müssen.

Er war schon einmal im Dienst verletzt worden, und trotzdem konnte er es nicht erwarten, seine Arbeit wieder aufzunehmen.

Oh Gott!

»Hayley, Baby.« Er zog sie in seine Arme.

Sie umfing ihn und lehnte den Kopf an seine Brust. Sein linkes Bein zitterte, doch die Wand stützte ihn.

Sie lauschte seinem Herzschlag, vergewisserte sich, dass er am Leben war. Als sie den Kopf hob, sah sie die Fragen in seinem Blick, aber sie verschloss die Augen davor.

Sie wollte nicht denken oder reden.

Sie wollte ihn. Sie brauchte diesen Moment, um sich und ihn daran zu erinnern, dass sie beide am Leben waren.

Zärtlich küsste sie ihn, legte all ihre Angst, Wut und Liebe in diesen Kuss. Das Verlangen nach ihm überflutete sie. Rasch öffnete sie den Reißverschluss seiner Jacke und stellte fest, dass er darunter ein Thermo-Shirt mit Knopfleiste trug. Sie schob ihre Hände darunter, ertastete mit den Fingern die Muskeln seines Sixpacks und den Haarflaum auf seiner Brust.

Sie neigte den Kopf und stellte sich auf die Zehenspitzen, um den Kuss zu vertiefen. Voller Leidenschaft erforschte sie mit der Zunge seinen Mund, konnte gar nicht genug von ihm bekommen.

Er lebte.

Er war am Leben. Sie beide.

Adrenalin durchflutete ihre Adern, als sie nach seinem Gürtel griff, um ihn zu öffnen. Die Schnalle leistete Widerstand, und so griff sie stattdessen nach dem Reißverschluss seiner Hose. Rasch zog sie ihn herunter und umfasste ihn, massierte ihn sanft. Er stöhnte auf, löste seine Lippen von ihren und ließ die Hände nach unten wandern, unter ihren Rock.

Er packte ihren Po und drückte sie an sich, dabei geriet er ins Schwanken und rutschte an der Wand nach unten.

Erneut liefen ihr Tränen über die Wangen, doch sie beachtete sie nicht. Rasch schlüpfte sie aus ihren Schuhen, dann aus ihrer Strumpfhose und dem Slip. Den Rock behielt sie an.

Als sie über ihm stand, wurde ihr klar, dass das ein Abschied war. Dass sie es nicht schaffte, ihn zu lieben und mit dem Leben klarzukommen, das er führen wollte.

»Hayley, ich denke, wir sollten …«

Sie bückte sich und legte ihm einen Finger an die Lippen. »Sag nichts. Jetzt nicht. Willst du mich?«

»Zum Teufel, ich will dich immer«, sagte er. Er öffnete den Gürtel und den Knopf seiner Hose.

Er war heiß und hart, und sie begehrte ihn. Rittlings setzte sie sich auf ihn und massierte ihn, worauf er vor Wonne aufstöhnte.

»Immer?«

»Ja, keine zwei Minuten, nachdem ich mit dir geschlafen habe, will ich dich schon wieder.« Er streichelte ihre Oberschenkel. Ein Schauer überlief sie, und sie rutschte auf seinen Schoß.

Aufmerksam betrachtete sie ihn, um sich seine Züge einzuprägen. Sah die vertraute Glut des Verlangens, das Funkeln in seinen Augen, vernahm seinen keuchenden Atem.

Er lächelte sie an.

Dieses verführerische, verletzliche Lächeln versetzte ihr einen Stich. Er zeigte es nur, wenn sie so intim miteinander waren. Sie legte ihm die Hände an die Wangen, spürte seinen rauen Bartschatten unter den Fingern und atmete seinen minzigen Duft ein. Leicht streifte sie mit den Lippen über sein Kinn, bevor sie ihm sanft in die Unterlippe biss und ihn dann erneut küsste.

Er drückte sie fester an sich, aber jetzt war sie dran, und obwohl sie es genoss, dass er sie umfing, hinderte sie ihn daran, in sie einzudringen.

Sie wollte alles haben, was er ihr geben konnte.

So, wie er genommen hatte, was sie ihm geben konnte. Jedes Mal, wenn sie miteinander geschlafen hatten, hatte sie ein bisschen mehr von der schüchternen Frau abgelegt, hinter der sie sich in den vergangenen zehn Jahren versteckt hatte, und war mehr zu der Hayley geworden, die sie sein wollte.

Er hatte ihr dieses Geschenk gemacht.

Vertrauen in sich selbst. Liebe für sich selbst.

Und sie wollte, dass dieser gemeinsame intime Moment für sie beide das Sahnehäubchen von alldem war.

Sie spürte seine wachsende Begierde, und obwohl sein verletztes Bein noch schwach sein mochte, besaß er genügend Kraft im muskulösen Oberkörper, um sie an sich zu ziehen.

Sie spürte seine Länge in ihrem Schoß und rieb sich an ihm, wiegte sich vor und zurück. Sie war feucht und von heißem Verlangen erfüllt. Sie wusste nicht, wie lange es währen würde, aber sie wollte, dass dieser Augenblick ewig anhielt.

Er knöpfte ihren Mantel auf und schob ihn ihr von den Schultern. Rasch schlüpfte sie aus den Ärmeln, hob den Kopf und sah ihn an.

***

Garrett hatte solch einen Adrenalinrausch schon öfter nach Einsätzen verspürt, aber nie auf solch erotische Weise. Er hatte keine Ahnung, was in Hayley vorging. Eine innere Stimme – zugegeben, sie war ziemlich leise – flüsterte ihm zu, dass sie sich besser unterhalten sollten.

Aber er war erregt, und die Frau auf seinem Schoß begehrte ihn. Daher blendete er die Stimme der Vernunft aus. Er schob ihre Bluse hoch und öffnete ihren BH. Als der Stoff ihre Brüste freigab, umfing er sie mit den Händen. Sie beugte den Rücken und wölbte sich ihm entgegen, schmiegte sich an ihn.

Sanft drückte er sie nach hinten, damit er eine Brust mit dem Mund umschließen konnte. Zärtlich neckte er die Knospe mit der Zunge, worauf Hayley ihm die Hände an den Kopf legte und ihn an sich presste.

Dabei rieb sie sich an seiner Erregung, wiegte sich mit sanftem Druck vor und zurück, und ein Feuer durchströmte ihn. Er hob den Kopf und musterte sie. Ihre Wimperntusche war von den Tränen verklumpt, und er strich ihr zärtlich über die linke Wange.

Sie drehte den Kopf zur Seite und setzte sich so, dass sie ihn in sich aufnehmen konnte.

Leicht erhob sie sich, um dann langsam auf ihn zu sinken; tief, immer tiefer glitt er in sie. Mit den Händen stützte sie sich an der Wand ab und küsste ihn voller Leidenschaft. Ihre Zunge erkundete seinen Mund.

Er ließ seine Zunge mit ihrer tanzen, zwickte sie sanft in die Brustwarze und genoss ihre Enge. Sie fühlte sich so gut an. Er umschlang sie ein wenig fester und bäumte sich ihr entgegen, passte sich mit seinen Bewegungen ihrem Rhythmus an. Er konnte einfach nicht stillhalten. Er wollte, dass dieser Moment von Dauer war oder zumindest nicht so schnell verging, denn er spürte die Angst, die unter alldem lauerte.

Mehr noch aber hatte er das Gefühl, lebendig zu sein. Als Sieger aus diesem Vorfall hervorgegangen zu sein und sich selbst und seiner Frau bewiesen zu haben, dass auf ihn Verlass war. Er musste sich jedoch versichern, dass sie wirklich seine Frau war. Dass nichts sie auseinanderbrachte.

Er schob eine Hand in ihre Haare, versuchte, seine Lust zu stillen und sie ganz zu der Seinen zu machen. Dafür zu sorgen, dass Hayley zu ihm gehörte.

Aufstöhnend bewegte sie sich schneller. Er ließ seine Hand zwischen sie gleiten, suchte ihre Mitte und umspielte sie mit dem Daumen, während sie ihn ritt.

Ihre Brüste pressten sich im Auf und Ab gegen seinen Oberkörper, und die kehligen Laute, die sie ausstieß, machten ihn verrückt. Er hatte das Gefühl, als würde er in einem Funkenregen verglühen, und wollte dafür sorgen, dass es ihr ebenso erging. Für diesen einen Moment wollte er glauben, dass er im Gleichklang war mit ihr und der Welt.

Dann wäre alles in Ordnung.

Dann würde sich der Knoten in seiner Brust lösen, und er konnte sich sicher sein, dass er überleben würde.

Sie beendete den Kuss und sah ihm tief in die Augen. Er erkannte Leidenschaft in ihrem Blick und noch etwas.

Im Moment wollte er jedoch nicht darüber nachdenken, was es war, er wollte sie nur nehmen und stieß noch einmal tiefer in sie. Sie riss die Augen auf, und er spürte, wie sie sich anspannte, als auch sein Orgasmus wie eine Woge über ihn hinwegflutete.

Noch zweimal stieß er in sie, ergoss sich tief in ihr, während sie ihren Orgasmus voll auskostete und schließlich erschöpft auf seine Brust sank.

Er schlang die Arme um sie, hielt sie fest und streichelte zärtlich über ihren Rücken.

Mit geschlossenen Augen atmete er tief durch. Hayleys Duft hüllte ihn ein. Sie roch nach Sex, aber mehr noch nach Zuhause, nach diesem Vanille-Zimt-Duft, der ihm Geborgenheit und Trost spendete.

Er liebte sie.

Zum Teufel.

Wie war das passiert?

Er war so vorsichtig gewesen, aber irgendwie hatte sie sich doch in sein Herz geschmuggelt.

Zärtlich küsste er sie und empfand dabei eine Angst, die er nie zuvor gekannt hatte. Er konnte sie nicht gehen lassen.

Aber er konnte auch nicht mit ihr zusammen sein. Wie sollte er ihr das zumuten?

Er wusste nicht, ob er noch weiter als Polizist arbeiten konnte. Und er hatte keine Ahnung, was die Zukunft für ihn bereithielt. Er stand am Abgrund und war sich dessen bewusst.

Konnte er sie bitten, ihm am Abgrund der Zukunftsklippe zur Seite zu stehen und mit ihm den Sprung ins Ungewisse zu wagen?

Dieser Abend hatte zwei Dinge ins Scheinwerferlicht gerückt: dass er wieder in den Außendienst zurückkehren könnte, wenn sein Körper mitspielte, und dass er nicht sicher war, ob er das überhaupt wollte.

Die Nacht, in der Hector erschossen worden war und er Paco eine Kugel verpasst hatte, hatte ihn verändert. Er war ein anderer Mensch geworden. Und auch wenn ihm der Schutz der Gemeinschaft immer noch am Herzen lag, wollte er nicht unbedingt wieder an vorderster Front kämpfen.

Sie richtete sich auf, in ihren Augen tobte ein Sturm. Er lächelte, aber sie schüttelte den Kopf.

»Ich lass dir ein Bad ein.« Sie stand auf und ging – ein Zeichen, dass auch Hayley sich an einem Scheideweg befand.

Die Gefahr, die sie in dieser Nacht durchlebt hatten, hatte sich in dieses Zimmer und in ihr Leben geschlichen. Er wusste, ganz egal, wie hart er an einer Beziehung mit ihr gearbeitet hatte, nichts würde wieder so sein wie zuvor.

Er stand langsam auf und zog sich an. Sein linkes Bein schmerzte immer noch, aber der Schmerz war harmlos im Vergleich zu dem Stich, den er in seinem Herzen verspürte. Er hatte gedacht, dass die Liebe ihn stärker machen würde. Er hatte nicht erwartet, dass die Liebe die Macht hätte, ihn in die Knie zu zwingen oder ihm solche Schmerzen zuzufügen.

Ganz gleich, was geschah, er wollte den Polizeidienst nicht quittieren. Er musste seine Zweifel überwinden und sich vergewissern, dass er immer noch ein guter Cop sein konnte. Himmel, und das würde er, denn er würde lieber zwanzig bewaffneten Verbrechern begegnen, als ins Bad zu gehen, zu der Frau, die er liebte, und sich einer ungewissen Zukunft zu stellen.

21. Kapitel

Hayley wusste nicht recht, was sie machen sollte. Zum ersten Mal bereute sie es, mit Garrett geschlafen zu haben. Sie hätte ihn an diesem Abend nicht einladen dürfen.

Sie hatte nicht den Mut, ihm noch einmal gegenüberzutreten. Aber sie wollte auch so lange wie möglich seine Nähe genießen.

Widersprüchliche Wünsche, aber insgeheim wusste sie, dass sie ihn nicht halten konnte und Abschied nehmen musste. Ihr gefiel es gar nicht, dass sie sich so verletzlich fühlte. Und die Furcht hielt sie immer noch in ihrem eisigen Griff.

Ja, er hatte an diesem Abend in gewisser Weise gewonnen, aber er war auch ein gebrochener Mann. Sein linkes Bein war immer noch nicht ausgeheilt, aber sie vermutete, dass es ihm bald keine großen Schwierigkeiten mehr bereiten würde. Sie würde sich jedoch immer Sorgen machen.

Nicht um sein Bein, aber um ihn, weil er sein Leben immer wieder aufs Spiel setzen würde. Das hatte er ihr schon am Anfang ihrer Beziehung klarzumachen versucht. Als er meinte, dass er hoffe, wieder in den aktiven Dienst zurückkehren zu können, dass er unbedingt weiter Polizist sein wolle. Das Bedürfnis, diesen Beruf auszuüben, war so stark in ihm verankert, dass selbst sie es nicht damit aufnehmen konnte.

Zum Teufel, sie war nicht einmal sicher, ob sie seine Beweggründe verstand.

Sie verdiente sich ihren Lebensunterhalt mit Pralinen und verkroch sich in ihrer Küche, wo sie glücklich mit Aromen experimentierte und so tat, als wäre sie mutig. Er hingegen erlebte draußen in der realen Welt echte, Furcht einflößende Abenteuer.

»Hayley?«

Sie schaute auf, die Hände auf das Waschbecken gestützt, und traf seinen Blick im Spiegel. »Tut mir leid. Ich hab das Bad noch nicht fertig.«

»Schon gut. Ich glaube, wir müssen reden.«

Sie nickte. »Wie geht es deinem Bein?«

»Ganz okay. Ich bin eine Weile vorsichtig auf und ab gelaufen, um die Muskeln zu lockern. Danach war ich im Gästebad und hab mich frisch gemacht.«

Er machte einen niedergeschlagenen Eindruck, und all die überschüssige Energie, die er vorhin noch ausgestrahlt hatte, schien verschwunden zu sein.

Auch sie fühlte sich erschöpft.

Unsicherer als jemals zuvor. Nicht zum ersten Mal wünschte sie sich, dass ihre Mutter noch lebte.

Sie hätte gern mit ihr geredet. Auch wenn sie ihr nur gesagt hätte, dass sie ohne Garrett besser dran wäre, hätte sie es schön gefunden, jemanden um Rat fragen zu können. Nicht irgendjemanden, sondern ihre Mutter.

Wieder brannten ihr Tränen in den Augen.

Verdammt. War sie so rührselig, weil sie bald ihre Periode bekam? Sie war unglaublich nah am Wasser gebaut an diesem Abend. Vielleicht lag es aber auch daran, dass sie einen bewaffneten Überfall erlebt hatte.

Sie lachte, als ihr ein verrückter Gedanke kam.

»Was ist so lustig?«

»Ich dachte bloß, dass das auch so eine Sache ist, die ich noch nie erlebt habe. Einem Mann mit Waffe gegenüberstehen. Das stand allerdings nicht auf meiner Löffelliste.«

Er schenkte ihr ein Lächeln, das auf sie traurig wirkte. »Zumindest kann man mir nicht nachsagen, dass ich nicht für neue Erfahrungen in deinem Leben sorge.«

Sie nickte. »Doch das tust du, und so viel mehr.«

»Und warum habe ich das Gefühl, dass das nicht genug sein könnte?«, fragte er.

Sie legte den Kopf schräg und musterte ihn. In diesem Licht blieb nichts verborgen. Sie verlagerte das Gewicht, im Bewusstsein, dass sie sich nicht frisch gemacht hatte. Dass sie immer noch keine Unterwäsche trug und dass sie sich womöglich in Garretts Arme kuscheln könnte, wenn sie jetzt die Klappe hielt.

Aber jetzt, nachdem die Begierde befriedigt war, kochte die Wut wieder hoch.

»Vielleicht, weil du leichtsinnig dumme Risiken eingehst«, sagte sie.

»Leichtsinnig und dumm? Risiken ja, vielleicht, aber leichtsinnig und dumm? Ich war mein ganzes Erwachsenenleben lang Cop, Hayley. Ich glaube, ich weiß sehr gut, was zu tun ist, wenn ich einem Verbrecher begegne«, sagte er.

Sie verschränkte die Arme vor der Brust. »Möglich. Aber heute Abend warst du nicht als Cop unterwegs. Du warst der Freund, der seine Freundin von der Arbeit abholt. Du hättest zulassen sollen, dass ich ihm das Geld gebe. Dann hätten wir nicht alle in den Lauf einer Waffe geschaut.«

»Glaubst du wirklich, dass ich das könnte? Es spielt keine Rolle, ob ich im Dienst bin oder nicht. Einen Verbrecher lasse ich nicht so einfach davonkommen. Das wäre leichtsinnig und dumm.«

»Du hast recht. Das ist dumm. Du hattest keine Waffe dabei und ein verletztes Bein.« Die Wut trieb sie dazu, Dinge auszusprechen, die sie sonst für sich behalten hätte. »Du denkst, du wärest Superman, weil du mehr trainierst als ein Mixed-Martial-Arts-Kämpfer, aber du bist noch nicht gesund, Garrett. Es gibt einen guten Grund dafür, warum dein Captain dich ungelöste Fälle bearbeiten lässt, und ich glaube, dass das deshalb so ist, damit du nicht Kerlen wie Joe begegnen musst.«

Er trat zu ihr, baute sich direkt vor ihr auf, und sie fragte sich, ob sie ihre Worte vielleicht ein wenig freundlicher hätte verpacken sollen, statt die Krallen auszufahren. Aber das wäre gegen ihre Natur gewesen. Er hatte sich an diesem Abend bewusst einer großen Gefahr ausgesetzt, ohne darüber nachzudenken, welche Auswirkungen das auf sie haben könnte.

Er hatte sich von seinem Macho-Trieb leiten lassen, anstatt bedacht und umsichtig zu handeln.

»Der Grund besteht darin, dass ich noch kein Okay vom Arzt habe«, entgegnete er. »Der Captain glaubt an mich und meine Fähigkeiten. Und ich hätte gedacht, das könnte man von seiner Freundin auch erwarten. Aber du schaffst das nicht, oder? Bei dir dreht sich alles nur um dich. Oder deinen Laden.«

Sie schob ihn zur Seite und stürmte aus dem Bad, die Treppe hinunter und ins Wohnzimmer. Dort schaltete sie den Kamin ein und blieb davor stehen.

»Bin ich der Wahrheit zu nahe gekommen? Läufst du deshalb weg?«, fragte er, nachdem er ihr ins Wohnzimmer gefolgt war.

»Überhaupt nicht. Ich gebe zu, dass es Dinge gibt, die mir ein ungutes Gefühl verursachen. Eins davon ist, jemanden zu nah an mich heranzulassen. Und ich versuche herauszufinden, wie es weitergehen soll.«

»Das ist verständlich. Das versuche ich auch. Dieser Abend hat mir ein paar Dinge aufgezeigt, von denen ich nicht wusste, dass sie ein Problem sein könnten. Dinge, denen ich mich zuvor nie stellen musste. Aber ich bin froh, dass es so ist.«

»Das weiß ich«, sagte sie. Endlich fand sie den Mut, das laut zu sagen, was ihr Herz ihr schon seit Langem befahl. »Ich glaube, ich liebe dich, Garrett. Du bist schon seit einer Weile mehr als nur ein Freund für mich. Aber dich zu lieben und mit dir zu leben ist vielleicht zu viel für mich.«

»Feigling.«

Das Wort schmerzte, aber nur ein bisschen. Die Angst, die sie um ihn verspürte, hatte bereits einen Dorn in ihr Herz getrieben. Sie hatte ihr bewusst gemacht, dass sie nie wieder eine friedliche Minute genießen würde, wenn sie mit Garrett zusammenblieb, und deshalb musste sie sich von ihm trennen.

***

Hayley liebte ihn.

Oder glaubte, dass sie ihn liebte. Was hieß das nun?

Verdammt.

Liebe.

Garrett lehnte sich gegen den Türrahmen. Glücksgefühle und Wut erfüllten ihn gleichzeitig, weil sie die Worte so beiläufig ausgesprochen hatte. Als ob ihre Liebe den Kampf nicht wert wäre und man sie einfach so wegwerfen könnte.

Er ging zu ihr und versuchte, sein verletztes Bein dabei möglichst zu schonen. Sie hatte recht, wenn sie ihn als dumm bezeichnete. Es war dumm, von ihm zu glauben, dass sie zu einer Beziehung mit ihm bereit wäre.

Eine Frau, die glaubte, dass man mit einem anderen Kleidungsstil sein Leben ändern konnte … war hinreißend. Wieso sollte er mit ihr diskutieren, wenn er ihr insgeheim zustimmte?

Als er sie so da stehen sah, unfähig, auch nur einen Schritt auf ihn zuzumachen, stieg in ihm der Wunsch auf, sie in die Arme zu schließen. Ihr zu sagen, dass alles gut werden würde. Dass sie ab sofort das Leben nicht mehr allein meistern müsste.

Er wusste jedoch auch, dass das alles leere Versprechungen waren. Wenn er ehrlich zu sich war, wünschte er sich insgeheim, wieder auf die Straße zurückzukehren. Dieser Abend hatte ihm bewiesen, dass sein Urteilsvermögen nicht von Wut oder Furcht beeinträchtigt wurde. Er hatte mehr Angst gehabt als zuvor, weil Hayley an seiner Seite gewesen war, und trotzdem die Ruhe bewahrt.

Er war bereit, wieder seinen Dienst zu verrichten. Aktiv, als Zivilfahnder, nicht an irgendeinem Schreibtisch im Keller, wo er alte Fälle bearbeiten sollte.

»Du liebst mich?«

Sie schaute auf. »Ich glaube schon.«

»Du glaubst es? Was soll das bedeuten?«, fragte er. Entweder sie liebte ihn oder nicht. Es gab nichts dazwischen. Für ihn jedenfalls nicht. Im Flur, als sie sich liebten, war ihm klar geworden, dass es kein Zurück mehr gab. Er konnte nicht länger vortäuschen, dass sein Herz nicht ihr gehörte – sie besaß ihn mit Körper, Herz und Seele.

»Ich hab dir doch schon erklärt, dass die Liebe kompliziert für mich ist. Ich weiß nicht, wie sich das anfühlt.«

»Sie sollte dich stärker machen«, sagte er. *Nicht schwächer.* Nicht so, wie er sich im Moment fühlte. So unsicher und als wäre er zu ewigem Unglücklichsein verdammt, wenn sie ihm nicht sagte, dass sie ihn liebte. Wenn er sich seiner Gefühle so gewiss war, warum spürte sie das nicht auch?

»Tja, ich fühle mich nicht stark. Ich bin wütend und hab Angst. Und nicht nur wegen des Überfalls. Ich weiß allerdings auch nicht, was ich tun würde, wenn du nicht mehr bei mir wärst.«

Sie drehte sich zu ihm um. »Und deshalb fühle ich mich schwach. Wirklich schwach, und das kenne ich gar nicht von mir. Seit dem Tod meiner Mutter komme ich allein klar.«

»Du hattest deinen Dad und deine Freunde. Das würde ich nicht wirklich als ›allein‹ bezeichnen.« Da musste doch auch noch Platz für ihn in ihrem Leben sein. Seit wann war es sein wichtigstes Anliegen, Hayley davon zu überzeugen, dass sie ihn liebte? Und was, wenn es ihm nicht gelang?

Darüber wollte er aber lieber nicht nachdenken.

»Das ist etwas anderes. Mein Dad und ich … Wir haben den Überlebensmodus eingeschaltet.«

»Hm, ihr habt aber auch diesen Vater-Tochter-Modus.«

»Genau das ist es ja«, sagte sie. »Seit dem Tod meiner Mutter fühlt es sich nicht mehr so an. Oh, ich mache ein totales Kuddelmuddel und grabe Dinge aus, die im Moment überhaupt nicht wichtig sind. Was wir miteinander hatten … das war schön, aber es war nicht echt. Und deshalb sind die Gefühle, die ich für dich verspüre, auch nicht echt.«

Was er darauf erwidern sollte, wusste er nicht. Er hatte

keine Ahnung, wovor sie davonlief, aber sie war entschlossen, es allein zu tun. Auch er war die meiste Zeit seines Lebens ein Einzelgänger gewesen, aber er hatte keine Angst, Menschen, die ihm wichtig waren, an sich ranzulassen. Dazu schien Hayley jedoch nicht fähig zu sein.

»Vielleicht hast du recht und liebst mich nicht wirklich«, sagte er schließlich. »Nachdem du es ausgesprochen hattest, dachte ich: Oh ja! Endlich habe ich jemanden gefunden, mit dem ich mein Leben verbringen möchte …«

»Aber du weißt nicht, wie lange der Rest deines Lebens dauern wird«, unterbrach sie ihn. »Du gehst verrückte Risiken ein, und nur, weil es heute Abend gut ausgegangen ist, heißt das noch lange nicht, dass es das nächste Mal wieder so sein wird.«

Damit hatte sie natürlich recht. Aber wenn er eines gelernt hatte, dann, dass es keine Garantien gab. Es gab keine Garantie auf die Zukunft, keine Garantie auf ein langes Leben. Keine Versprechen, die ewig währten. »Wir sollten die Zeit miteinander genießen, solange sie dauert. Du hast selbst gesagt, dass dir vielleicht nur noch acht Jahre bleiben. Vielleicht habe ich genauso viel Zeit, vielleicht weniger oder auch mehr. Die Sache ist doch die: Ich möchte diese Jahre mit dir verbringen. Egal, wie viele uns davon vergönnt sind. So, nun habe ich es gesagt. Kein Leugnen oder Ausweichen mehr. Ich liebe dich. Ich liebe dich nicht irgendwie oder nur vielleicht, sondern von ganzem Herzen.«

»Bravo. Du bist mutiger als ich, aber das wussten wir ja bereits. Ich werde jedenfalls nicht zulassen, dass ich mich in jemanden verliebe, der …« Sie schlang die Arme um ihren Körper. »Es ist zu spät, oder? Ich kann es nicht mehr verhindern.

Ich habe es bereits zugelassen. Statt schlau zu sein und mir einen netten Kerl zu suchen, der auf Nummer sicher geht und in einem Büro arbeitet, verliebe ich mich ausgerechnet in dich.«

»So schlimm ist das nun auch wieder nicht«, sagte er. »Ich habe mich ja auch in dich verliebt.«

»Du meinst das wirklich ernst, oder?«, fragte sie.

Er nickte und löste ihre Arme, damit er sie umfangen konnte. Eng drückte er sie an sich, aus Sorge, dass sie ihm doch noch entschlüpfte.

»Okay. Du hast recht, wir können das schaffen. Du hast deine Arbeit in der Abteilung für ungelöste Fälle und ich meine im Candied Apple Café.«

Moment, Abteilung für ungelöste Fälle?

Nein, inzwischen war er sich sicher, dass er wieder raus auf die Straße wollte. Er würde sich nicht damit zufriedengeben, hinter einem Schreibtisch zu sitzen. »Ich bleibe nicht in der Abteilung für ungelöste Fälle«, stellte er klar.

»Warum nicht? Warum willst du dich freiwillig in Gefahr begeben, wenn wir sicher und glücklich leben könnten?«

»Weil wir nicht glücklich werden würden. Mir gefällt es nicht, im Kellergeschoss ungelöste Fälle zu bearbeiten. Ich mag die Action. Ich werde mich zurück in meine alte Abteilung versetzen lassen, sobald mein Körper es zulässt.«

Sie löste sich von ihm. »Okay, das ist also deine Wahl.«

»Meine Wahl?«

»Ja. Es tut mir leid, Garrett, du wirst dich zwischen mir und deinem Job entscheiden müssen.«

***

Hayley löste sich aus Garretts Armen und machte einen Schritt zurück. Warum wollte er sich freiwillig in Gefahr bringen und sein Leben aufs Spiel setzen? Er wusste doch, wie schwer es für sie gewesen war, ihm einzugestehen, dass sie ihn liebte. Er wusste, wie groß ihr Verlust gewesen war.

Vielleicht aber auch nicht.

»Ich habe mich in meinem ganzen Erwachsenenleben niemandem je so nahe gefühlt wie dir, Garrett. Mir meine Liebe zu dir einzugestehen und es laut auszusprechen hat mich großen Mut gekostet.«

»Das weiß ich.«

»Ich dachte, du würdest verstehen, wie sehr ich Stabilität im Leben brauche. Ich möchte gerne eine Familie haben und mir ein gemeinsames Leben mit dir aufbauen.«

»Das geht doch auch. Ich behaupte nicht, dass es einfach wird. Im Polizeidienst arbeite ich im Schichtdienst, und wenn ich einen Fall habe, dann muss ich vielleicht auch Überstunden machen, aber ich komme immer zu dir zurück.«

»Das kannst du nicht wissen«, erwiderte sie. »Ich bin sicher, auch dein Partner hat gedacht, er würde in der Nacht, in der er starb, wieder nach Hause zurückkehren.«

»Das hat Hector mit Sicherheit angenommen«, sagte Garrett. In seiner Stimme schwang ein Unterton mit, den sie nicht deuten konnte. »Ich bin sicher, dass auch seine Frau damit gerechnet hat.«

»Er war verheiratet?«

»Ja, und er hatte zwei Söhne«, erzählte Garrett.

Hayley schaute ihn stumm an. Die arme Frau und die Kinder. Sie wusste aus eigener Erfahrung, wie es war, nur noch ein Elternteil zu haben. »Wie alt sind seine Söhne?«

»Vier und sechs.«

Hayley nagte an ihrer Unterlippe. Das war so ungerecht. »Ich kann das nicht, Garrett.«

Sie hatte sich selbst etwas versprochen. Ein Versprechen davon war, dass sie eine bessere Ehe führen wollte als ihre Eltern, falls sie je heiraten sollte. Sie wünschte sich die liebevolle Familie, von der sie immer geträumt hatte. Für sich und ihre Kinder. Und das konnte Garrett ihr nicht geben.

Nein, er könnte es schon, aber er wollte es nicht.

»Okay. Und wie geht es jetzt weiter?«, fragte er.

»Ich denke, du solltest jetzt besser gehen. Und vermutlich sollten wir uns nicht wiedersehen.«

»Verdammt, Hayley. Nicht jeder Tag im Polizeidienst ist gefährlich. Ich war zehn Jahre lang Cop, bevor ich in eine Situation geriet, die so schlimm endete, dass es Tote gab.«

Sie nickte. »Und ich hoffe für dich, dass du so etwas nie wieder erleben wirst. Aber dass so etwas nie wieder passiert, ob in einem oder in zehn Jahren, kannst du nicht garantieren, und ich kann nicht … Ich kann damit nicht umgehen. Wenn ich stärker wäre, dann vielleicht, aber meine Mutter hat bereits eine große Lücke in meinem Leben hinterlassen. Ich möchte nicht erleben, dass mein Mann eine noch größere hinterlässt.«

Er musterte sie eindringlich, und sie bekam ein Gefühl dafür, wie Joe sich gefühlt haben musste, als Garrett vor ihm stand. Aber ihr jagte er keine Angst ein. Ja, er war wütend und strahlte Autorität aus. Trotz seiner Einschränkung war er voller Selbstvertrauen und verhielt sich wie ein Mann, der seinen Platz in der Welt genau kannte. Ganz im Gegensatz zu ihr. Sie war sich immer noch nicht ganz ihres Platzes sicher.

Hackte sie deshalb auf ihm herum? Weil sie seine Stärke bewunderte und wusste, dass sie nie so selbstsicher sein würde? Sie gehörte zu der Kategorie Menschen, die einem Dieb gaben, was er wollte, nur damit er sie in Ruhe ließ. Garrett nicht.

Und inmitten all dieser Gegensätze musste sie sich darüber klar werden, ob sie ihn genug liebte, um eine Brücke über den klaffenden Abgrund zwischen ihnen zu schlagen. Konnte Liebe so stark sein?

War das möglich?

»Du hast mich einen Feigling genannt, aber du bist doch diejenige, die aus Angst wegläuft. Ich bin nicht sicher, warum, aber du hast sorgsam darauf geachtet, nichts und niemanden in dein Leben zu lassen. Du sagst, deine Mutter hat eine Lücke in deinem Leben hinterlassen, aber sie hat dir auch eine Verbindung in Form dieser Briefe geschenkt. Du aber willst sie nicht lesen, nicht einmal öffnen. Ich frage mich, ob diese Lücke nicht ein ureigenes Bedürfnis von dir erfüllt. Du bist wie eine Insel und machst dir vor, dass du besser als andere bist.«

»Ich halte mich nicht für was Besseres!« Sie wusste besser als die meisten, dass sie es nicht war. Und eine Insel? Nicht mal annähernd. Es gab so viele Anker, die sie hielten, weshalb sie auch nie einen Schritt allein machte. Sie dachte jeden Tag darüber nach, was ihre Mutter von ihr halten würde. Sie machte sich Gedanken um Cici und Iona und ob sie Garrett wiedersehen sollte oder nicht. Sie wusste, dass sie jeden Tag krank vor Sorge um ihn sein würde, wenn er wieder in den Polizeidienst zurückkehrte.

Aber damit zu leben, jeden Morgen aufzuwachen und in seine lachenden grauen Augen zu sehen, um ihn dann gehen zu lassen, zu einer Arbeit, bei der er sein Leben riskierte …

Nein, das konnte sie nicht. Sie war schwach und brauchte Sicherheit. Einen Mann, bei dem sie sich darauf verlassen konnte, dass er für sie da sein würde. Keinen Mann wie ihren Vater, der immer unterwegs war. Sie wollte jemanden, der auf sie wartete, wenn sie nach Hause kam.

Sie wollte, dass Garrett dieser Mann war. Aber er wollte seinen Beruf und sein Leben, das er sich aufgebaut hatte, nicht aufgeben. Er wollte der Mann sein, der er früher gewesen war. Und was sagte es über sie aus, dass sie ihn verändern wollte?

Dieser verdammte Paco.

Hätte er Garrett nicht angeschossen, hätten sie sich nie besser kennengelernt. Dann wäre ihr Leben weiterhin vor sich hin geplätschert, und sie hätte jetzt nicht das Gefühl gehabt, dass sie sterben müsste.

»Nein, du bist nicht besser als andere. Ich auch nicht. Wir sind beide bloß Menschen, Hayley. Zwei Leute, die etwas ineinander gefunden haben, das sie zuvor bei niemandem gefunden haben. Ich denke, das ist das Risiko wert. Und ich möchte, dass du es mit mir eingehst.« Er streckte die Hand aus, und sie hätte sie gern genommen. Sie verstand selbst nicht, warum sie sich nicht überwinden konnte, sie zu ergreifen. Ja zu sagen, ihm zu versichern, dass sie seine Meinung teilte. Aber sie konnte es nicht. Sie verschränkte die Arme hinterm Rücken, um sicherzugehen, dass sie es nicht tat.

Seine Miene versteinerte, und er ließ den Arm sinken. Nie zuvor hatte sie sich so einsam gefühlt. Nicht einmal nach dem Tod ihrer Mutter. Denn damals hatte sie noch die Hoffnung gehabt, dass sie jemanden kennenlernen würde, mit dem sie ihr Leben teilen konnte. Sie hatte fest daran geglaubt, dass sie zu der Frau aufblühen würde, die sie sein wollte.

Bis zu diesem Moment war es immer eine Möglichkeit gewesen, doch nun glaubte sie nicht mehr daran.

»Ich will Polizist sein«, sagte er. »Ich muss mir selbst beweisen, dass ich immer noch derselbe bin wie früher. Ich will mir von meinem kaputten Bein nicht den Rest meines Lebens diktieren lassen. Dieser Mistkerl, der mich angeschossen hat …«

»Und wenn ein anderer Mistkerl noch mal auf dich schießt, Garrett? Was ist dann? Wie soll das beweisen, dass du immer noch der Mann bist, für den du dich hältst?«

»Ich muss es einfach tun«, beharrte er. »Ich werde meinen Beruf nicht aufgeben, weil du Angst hast. Ich muss mir selbst beweisen, dass ich immer noch ein guter Cop bin.«

»Das ist also deine Entscheidung. In dem Fall lebe wohl.«

Er drehte sich um, und sie sah, wie sein Knie unter ihm wegknickte, aber er fing sich schnell wieder und verließ wortlos das Zimmer. Unterwegs sammelte er seine Jacke auf, und kurz darauf fiel die Haustür hinter ihm zu, ohne dass er noch mal einen Blick zurückgeworfen hätte.

Das Zufallen der Tür hatte eine Endgültigkeit, die dem gleichkam, was sie tief in ihrem Innersten fühlte. Sie hatte ihre Entscheidung getroffen, aber sie hatte auch keine andere Wahl gehabt. Sie war ehrlich zu ihm gewesen und zu sich selbst. Sie war nicht die Art von Frau, die jeden Tag mit der Angst leben konnte, den Mann zu verlieren, den sie liebte.

Sie verriegelte die Tür, sank davor zu Boden, zog die Beine an die Brust und legte ihren Kopf darauf. Nicht einmal weinen konnte sie, denn sie fühlte sich wie betäubt.

Wie gelähmt.

Es kam ihr so vor, als wäre es eine Ewigkeit her, seit sie diese Vielzahl von Gefühlen empfunden hatte, die Garrett immer in ihr weckte, und sie hoffte, sie würde sie nie wieder durchleben.

Sie war so darauf bedacht gewesen, den Kokon abzustreifen und die wahre Welt zu erkunden, aber sie hatte nicht damit gerechnet, dass sie dabei auch solch großen Schmerz verspüren würde. Dass Zuneigung ein doppelschneidiges Schwert war.

Sie hob den Kopf, als Lucy zu ihr trottete und ihr über den Arm leckte. Sie streichelte den kleinen Hund und stand auf. Ihr Blick fiel auf den Brief ihrer Mutter, und sie griff danach. Sie musste ihn lesen.

Sich all die Jahre zu verkriechen hatte ihr überhaupt nicht geholfen. Vielmehr kam es ihr so vor, als hätte sie die ganze Zeit hinterm Mond gelebt und wäre überhaupt nicht bereit für das Leben und die Liebe.

22. Kapitel

Im Bad flackerten überall Kerzen, als Hayley in die Wanne stieg. Lucy saß auf einem Kissen in der Ecke, und Ed Sheeran sang über lügende Liebende. Sie rückte das Wannenkissen zurecht und genoss die Wärme.

Jedes Mal, wenn sie ihr Herz aufs Spiel setzte, ging es schief, und sie blieb am Ende allein zurück. Vielleicht lag es daran, dass sie zu perfektionistisch war. Dass sie das Glück zu sehr wollte.

Sie hätte gern eine Familie, die der in ihrer Vorstellung ähnelte. Ihre Fantasiefamilie sollte Wirklichkeit werden. Daher glaubte sie Männern ihre kleinen Lügen nur zu gern.

Allerdings musste sie zugeben, dass Garrett sie nie angelogen hatte. Von Anfang an war er ehrlich zu ihr gewesen.

Er hatte ihr keine Versprechungen gemacht. Sie war diejenige, die eine Affäre gewollt hatte, um aus der langjährigen Routine auszubrechen, und genau das hatte sie bekommen.

Dabei hatte sie Dinge über sich selbst gelernt, die sie ehrlich gesagt lieber gar nicht gewusst hätte. Am liebsten hätte sie weiter geleugnet, dass sie gar nicht so glücklich mit ihrem Single-Leben gewesen war, wie sie sich weismachen wollte.

Sie gab nicht gerne zu, dass sie ihn vermisste. Obwohl sie immer noch davon überzeugt war, dass ihre Trennung zu ihrer beider Bestem war, wünschte sie sich, er würde zur Tür hereinkommen und sie aus der Wanne holen. Aber auch das war nicht möglich, mit seinem verletzten Bein würde er das gar nicht schaffen.

Diese kleine Schwäche war das Herzstück seiner Unzufriedenheit. Das wusste sie. Sie konnte auch nachvollziehen, dass er seinen Ärger darüber an ihr ausgelassen hatte, weil sie ein bequemes Ziel bot. Aber das wollte sie nicht sein. In ihrer Vorstellung behandelte man Menschen, die man liebte, nicht auf diese Weise. Liebe sollte Unterstützung bedeuten, gegenseitige Fürsorge. Aber Garrett würde nie zulassen, dass sie sich um ihn kümmerte.

Egal, was sie tat, er musste sich zuerst selbst verzeihen, dass er auch nur ein Mensch war und Fehler machte.

Er hatte sich selbst für moralisch überlegen gehalten. Für einen Mann, der immer die richtigen Entscheidungen traf. Das wusste sie aus ihren Gesprächen. Und er war ja auch ein guter, mitfühlender Mensch und sexy.

Sex.

Dass sie sich von ihm angezogen fühlte, hatte es so viel leichter gemacht, sich in ihn zu verlieben. Niemals zuvor war ein Mann so verrückt nach ihrem Körper gewesen. Sie blickte auf ihren Bauch unter dem dünnen Schaumschleier. Dieser durchschnittliche Körper war seine Spielwiese gewesen.

Garrett hatte dafür gesorgt, dass sie sich so lebendig fühlte, so voller Macht, und dieses betörende Gefühl vermisste sie.

Tränen brannten ihr in den Augen, und warm kullerte ihr eine über die Wange. Sie wollte nicht allein in ihrer Wanne weinen. Sie war eine Frau der Tat, aber im Moment war sie kraftlos.

Hilflos saß sie da und vermisste ihn. Damit hatte sie nicht

gerechnet. Die Euphorie, mit der sie sich in Garrett verliebt hatte, hatte sie dazu gebracht, die offensichtliche Wahrheit zu ignorieren.

Dass sie völlig gegensätzlich waren.

Eine Weile lang hatte es so ausgesehen, als ob all die Unterschiede ihre Beziehung stärken würden, aber nun musste sie sich eingestehen, dass sie sich getäuscht hatte.

Großer Fehler.

Niemals hätte sie angenommen, dass sie so viel Schmerz darüber empfinden würde. Sie griff nach dem Brief ihrer Mutter, der so lange ungelesen auf verschiedenen Tischen in ihrem Haus gelegen hatte.

Sie hatte nicht an die Vergangenheit und die Träume, die ihre Mutter für sie hegte, erinnert werden wollen. Denn sie hatte gewusst, dass sie ihr diese Träume nie erfüllen konnte. An diesem Abend aber, von Traurigkeit erfüllt, wusste sie, dass sie nie wieder ein solch schmerzhaftes Gefühlschaos empfinden wollte, und öffnete ihn.

Ihre Mutter hatte Umschläge immer sehr vorsichtig aufgemacht, eine Angewohnheit, für die Hayley keine Geduld aufbrachte. Daher war die Umschlagklappe zerrissen, als sie den Brief herauszog. Das Papier roch nach Chanel, dem Parfüm, das ihre Mutter am liebsten getragen hatte, und Hayley lehnte sich zurück, um den Duft einzuatmen.

In ihrer Erinnerung spürte sie die Umarmung ihrer Mutter, die sie jetzt so dringend gebraucht hätte. Sie wünschte sich, dass jemand ihr sagte, alles würde gut werden. Aber ihr Dad würde das nie tun, ihre Mutter war fort, und sie und Garrett hatten das Band zwischen sich gekappt. Es gab niemanden, der sie trösten konnte.

Sie schüttelte den Kopf, um den niederschmetternden Gedanken zu vertreiben, dass sie womöglich den Rest ihres Lebens allein mit Lucy verbringen würde.

Sie faltete das Briefpapier mit dem Monogramm auseinander. Die hübsche, leicht schräg gestellte Handschrift ihrer Mutter sah sie nur durch einen Tränenschleier. Sie wischte sich über die Augen und konzentrierte sich auf die Zeilen.

Liebe Hayley,

dreißig! Du liebe Güte. Als ich dreißig wurde, warst du neun, fast zehn, und so überzeugt von dir. Ich habe damals schon erkannt, dass du einen starken Willen hast, und das jagte mir Angst ein. Ich wusste nicht, wie ich mit dir umgehen sollte.
Ich hoffe, du führst ein großartiges Leben. Das ist wirklich schwer für mich. Ich will so viel für dich. Und ich weiß auch, dass wir in den letzten Jahren selten einer Meinung waren. Als ich dreißig war, dachte ich, die Welt wird einmal dir gehören.
Und ich wette, du gehst deinen Weg. Ich hoffe, du hast deine Zwanziger genossen und weißt, dass du nur an Schönheit und Stärke wachsen wirst.
Denk dran: Wenn du mich brauchst, bin ich da. Wenn auch vielleicht nur im Geist, aber ich werde immer über dich wachen.

In Liebe,
Mom

Hayley schloss kurz die Augen, schwelgte im Gefühl der Umarmung, nach der sie sich so sehr sehnte, und faltete den Brief schließlich zusammen. Ihre Mutter hatte ihr nichts gesagt, was Hayley nicht schon wusste, aber aus unerklärlichen Gründen fühlte sie sich von ihr respektiert und akzeptiert, so wie sie war.

Und das war vor diesem Moment nie so gewesen.

Sie legte den Brief auf den Rand und stieg aus der Wanne. Sorgfältig trocknete sie sich ab, bevor sie in ihren Bademantel schlüpfte und ins Schlafzimmer ging.

Sie war stark. Das hatte sie vergessen. Sie gab nicht so leicht auf, wenn sie etwas wollte.

Aber wollte sie Garrett? War er es wert, dass sie um ihn kämpfte?

***

Der Alltag hatte Hayley schnell eingeholt. Der Februar kam und ging, und sie tat so, als vermisste sie Garrett nicht, aber in Wahrheit dachte sie jeden Morgen beim Aufstehen an ihn.

Manchmal rannte Lucy zum Zaun vom Nachbargrundstück, als wollte sie Hayley auffordern, Garrett zu besuchen. Hayley ignorierte den kleinen Hund dann jedoch immer und kehrte rasch zurück ins Haus. Als es schneite, dachte sie an Garrett und ihre Schneeballschlacht und dass sie noch nie so viel Spaß gehabt hatte.

Wenn sie am Laden der Familie Kalatkis vorbeikam, erinnerte sie sich daran, wie sie dort gemeinsam nach dem Einbruch aufgeräumt hatten. Der Laden war inzwischen wieder geöffnet, und das Geschäft lief gut. Aber Hayley konnte sich nicht dazu überwinden, einzutreten. Sie fürchtete, dass man sie nach Garrett fragte, und was hätte sie dann sagen sollen?

Auch Cici verhielt sich seltsam. In letzter Zeit ging sie Iona und ihr aus dem Weg, aber an diesem Morgen war eine Besprechung angesetzt, um herauszufinden, ob sie am Valentinstag nach Abzug aller Kosten Gewinn gemacht hatten, und dabei konnte sie ihnen nicht ausweichen.

Hayley hoffte, dass Cici ein schönes Geheimnis hatte oder etwas Aufregendes in ihrem Leben passiert war. Egal was, Hauptsache, es konnte sie davon ablenken, dass sie Garrett nur noch ab und zu aus der Ferne sah, der ebenfalls sein Leben lebte.

Das war ja auch nur fair, sie machte es schließlich genauso.

Genauer gesagt, sie war wieder in alte Gewohnheiten verfallen und lebte vor sich hin.

So überraschend leicht es auch gewesen war, sich zu verlieben, sich wieder zu entlieben war wirklich schwer.

Sie redete sich ein, dass sie nicht sicher sein konnte, ob sie überhaupt je in ihn verliebt gewesen war, aber ihr Herz war anderer Meinung. Und allmählich stimmte ihr Kopf auch zu. Sie hatte den gestrigen freien Abend damit verbracht, durch einen Spalt in den Rollläden die Straße zu beobachten und nach Garrett Ausschau zu halten.

Als er endlich in seiner Lederjacke, mit hochgestelltem Kragen gegen die Kälte, die Straße entlangging, hatte sie seinen Anblick wie ein trockener Schwamm aufgesogen. Wenn er vor ihrem Haus stehen geblieben wäre oder auch nur in ihre Richtung geschaut hätte, wäre sie zu ihm geeilt. Doch das hatte er nicht getan.

Er war schnurstracks an ihrem Haus vorbeimarschiert. Als würden sie sich nicht kennen. Als wären sie Fremde.

Und das stimmte vermutlich auch. Sie waren sich fremd geworden, auch wenn sie es nicht glauben wollte. Vielleicht gelang es ihr irgendwann.

Sie setzte sich an einen der Tische im Kursraum des Ladens und wartete auf Iona und Cici. Es war ihr unangenehm gewesen, dass Garretts Bruder Pete und seine Verlobte am Valentinstag ihren Kurs besucht hatten, aber beide waren freundlich zu ihr gewesen, auch wenn sie nicht viel mit ihr geredet hatten.

Was ihr nur recht gewesen war.

Sie fragte sich, ob Pete über ihre Trennung Bescheid wusste. Garrett erschien ihr nicht wie der Typ, der viel über seine Beziehungen redete.

So gut kannte sie ihn dann doch. Während ihrer gemeinsamen Zeit hatte sie den Eindruck gewonnen, dass er seinen Freunden bei der Polizei und Hoop näherstand als seiner Familie.

»Hallo, Hayley. Bist du schon lange hier?« Iona betrat den Raum. Sie hatte sich die Spitzen ihrer schwarzen Haare zum Valentinstag rot gefärbt und beschlossen, es so zu lassen. Es war außergewöhnlich und mutig, genau wie Iona.

»Ich wollte ein paar neue Geschmacksrichtungen ausprobieren«, erklärte Hayley. Sie war es leid, die von Garrett inspirierten Pralinen herzustellen, aber sie fühlte sich in letzter Zeit reichlich uninspiriert.

»Und warst du erfolgreich?«

»Nein, kann man nicht sagen.«

»Was ist bloß mit dir los?«, fragte Iona. »Du benimmst dich schon seit einer ganzen Weile komisch. Was stimmt nicht?«

Hayley atmete tief durch. Was sollte sie darauf antworten? Sie hatte bisher nur eine einzige Beziehung gehabt, bei der sie so etwas Ähnliches wie Liebeskummer gehabt hatte, aber damals war sie mehr über sich selbst enttäuscht gewesen. Und selbst da hatte sie nicht darüber reden können. Sie hasste es zu scheitern.

»Ich habe mich von Garrett getrennt.«

»Warum?«

»Das ist kompliziert.«

»Das ist es mit Männern doch immer. Hat es etwas mit dem Abend zu tun, als ihr überfallen wurdet? Seit damals bist du neben der Spur. Carolyn hat erzählt, Garrett war der Held des Abends. Er hat den Typ überwältigt …«

»Ja, er war toll. Das ist auch nicht das Problem. Hat Carolyn auch erzählt, dass er auf den bewaffneten Mann losgegangen ist, obwohl er selbst keine Waffe dabeihatte? Es ging nur um Geld. Wir hätten es dem Mann einfach geben sollen«, erwiderte Hayley. Sie war immer noch wütend, weil Garrett so leichtsinnig gehandelt hatte. Wenn diese blöden Kerle nicht gewesen wären und versucht hätten, sie auszurauben, wäre sie vielleicht immer noch mit Garrett zusammen.

»Es geht also um etwas, das an diesem Abend passiert ist, aber eigentlich nicht um den Überfall selbst«, stellte Iona fest. »Willst du darüber reden?«

Hayley legte den Kopf auf den Tisch. »Nein. Ja. Verdammt, ich weiß es nicht.«

»Das bedeutet Ja. Ich hole uns eine heiße Schokolade, und dann sprichst du dich aus.«

Hayley musterte ihre Freundin. »Ich fürchte, ich liebe ihn, Iona. Ich hab ihm gesagt, wenn er wieder als Cop arbeitet, will ich nicht mehr mit ihm zusammen sein.«

»Das hast du nicht.«

»Doch. Ich habe bereits meine Mutter verloren, ich kann nicht … Das ist selbstsüchtig, oder? Aber ich kann meine Gefühle nun mal nicht ändern.«

Iona krauste die Nase. »Wir finden schon eine Lösung, wenn du ihn zurückhaben willst.«

»Selbst wenn ich das wollte, ich glaube nicht, dass er noch mit mir zusammen sein will. Wie soll ich ihm beweisen, dass ich meine Meinung geändert habe? Uh. Ich habe sie ja nicht mal geändert. Ich möchte mir nicht jede Minute, die er auf der Arbeit ist, Sorgen um ihn machen müssen.«

Iona lehnte sich mit der Hüfte an den Tisch, an dem Hayley saß, und verschränkte die Arme. »Machst du dir um ihn jetzt keine Sorgen?«

Oh, verflixt! Ja, sie hatte jedes Mal Angst, wenn sie sah, dass er zur Arbeit aufbrach. Sie wusste nicht, ob er wieder als Zivilfahnder im Außendienst arbeitete oder immer noch am Schreibtisch. Jeden Abend hielt sie Ausschau, ob Licht bei ihm brannte, um sich zu vergewissern, dass er gesund nach Hause zurückgekehrt war.

Sie kam nicht über ihn hinweg. Sie verliebte sich immer mehr in ihn, aber er war fort.

Fort.

***

Es gab keinen Grund, warum Garrett über die Fifth Avenue und am Candied Apple Café vorbeischlenderte, und dennoch tat er es jeden Abend nach der Arbeit wieder. Er stieg absichtlich zwei Stationen zu früh aus der U-Bahn, nur um sinnloserweise am Laden vorbeizugehen.

Selten erhaschte er einen Blick auf Hayley. Sie steckte vermutlich in der Küche oder womöglich oben im Kursraum. Er sollte an einem ihrer Kurse teilnehmen.

Verdammt!

Nein, das sollte er nicht. Schließlich war er kein Masochist.

Warum also quälte er sich weiter und lief jeden Abend an ihrem Geschäft vorbei?

Weil es ihm ein gutes Gefühl gab, sich vorzustellen, dass sie dort drin in ihrer Küche arbeitete. Genauso ging er manchmal in seinen Garten, wenn er Lucys Bellen vernahm, nur um Hayleys Stimme zu hören, wenn sie den Hund ins Haus rief.

Das war schon krank – so besessen von einer Frau zu sein, die ihn nicht so liebte, wie er war.

Sein Bein war immer noch nicht ganz in Ordnung, aber insgesamt war er schon viel fitter als an dem Abend, als alles den Bach runterging. Er trug nun eine Schiene statt einer Einlage und fühlte sich damit besser. Er hatte auch einen neuen Partner für den Außendienst bekommen, und am nächsten Tag würden sie mit der Arbeit an einem neuen Fall beginnen.

Im selben Viertel, in dem Paco seine Drogen verkauft hatte. Es gab einen neuen Dealer, und sie wollten ihn festnehmen. In gewisser Weise war Garrett frustriert, dass sich so viel geändert hatte, aber die Kriminalität in dem Viertel nicht. Er war entschlossen, dieses Mal nicht nur den Straßendealer zu schnappen, sondern auch den Lieferanten, und dem Spuk ein für alle Mal ein Ende zu setzen.

Vielleicht würde dann … Ja, was?

Würde er dann aus dem Dienst ausscheiden? Wohl kaum. Er liebte seinen Job und würde ihn niemals aufgeben. Das konnte er nicht. Eine Weile hatte er darüber nachgedacht. An dem Abend, nachdem er Hayleys Haus verlassen hatte, war es das Einzige gewesen, woran er denken konnte. Aber am nächsten Morgen war er sich im Klaren darüber gewesen, dass er nicht glücklich werden und sich selbst nicht mehr in die Augen schauen könnte, wenn er den Dienst quittierte, weil sie Angst hatte.

Das war kein guter Grund, um sein Leben zu ändern.

Er hatte Hectors Frau besucht, Paloma, und ihre Söhne. Einen ganzen Nachmittag lang hatte er mit ihnen geredet, und das hatte ihm wieder ins Bewusstsein gebracht, warum es für ihn so wichtig war, Polizist zu sein. Nicht nur für ihn, sondern auch für Hector und seine Jungs. Er war Onkel Gar für sie, und sie sahen zu ihm auf. Garrett schuldete es sich selbst und Hectors Andenken, dafür zu sorgen, dass sein Freund und Partner nicht umsonst gestorben war.

Und das konnte er in der Abteilung für ungelöste Fälle nicht tun. Ganz egal, was Hayley dachte. Er fragte sich, wie sie es aufnehmen würde, wenn er sie darum bäte, ihren Laden aufzugeben. Das war aber kein gutes Argument. Er konnte ihre Angst nachvollziehen.

Er fürchtete sich ja selbst ein wenig vor dem morgigen Tag. Dank dem Überfall wusste er, dass er nicht erstarren würde, wenn jemand eine Waffe auf ihn richtete. Aber er war sich nicht sicher, ob er selbst jemals wieder auf jemanden zielen könnte. Wie würde er sich mit einer Waffe in den Händen fühlen?

»Garrett?«

Er schaute auf und entdeckte Iona Summerlin, Hayleys Geschäftspartnerin, vor dem Candied Apple Café.

»Hallo, Iona.«

»Wie geht's dir? Willst du Hayley besuchen?«, fragte Iona. Sie hielt eine Digitalkamera in der Hand und legte sich den Kameraremen um den Hals, als sie zu ihm kam.

Eine Wolke ihres teuren Parfüms schwebte zu ihm herüber, und wieder staunte er darüber, wie sehr sie sich von Hayley unterschied. Hayley duftete nach zu Hause. Ein Zuhause, das er zuvor so nie gekannt hatte und von dem er sich fragte, ob er es jemals ohne sie wieder haben würde.

»Nein, will ich nicht. Ich bin auf dem Heimweg«, antwortete er.

»Das ist aber ein Umweg, oder? Ich dachte, du arbeitest in Lower Manhattan.«

Er zuckte mit den Schultern. Er musste sich vor ihr nicht rechtfertigen. »Das stimmt. Was hast du vor?«

»Ein paar Bilder fürs Marketing. Wir haben Hayley endlich dazu gebracht, ihr Einverständnis zu dem neuen Laden zu geben, und nun will ich sehen, welche Elemente wir übernehmen sollten.«

»Eine gute Idee.«

»Danke«, sagte sie grinsend. »Darum bin ich so gut in meinem Job.« Iona war eine schöne Frau, freundlich und offen. Er fragte sich unwillkürlich, ob es unkomplizierter gewesen wäre, wenn er sich in jemanden wie sie verliebt hätte. Das hatte er aber nun mal nicht. Und hätte es wohl auch nie. Er legte keinen Wert auf teures Parfüm oder eine Frau, die er leicht durchschauen konnte. Er mochte es, dass Hayley ihm Rätsel aufgab und ihn ständig überraschte. Dass sie eine Herausforderung für ihn war.

Er mochte sie.

Er wollte sie zurück, aber er wusste nicht, wie er das anstellen sollte, weil er dafür das aufgeben müsste, was ihn ausmachte.

»Viel Erfolg mit eurem neuen Laden.« Er sollte sich verabschieden, bevor Hayley möglicherweise auftauchte.

Er warf einen Blick zum Schaufenster.

»Sie ist nicht da«, sagte Iona.

»Ach nein? Wo ist sie?«, fragte er.

»In Kalifornien. Sie will für Dunham Dinners eine neue Dessertlinie entwickeln«, erklärte Iona.

Das Projekt für ihren Vater. Es war gut, dass sie etwas mit ihm zusammen machte. Er vermisste sie nun umso mehr, da er wusste, dass sie nicht hier war. »Wer kümmert sich um Lucy?«

»Ich frage mich, warum du das wissen willst«, sagte Iona. »Du hast sie doch verlassen, oder?«

Ja, das hatte er. »Sie hat mich mehr oder weniger rausgeworfen. Das ist ein Unterschied, aber du hast recht, ich bin gegangen. Warum ist das wichtig?« Er wandte sich zum Gehen.

»Ich denke, es wäre sehr wichtig, wenn du sie liebst.«

Volltreffer!

»Da hast du recht«, sagte er über die Schulter und lief weiter. Er musste herausfinden, was er wollte. Alles drehte sich um Hayley, aber sie konnte nicht von ihm verlangen, dass er seinen Beruf aufgab. Es musste einen Weg geben, um den Felsbrocken zu überwinden, den sie ihnen in den Weg geworfen hatte.

Er verkroch sich nun schon seit einer Weile und hatte dabei völlig vergessen, dass er kein Typ war, der so leicht aufgab.

Er wollte sie in seinem Leben. Er würde sie zurückgewinnen. Und es würde ihr gefallen. Dafür würde er schon sorgen.

23. Kapitel

Hayley genoss den Rückflug nach New York mit ihrem Vater im Privatjet von Dunham Dinners. Um fünf Uhr morgens hatten sie Los Angeles verlassen, und am frühen Abend würden sie zu Hause ankommen. Sie war müde, weil sie jeden Tag lange in der Testküche gearbeitet hatte, um Desserts zu entwickeln, die vorbereitet, eingefroren und zu Hause wieder aufgetaut und zubereitet werden konnten, ohne an Qualität und Geschmack zu verlieren.

»Ich hatte all die Jahre keine Ahnung, dass du kochen kannst«, sagte Hayley.

»Du weißt eine Menge nicht über mich, Kind, weil du mich als deinen Dad siehst, nicht als Mensch«, antwortete ihr Vater.

Sie glaubte, dass es ihnen allen so erging. Der Brief von ihrer Mutter hatte sie daran erinnert, dass ihre Mom nicht nur Mutter gewesen war, sondern auch ein anderes Leben gehabt hatte.

»Ich weiß, dass du mehr bist als mein Vater«, sagte sie.

»Gut. Nach dem Tod deiner Mutter fühlte ich mich leer und habe viele Überstunden gemacht. Denn das schien mir der einzige Weg zu sein, wie ich nachts überhaupt einschlafen konnte. Unser Bett kam mir viel zu groß vor. Das Haus kam mir ohne sie leer vor. Du warst im College, und ich war dort, allein.«

Sie hatte sich nie Gedanken darüber gemacht, wie er sich nach dem Tod ihrer Mutter gefühlt hatte. »Das tut mir leid,

Dad. Mir ist nie aufgefallen, wie schwer es für dich war. Ich dachte, du bist froh, dass du arbeiten kannst.«

»Ich dachte, das würdest du von mir erwarten. Aber die Jahre, in denen deine Mutter krank war und ich weniger gearbeitet habe, haben mich verändert. Fast so sehr wie der Verlust deiner Mutter. Ich glaube, ich habe mich damals erneut in sie verliebt.«

Hayley schlug die Beine übereinander und löste den Sicherheitsgurt, als das Flugzeug seine Flughöhe erreicht hatte. Wenn ihr Vater mit ihr allein flog, gab es keine Stewardess, der Pilot und der Co-Pilot im Cockpit waren die einzigen anderen Personen an Bord.

»Ach ja? Warum hast du dich in Mom verliebt?«, fragte Hayley. Sie wusste, dass sie Garrett liebte, weil sie ihn vermisste und er ständig ihre Gedanken beherrschte, egal, was sie tat.

»Gute Frage.« Er zwinkerte ihr zu. »Ich bin nicht sicher, ob ich es in Worte fassen kann. Deine Mutter hatte tolle Beine.«

»Ja, das stimmt. Sie war immerhin Schönheitskönigin im College, oder?«, fragte sie.

Noch nie zuvor hatte sie das Bedürfnis gehabt, über ihre Mutter zu sprechen. Und sie hätte auch nicht gedacht, dass ihr Vater über sie reden wollte, aber offenbar hatte sie sich getäuscht. Sie hatten sich beide in ihrer Trauer vergraben. Und sie war traurig, dass sie nicht vorher daran gedacht hatte, einfach mal mit ihm zu reden.

Ihr war nicht klar gewesen, auf wie viel sie verzichten würde, als sie beschlossen hatte, ihr Leben allein zu meistern.

Garrett hat recht, dachte sie. Ihr Vater erzählte, wie ihre Mutter den Bikini-Wettbewerb am College gewonnen hatte, aber sie hörte nur auf den Ton in seiner Stimme. Daran konnte sie erkennen, wie glücklich ihre Mutter ihn gemacht hatte.

Hatte Garrett sie auch glücklich gemacht? Klang sie auch so, wenn sie von ihm sprach?

»Hat Mom dich jemals gebeten, nicht mehr so viel wegen der Arbeit zu reisen, Dad?«, fragte sie.

»Nun, es gefiel ihr nicht, das ist sicher, aber es gab keine andere Lösung. Wie du weißt, war ich der einzige Dunham-Erbe, und ich wollte nicht, dass das Unternehmen in andere Hände fiel oder gar aufgelöst wurde. Es ist alles, was ich kann. Ich glaube nicht, dass ich für jemand anderen arbeiten könnte, deshalb musste ich es weiterführen.«

»Wünschst du dir, ich würde ins Familienunternehmen einsteigen?«

»Früher gelegentlich, aber inzwischen ist es anders. Wir haben Aktionäre, und irgendwann wirst du meinen Platz im Vorstand einnehmen oder eben deine Anteile verkaufen«, sagte er. »Das ist allein deine Entscheidung.«

»Warum hast du das nicht getan?«

»Wenn man jung ist, trifft man seine Entscheidung aufgrund dessen, wie man sich seine Zukunft vorstellt. Wenn du so alt bist wie ich, erkennst du, dass all diese Pläne nicht in Stein gemeißelt sind und oft alles anders kommt, als man es sich gedacht hat.«

»Wie zum Beispiel, dass Mom gestorben ist.«

»Genau. Ich habe hart für unsere und deine Zukunft gearbeitet, aber du hast nun deinen eigenen Laden, deine eigenen Träume, und sie ist nicht mehr bei mir. Wer weiß, was noch passiert. Warum stellst du all diese Fragen?«

Sie atmete tief durch. »Es gibt da einen Mann.«

»Aha. Hat er ernste Absichten?«

»Ja. Oder vielmehr hatte er sie. Dad, er ist Polizist«, sagte sie.

»Und wo liegt das Problem?«, fragte er.

Sie erzählte ihm alles von Anfang an, wie sie sich verändern wollte und wie Garrett sie erkennen ließ, dass sie sich längst wohl in ihrer eigenen Haut fühlte. Während sie sprach, stellte sie fest, dass sie ihn nicht bitten konnte, sich zu ändern, wenn sie selbst nicht auch dazu bereit war.

»Ich habe ihn gebeten, seinen Beruf aufzugeben. Dieser Überfall hat mir Angst eingejagt, aber noch mehr hatte ich Angst davor, dass ich Garrett so sehr liebe und er mir so leicht weggenommen werden könnte.«

Ihr Vater drehte den großen Ledersessel zu ihr und legte die Hände auf die Lehnen. »Es liegt nicht in deiner Macht, dafür zu sorgen, dass er am Leben bleibt, Hayley. Nichts, was du tust, kann dir das garantieren. Deine Mutter war Hausfrau, und dennoch ist sie gestorben. Wir haben das Schicksal der Menschen, die wir lieben, nicht in der Hand.«

»Du hast recht, Daddy, und im Prinzip weiß mein Kopf das alles auch. Aber mein Herz will ihn um jeden Preis beschützen. Warum hat er diesen Typen nicht einfach das Geld gegeben?«

»Es klingt so, als entspräche das nicht seinem Charakter. Und ich kenne dich; wenn du diesen Wirrwarr in deinem Kopf erst mal sortiert hast, wirst du bestimmt zugeben, dass du ihn gar nicht anders haben willst.«

»Vermutlich hast du recht. Ich kann ihn einfach nicht vergessen.«

»Das überrascht mich nicht«, sagte ihr Vater. »Ich habe in den vergangenen zwölf Jahren versucht, nicht mehr an deine Mutter zu denken, und bis jetzt ist es mir nicht gelungen.«

»Jetzt, da du weißt, wie eure Beziehung geendet hat, würdest du dir wünschen, du hättest dich nie in sie verliebt?«, fragte sie. Die Frage ging ihr schon die ganze Zeit im Kopf herum.

»Nein, auf keinen Fall. Ich würde unsere gemeinsamen Jahre und dich für nichts in der Welt eintauschen. Es gibt diese Redewendung, die lautet: Es ist besser, geliebt und verloren zu haben …«

»Nun, ich habe verloren, Dad, und es fühlt sich nicht toll an.«

»Weil du die Sturheit von deiner Mutter geerbt hast. Geh zu ihm und sag ihm, dass du ihn zurückhaben willst, dann wirst du schon verstehen, was ich meine.«

Den ganzen restlichen Flug dachte sie über die Worte ihres Vaters nach, und als sie in New York landeten, hatte sie einen Entschluss gefasst. Gleich morgen früh wollte sie mit Garrett reden. Ihm sagen, dass sie ihn liebte und ihn an ihrer Seite wollte. So, wie er war, sogar mit seinem gefährlichen Beruf.

***

Der Taco-Abend bei seiner Familie stand an, und er machte sich nur widerwillig auf den Weg. Er erinnerte sich noch gut an den letzten gemeinsamen Taco-Abend. Damals hatte Hayley ihn begleitet. Es hatte sich richtig angefühlt, und auch wenn er nicht viel darüber hatte nachdenken wollen, war der Eindruck entstanden, dass sie gut mit seiner Familie auskam.

Und das hatte ihm gefallen.

Er stieg aus dem Zug und blieb am Eckladen stehen, um Blumen für seine Mutter zu kaufen, ehe er weiter zum Haus seiner Eltern ging. Sein neuer Partner war ein netter Kerl. Und er hatte sich inzwischen wieder gut eingelebt, genoss die Ermittlung, aber je mehr er darüber grübelte, desto klarer wurde ihm, dass seine Arbeit nicht mit Hayley mithalten konnte.

Es war schon über eine Woche her, seit er Iona vor dem Candied Apple Café begegnet war. Er wusste nicht, ob Hayley inzwischen aus Kalifornien zurückgekehrt war, aber da er Lucy nicht im Garten bellen hörte, hielt sie sich wohl immer noch an der Westküste auf.

Er vermisste sie.

Das war dumm, denn es war so sinnlos. Wenn er bloß nicht so stur gewesen wäre. Aber auch sie hatte sich falsch verhalten. Er konnte seine Arbeit nicht so einfach aufgeben. Das wollte er nicht. Und als Polizist am Schreibtisch zu sitzen, das passte einfach nicht zu ihm.

Er schloss die Haustür seiner Eltern mit dem Schlüssel auf, den sie ihm früher mal gegeben hatten, und die Klänge von Santana schallten ihm entgegen. Seine Mutter mochte die Musik des Gitarristen, und eines seiner Alben lief immer am Taco-Abend in der Küche.

Er betrat die Küche, um sie zu begrüßen. Crystal und sie schnitten gerade Gemüse. Er küsste seine Mutter auf die Wange und reichte ihr die Blumen. »Ich kümmere mich um die Oliven, während du die hier ins Wasser stellst.«

»Die Oliven sind schon fertig. Geh und hilf Pete mit den Margaritas«, sagte seine Mom. »Wo ist Hayley?«

»Ich habe sie nicht mitgebracht.«

»Das sehe ich«, meinte seine Mutter. »Muss sie arbeiten, oder seid ihr nicht mehr zusammen.«

»Nicht mehr zusammen«, gab er kurz zurück.

»Möchtest du darüber reden?«, fragte sie.

Crystal legte ihr Messer hin. »Ich lasse euch mal allein.«

»Nein, das ist nicht nötig, Crystal. Ich möchte nicht darüber reden, Mom«, erwiderte Garrett. »Ich helfe Pete mit den Getränken.«

»Okay, aber falls du deine Meinung ändern solltest, bin ich für dich da.«

Er stellte fest, dass auch seine Mutter ihr Messer hingelegt hatte und einen halben Schritt auf ihn zugekommen war. Offenbar wollte sie ihn umarmen, wie in seiner Kindheit. Er kam ihr zuvor und zog sie an sich. »Ich weiß, dass du für mich da bist, Mom. Danke dafür.«

Er verließ die Küche, bevor er doch noch zu jammern anfing wie ein kleines Kind. Eine innere Stimme sagte ihm, dass seine Mutter vielleicht wusste, was er tun sollte. Immerhin war sie auch eine Frau, aber er ahnte auch, dass sie sich einmischen und sich mit ihren Ratschlägen nicht mehr zurückhalten würde, wenn er sich ihr erst einmal anvertraut hatte. Und irgendwie hatte er das Gefühl, dass er diese Sache selbst klären musste.

»Du hast dich also von Hayley getrennt«, sagte Pete, als er in den Flur zwischen Küche und Esszimmer trat. Dort gab es eine Bar mit Mixer und einem kleinen Kühlschrank.

»Ja, hast du gelauscht?«

»Jep«, gab Pete unumwunden und überhaupt nicht beschämt zu. »Ich habe mir schon gedacht, dass etwas nicht stimmt, als Crystal und ich den Kurs am Valentinstag im

Candied Apple Café besucht haben. Hayley war nicht gerade kühl, aber sie hat auch nicht so fröhlich wie sonst mit uns geplaudert.«

»Wie sah sie aus?«, rutschte es Garrett heraus.

»Willst du die Wahrheit hören?«

»Klar.«

»Sie sah müde aus. Sie hat gelächelt, aber es wirkte gezwungen«, sagte Pete.

Garrett presste einige Limetten aus und goss den Saft in den Mixer, während sein Bruder zwei Bierdosen öffnete. Garrett griff nach dem Tequila und den Cocktailgläsern. Er schenkte seinem Bruder und sich etwas davon ein.

Dann prostete er ihm zu und leerte das Glas in einem Zug. Pete tat es ihm nach. Danach gab Garrett einen großzügigen Schuss Tequila und die übrigen Zutaten in den Cocktailmixer, um die Margaritas zuzubereiten.

»Was ist passiert?«, fragte Pete, während er ihnen nachschenkte. »Lass uns ins Wohnzimmer gehen.« Die Margaritas würden sie später alle zusammen trinken.

Garrett folgte seinem Bruder, in einer Hand sein Glas, in der anderen die Tequilaflasche.

»Ich weiß es nicht«, antwortete er aufrichtig. »Also, ich weiß schon, was passiert ist, aber ich bin diesen Abend eine Million Mal in Gedanken durchgegangen, und ich verstehe einfach nicht, was ich falsch gemacht habe.«

»Erzähl es mir. Ich bin älter und klüger«, meinte Pete grinsend.

»Ob du klüger bist, darüber kann man streiten, aber du scheinst inzwischen zum Frauenversteher geworden zu sein.«

»Ha, das glaubst auch nur du. Ich stehe immer nur kurz davor, alles zu vermasseln«, erklärte Pete.

»Wirklich? Und wie verhinderst du das?«

»Ich erinnere mich daran, dass mir Crystal wichtiger ist als alles andere. Das heißt jetzt nicht, dass ich mich von ihr gängeln lasse, aber sie bedeutet mir sehr viel. Ich liebe sie. Erzähl mir, was zwischen dir und Hayley geschehen ist.«

Garrett setzte sich auf den Sessel seines Vaters, lehnte sich zurück und schaute an die Decke. »Ich habe einen Verbrecher gestellt und ihn geschnappt, aber ihr wäre es lieber gewesen, ich hätte ihm das Geld gegeben und ihn laufen lassen. Kannst du das verstehen?«

»Verdammt, ja. Du nicht?«, erwiderte Pete. »Wenn Hayley bei dir war, dann warst du nicht im Dienst.«

»Ich bin vierundzwanzig Stunden am Tag und sieben Tage in der Woche ein Cop, Pete«, meinte Garrett. Er bereute bereits, dass er seinen Bruder eingeweiht hatte.

»Das ist nur ein Job«, stellte Pete fest.

»Es ist mein Job. Warum machst du mir deswegen die Hölle heiß? Du hättest einem Räuber auch nicht so einfach Crystals Tasche überlassen, und streite das jetzt ja nicht ab.«

Pete schüttelte den Kopf. »Das stimmt. Hätte ich nicht. Tut mir leid. Das liegt nur daran, dass du mein kleiner Bruder bist und ich es nicht gern sehe, dass du dich in Gefahr begibst.«

»Dasselbe hat Hayley auch gesagt. Sie hat mich vor die Wahl gestellt, entweder mein Job oder sie«, erzählte Garrett. »Ich dachte, mir würde der Job reichen, aber das ist jetzt drei Wochen her, Pete, und es reicht mir nicht. Ich vermisse sie.«

»Du hast immer schon wie ein Stier reagiert, wenn es um deinen Beruf geht. Du tust so, als würden wir alle nicht verstehen, wie sehr du an deinem Beruf hängst, und als ob du allen etwas beweisen müsstest. Ich würde ja sagen, dass sich eine Kugel im Dienst einzufangen Beweis genug ist, aber für dich reicht das offenbar immer noch nicht.«

Während Garrett noch über die Worte seines Bruders nachdachte, öffnete sich die Tür, und sein Vater kam nach Hause.

Pete musterte Garrett eindringlich. »Vielleicht ist es an der Zeit, dass du endlich wirklich erwachsen wirst und begreifst, dass du niemandem mehr etwas beweisen musst.« Er stand auf, um ihren Dad zu begrüßen.

Garrett tat es ihm gleich. Er hatte längst den Entschluss gefasst, dass er Hayley zurückgewinnen wollte, und wenn das hieß, dass er sich eine andere Arbeit suchen musste … Nun, dann würde er darüber nachdenken, ob es einen Kompromiss gab. Aber selbst für sie wollte er seinen Beruf nicht aufgeben. Er würde sie dafür hassen, wenn er es täte. Er musste, falls nötig, eine andere Lösung finden.

Am Ende des Abends hatte er zu viele Margaritas und zu viel Tequila getrunken und nahm sich mit seinem Bruder und Crystal ein Taxi nach Hause. Beim Aussteigen war er sich endgültig sicher, dass er Hayley mehr wollte als alles andere in der Welt. Er winkte seinem Bruder und Crystal nach, als das Taxi losfuhr, und wandte sich dann zu seinem Haus um.

Aber dann hatte er eine großartige Idee, vermutlich ausgelöst durch den Alkohol und die späte Stunde. Er beschloss, sich in Hayleys Haus zu schleichen und ihr zu sagen, wie sehr er sie liebte und brauchte.

***

Iona hatte es nicht so mit Tieren. Das waren ihre Worte, nicht Hayleys, daher hatte sich Cici bereit erklärt, sich um Lucy zu kümmern, solange Hayley in Kalifornien war. Ihre Wohnung befand sich in Queens, und der Chauffeur von Hayleys Vater brachte sie dorthin, damit sie ihren Hund abholen konnte.

Sie klingelte und hörte Lucys Bellen. Einen Moment später ging die Tür auf.

Cici wirkte erschöpft und schmal in ihrer engen Hose und dem langen Pulli. »Hallo, ich wusste nicht genau, wann du kommst.«

Hayley betrat die Wohnung und bückte sich, um Lucy zu begrüßen. »Tut mir leid. Hey, geht es dir gut? Ich hab dich in letzter Zeit kaum im Laden gesehen, weil du es immer so eilig hattest. Wir hatten gar keine Zeit zu plaudern.« Dieses Mal wollte sich Hayley nicht wieder abweisen lassen.

»Ja, mir geht's gut. Ich hab mal wieder einen schlechten Männergeschmack bewiesen und schlage mich nun mit den Folgen rum.«

»Welche Folgen?« Hayley richtete sich auf und betrachtete ihre Freundin.

»Ich bin schwanger.«

»Was?«, platzte sie heraus.

Cici schaute sie nur an.

»Okay, wer ist der Vater?«

»Ein Mann, den ich am Valentinstag zu Hause kennengelernt habe«, erklärte Cici. Ihre Familie lebte in Connecticut, nur eine Zugfahrt entfernt. »Wir sind mit meiner Familie in eine Bar gegangen, und am Ende bin ich mit ihm im Bett gelandet. Am nächsten Morgen hat er mir erzählt, dass er eine

Verlobte in Los Angeles hat und nur einen One-Night-Stand wollte«, berichtete Cici.

Hayley legte ihr einen Arm um die Schultern. »Warum hast du denn nichts gesagt?«

»Hm, es war mir peinlich. Das ist ein neuer Tiefpunkt, selbst für mich«, sagte Cici. »Und du hattest selbst Probleme mit Garrett.«

»Ich weiß«, antwortete Hayley. »Aber das heißt nicht, dass ich nicht für dich da gewesen wäre. Es tut mir leid, wenn ich mich nur um mich selbst gekümmert habe.«

Cici schüttelte den Kopf. »Das hast du nicht. Ich habe die ganze Zeit gehofft, ich würde mich irren, aber drei Schwangerschaftstests und mein Frauenarzt lügen nicht.«

»Nein, wohl nicht. Was willst du jetzt machen?«, fragte sie. »Soll ich dich zu den Untersuchungen begleiten? Hast du Iona schon davon erzählt?«

»Ich würde mich freuen, wenn du mich begleitest, und nein, ich habe Iona noch nichts gesagt. Sie ist momentan viel auf Veranstaltungen unterwegs und hat so viel zu tun. Ich wollte ihr da nicht in die Quere kommen.«

»Wir sind doch Freundinnen, Cici, wir wollen solche Sachen voneinander wissen. Was brauchst du? Kommst du allein zurecht?«, fragte Hayley.

»Ja, es ist alles okay. Ich bin irgendwie froh, dass du dich von Garrett getrennt hast.«

»Warum?«, fragte Hayley. Sie hoffte ja, dass sie wieder mit ihm zusammenkommen würde. Sie war sogar entschlossen, ihn zurückzugewinnen und sich irgendwie mit seinem Beruf abzufinden.

»Weil sein Freund Hoop mich immer wieder anruft und

es mir zu peinlich ist, ihn zurückzurufen. Vielleicht hört er ja jetzt endlich damit auf, wenn ihr nicht mehr zusammen seid.«

»Vielleicht solltest du ihn lieber anrufen und ihm erzählen, was passiert ist. Wenn er sich immer wieder bei dir meldet, scheint er dich wirklich zu mögen.«

Cici zuckte nur mit den Schultern, was Hayley sagte, dass ihre Freundin Hoop wohl nicht zurückrufen würde. Sie gähnte, der Flug hatte sie müde gemacht. Dennoch machte sie Cici etwas zu essen und blieb bis fast zehn Uhr bei ihr. Dann rief sie sich ein Taxi.

Als es vor ihrem Haus hielt, stellte sie fest, dass Garrett gerade versuchte, bei ihr einzubrechen. Sie klemmte sich Lucy unter den Arm, nahm ihren Koffer in die andere Hand und bezahlte den Fahrer.

»Halt, keine Bewegung!«, rief sie.

»Äh, was?«

»Du bist so was von erledigt, Junge.« Sie setzte Lucy auf dem Boden ab und stieg mit ihr die Treppe zu ihrem Haus hoch.

»Das bin ich. Ich wollte bei dir einbrechen, weil es mir romantisch erschien«, erklärte er. Sein Grinsen war schief, und sie sah, dass er etwas zu viel getrunken hatte.

»Wo warst du denn heute Abend?«, fragte sie.

»Taco-Abend. Möchtest du nicht mehr über meine romantische Geste erfahren?«

Sie schob ihn zur Seite und schloss auf. Lucy lief ins Haus, ihre Leine schleifte hinter ihr her. Hayley stellte ihren Koffer im Flur ab und wandte sich wieder Garrett zu, der sie aufmerksam beobachtete.

»Erzähl mir von deiner romantischen Geste«, forderte sie ihn auf.

»Also, ich wollte dich an den Abend erinnern, an dem wir uns kennenlernten, weil ich mich an diesem Abend in dich verliebt habe, glaube ich«, erklärte er.

Sie ging ins Haus, und er folgte ihr, schloss die Tür hinter sich und lehnte sich dagegen.

»Ich erinnere mich. Aber wieso ist das romantisch?«

»Es ist romantisch, weil ich dich liebe. Und ich will dich zurück«, sagte er.

»Ich glaube, das ist der Alkohol, der aus dir spricht«, meinte sie.

»So betrunken bin ich nicht. Mein Schwips ist schon fast wieder ganz verflogen.« Er richtete sich auf und trat vor sie hin. »Ich kann meinen Beruf zwar nicht für dich hinschmeißen, aber du hattest recht damit, dass ich mir selbst etwas beweisen wollte.«

»Ich weiß. Es war falsch von mir, dich vor die Entscheidung zu stellen, mich zu wählen oder deinen Beruf. Ich weiß nicht, was ich tun würde, wenn du von mir verlangen würdest, das Candied Apple Café aufzugeben«, meinte sie. »Du fehlst mir, Garrett.«

»Du mir auch. Gibst du mir noch eine Chance? Gibst du unserer Liebe noch eine Chance?«

Darüber musste sie nicht lange nachdenken.

»Ja«, sagte sie. »Ich hatte vor, dich morgen zu besuchen und dich um dasselbe zu bitten. Ich weiß, es wird nicht leicht, aber ich will dir eine Chance geben. Ich will uns eine Chance geben.«

Er zog sie in die Arme und küsste sie stürmisch, und sie erwiderte den Kuss mit gleicher Leidenschaft.

Seine romantische Geste, der Versuch, die Nacht ihres Kennenlernens noch einmal zu wiederholen, zeigte ihr, wie sehr er sie liebte. Sie wollte genau an derselben Stelle weitermachen und zog ihn mit sich zu Boden. Wie immer rollte Garrett sich zur Seite und sorgte so dafür, dass sie auf ihm landete.

»Wie ist das passiert?«, fragte sie.

»Mit Absicht, glaube ich«, antwortete er. »Ich hatte vor, dich nach einem Kuss zu verlassen.«

»Lügner«, erwiderte sie.

»Du hast recht. Ich will mit dir ins Bett. Ich habe es vermisst, dir so nahe zu sein.«

»Ich auch.«

Epilog

Drei Monate später

»Hayley, ich bin zu Hause!«, rief Garrett und stieß die Tür zu seinem Haus auf. Sich an ihr neues Leben als Paar zu gewöhnen, war doch nicht so schwierig gewesen, wie sie erwartet hatten.

Er arbeitete immer noch als Polizist mit seinem neuen Partner Cannon Stiller und hatte an diesem Abend an derselben Ecke, an der Hector starb, eine Festnahme gemacht. Dieses Mal war sich Garrett ziemlich sicher, dass sie den Kopf des Drogenrings festgesetzt hatten.

»Ich bin hier, in der Küche!«, rief Hayley.

Natürlich, wo sonst? Es war Taco-Abend, und sie hatten dieses Mal seine Familie, Hayleys Vater und ihre Freunde zu sich eingeladen. Weil Hayley darauf bestanden hatte, war Cici inzwischen in Hayleys Haus eingezogen. So war der Weg zum Candied Apple Café für sie nicht mehr so weit, und sie hatte ihre Freundinnen immer in ihrer Nähe.

Die Schwangerschaft musste sie mehr oder weniger allein meistern. Cici schwieg sich noch immer darüber aus. Hayley hatte versucht, Garrett die Gründe dafür zu erklären, aber er konnte es nicht so recht nachvollziehen. Schließlich hatte Hayley ihn nur angeschaut und gemeint, das sei Frauensache.

Der zweite Pralinenladen hatte inzwischen eröffnet, und Iona hatte die geniale Marketingidee gehabt, ihn Apples & Oranges zu nennen, da es dort nicht nur Hayleys Pralinen zu kaufen geben sollte, sondern auch einige Backwaren. Die Frauen hatten den bekannten Patissier Henri Charles Vernoux eingestellt.

»Hallo, meine Hübsche.« Er küsste sie. Das war überhaupt das Schönste an seinem Tag. Er freute sich jedes Mal aufs Neue, zu Hayley nach Hause zu kommen.

»Hallo, Hübscher. Hast du heute den fiesen Bösewicht geschnappt?«, fragte sie.

Er beugte sich zu Lucy, die sich auf die Hinterbeine gestellt hatte und ihn erwartungsvoll anschaute.

Hayley stellte diese Frage jeden Tag. Sie hatten sich darüber unterhalten, wie wichtig es ihm war, den Job zu vollenden, den er mit Hector begonnen hatte. Den Drogenboss zu schnappen, der den Anschlag auf sie befohlen und seinen Partner dadurch letztendlich ermordet hatte. Er wusste, Hayley hoffte insgeheim, dass er seinen Frieden finden würde, wenn der Mann endlich im Gefängnis säße. Aber er hatte seinen Frieden schon gefunden, als sie bei ihm eingezogen war. Sie hatte so viel in seinem Leben verändert. Als sie sich kennenlernten, hatte er gedacht, seine Zukunft läge in Schutt und Asche, aber nun wusste er, dass sie damals gerade erst begonnen hatte.

»Haben wir«, sagte er. »Die Nachricht über die Festnahme kommt bestimmt später noch in den Nachrichten. Im Moment sammelt die Staatsanwaltschaft Beweise, um Anklage zu erheben.«

»Das sind gute Nachrichten.« Sie legte das Messer weg, mit dem sie Tomaten geschnitten hatte, und wandte sich zu ihm um.

Sie trug immer noch diesen kurzen Pixieschnitt und einen Minirock, der in der Mitte ihrer Oberschenkel endete und ihre schönen Beine gut zur Geltung brachte. Er ging zu ihr und schlang die Arme um sie.

»Wie viel Zeit haben wir, bis die anderen kommen?«

»Nicht genug«, gab sie bedauernd zu.

Er zog sie an sich und fühlte sich glücklicher als je zuvor in seinem Leben. Den Blick über ihren Kopf auf ihre Tafel gerichtet, las er die heutige Botschaft.

Lebe das Leben, das du liebst.

Genau das tat er. Mit der Frau, die er liebte.